トカゲの王

—SDC、覚醒—

入間人間
イラスト†ブリキ

designed by Yoshihiko Kamabe

「おま、なにやって、んだよ」

「プールに行くから着替えてたの」

「なんで……えっと、今頃、着替え……みたいな」

「探すのに時間かかったから」

「ん？　探すって？」

「水着」

「なにお前、いじめられてるの？」

「お金持ちだから」

「なんだ、そりゃぁ」

「なー、スガモ」

「なに？」

「さっき、あっと、色々あったし」

「色々はなかったよ」

「いやそこはいいんだよ。だから、だな」

「うん」

「助けて、やろうか？」

「いらない。でもそのうち、返してもらうから」

「秘密を知られた以上はいつか始末してやる」
五十川石竜子
（いかがわ・とかげ）
中学三年生。世界を塗り替えたい少年。
自分が「最強」だと公言している。
『リペイント』と呼ばれる能力を持つ。

「こうしてると分かるの。
やっぱりトカゲくんのことが好きだって」
巣鴨　涼
（すがも・りょう）
中学三年生。露出過多な少女。
不思議な魅力を持つが、言動も謎めいたものがある。
石竜子の「アレ」が好きでたまらない。

「巣鴨、だな。巣鴨、巣鴨、すがも。絶対、忘れない」
ナメクジ
殺し屋。
ヘビ、カエルと共に三人で行動している。
本人はこの通り名を快く思っていない。
とあるターゲットの抹殺のために廃ビルにやってきた。

カワセミ
真っ白な少年。

『圧倒的』な能力を持ち、同業者からも『最強』と名高い。

とあるターゲットの抹殺のために廃ビルにやってきた。

「僕と同じ現象を起こすやつとは初めて会ったよ」

トカゲの王

—SDC、覚醒—

プロローグ1
『トカゲと鴨のゲシュタルト』

教室の前の扉を開けると、裸の女子がいた。

しかも振り返ったそいつと目が合った。

目の前で火花でも弾《はじ》けたように、頭が真っ白になるのは一瞬《いっしゅん》だった。

「あぅああ」だの「わわわわ」だの、要領を得ない悲鳴のようなものに口もとが溢《あふ》れ、すぐに扉を閉じて廊下へ逃げた。羞恥心《しゅうちしん》が極まると恐怖にまで昇華されてしまうみたいだ。心臓は直接握り潰《つぶ》されているようにばくばくと大げさに収縮して、その鼓動《こどう》の度《たび》に、『目玉』が入れ替わるみたいだった。夏に相応《ふさわ》しい、嫌《いや》な汗がぶわっと噴き出して顔を伝う。

おれの悲鳴を聞きつけて、隣の教室の先生が廊下に飛び出してきていた。授業中にもかかわらず廊下で膝《ひざ》をついているおれに不審なものを感じたらしく近寄ってくる。こっちはそれどころじゃない。目にこびりついている教室内の景色に翻弄《ほんろう》されて、なにがなにやらだった。

見慣れた四年生の教室。いい加減な消し方で、算数の授業の跡が残った黒板。雲が羽を広げたように横に広い、そんな青空が映る窓。尻《しり》。背中。肌色。目がどくどくと流れるように痛い。

先生がおれになにか言ってくるけど、ほとんど聞き取れない。でも起きるのを手伝ってくれて助かった。そうこうして隣の担任、松田《まつだ》という禿《は》げたオッサン先生がおれを睨《にら》んで咎《とが》めようとしていると、水着に着替えた女子が教室から出てきた。

タオルで身体《からだ》も隠さず、堂々としている。その登場には隣のクラスの担任も面食らったらしい。女子の方はおれと教師を見比べて小首を傾《かし》げている。なに、といった顔だった。

頭の白帽子には赤字で『4―3　すがもりょう』と書かれている。そこでようやく、その女子の名前がスガモであると思い出した。スガモは穏《おだ》やかな顔つきで、おれを見つめる。

「遅れるよ、行こう」

おれの手を引いてその場を離れようとする。もうとっくに始まっているんだけど、と反論を挟《はさ》む余地もなく、されるがままにその場を引きずられていった。隣の担任はスガモの水着姿に見惚《みと》れているようだった。ろりこんという噂《うわさ》はホントなのかも知れない。

二階の階段の近くまで引きずられてから、そこでやっとスガモの手を振りほどく。スガモは大した抵抗も見せず手を離して、水着の紐《ひも》の位置を調整する。その際に肩が露《あら》わになって、かぁっと目の下に火が灯《とも》る。夏の日差しよりも熱く肌を焼くものの正体を、まだ知らなかった。

スガモがおれの目をじぃっと、鑑賞でもするように凝視《ぎょうし》してくる。その瞳孔《どうこう》が縦に長い瞳《ひとみ》に見つめられると、背中に寒気が走る。鱗《うろこ》のある生き物が背中を這《は》うような悪寒《おかん》だった。

目を覗《のぞ》き込むという仕草にも心当たりがあって、すぐに顔を逸《そ》らす。

「おま、なにやって、んだよ」

やっと出たのは絞り出すような声で、スガモの顔もマトモに見ることができない。スガモの方は上靴《うわぐつ》も履《は》かないで、素足をぺたぺたと鳴らしながら階段に足をかけた。

「プールに行くから着替えてたの」

「あ、あ。そう、そっか。そうだな、次、体育だし」

次というか、もうなんだけど。窓の向こうの遠くで誰《だれ》かがはしゃぎ、水飛沫《みずしぶき》が上がっている。

「トカゲくんは？　プール行ってなかったの？」

下の名前で呼ばれて、少し困惑する。仲のいい相手でもないし、女子だし。照れる。

「ゴミ捨てに行って……あーまぁ、色々あって遅れちゃったわけで」

サボっていたと正直に話すこともできなくてごまかす。スガモとは親しくもない上に、あの裸だ。なんでこいつだけ残って、一人で着替えてたんだろう。

入り口側に背中を向けて、片足をあげているところだったから、尻《しり》の割れ目まで見えた。思い出すだけで胸が痛くなる。額から角でも生えるように変な刺激が集《つど》って、落ち着かない。

「ふーん。トカゲくんは泳げないもんね、プール入りたくないからサボってたんだ」

全部見透かしたようにスガモが言う。なんで知ってるんだよ。

「スガモは？　なんで……えっと、今頃《いまごろ》、着替え……みたいな」

「探すのに時間かかったから」

「ん？　探すって？」

「水着」

短く答えて、スガモが階段を下りていく。スガモの言葉をすぐに理解できず、ぼぅっと目の焦点を合わさないまま考えて、数秒後にやっと気づく。

よく見ると、スガモの水着は所々に汚れが染《し》みついていた。しかもそれは土汚れだった。

「なにお前、いじめられてるの？」

「お金持ちだから」

スガモの返事は淡々としていて、しかもなんだか的が外れているような気がした。でもスガモの家が金持ちだという噂話《うわさばなし》は知っていたし、いじめるなら女子だろうなとはなんとなく分かった。

なにしろ、スガモはキレイだから。かわいいっつーか、キレイ。だから女子に嫌われる。

「えぇっと、お前、大丈夫なのか？」

「うん」

スガモは階段を下りていく。でもおれはまだ一段目にも足をかけていない。遠ざかる背中と尻を交互に眺《なが》めて赤面して、なんでか飛び跳《は》ねたくなるような衝動《しょうどう》を滾《たぎ》らせていた。

「考えるのがめんどいから、なんとも思わないの」

「なんだ、そりゃぁ」

スガモの言い分はさっぱりだ。でもいじめられているなんて話を聞いて黙ったままでいるのは正しいのだろうか。

別に一般的な正義感とかそういう秤《はかり》にかけているわけじゃなくて。

おれの目が、それを見過ごすなとうるさいのだ。

「なー、スガモ」

「なに?」

「さっき、あっと、色々あったし」

「色々はなかったよ」

「いやそこはいいんだよ。だから、だな」

スガモが階段を下りきる。おれはその後ろ姿を見下ろして、顔の熱さが取れないままに問う。

自分にそんな力があるかは分からない、だけど。

「助けて、やろうか?」

「いらない」

即答だった。

踊り場で振り返って、スガモが首を緩《ゆる》く振る。その動きに合わせて長い髪が揺れた。

鳶色《とびいろ》の髪。

おれの『今の』瞳《ひとみ》と同じ色に染まったそれの奥で。

スガモは珍しくにこやかに微笑《ほほえ》んで、おれに言った。

「でもそのうち、返して貰《もら》うから」

目を開く度《たび》、世界は色を塗り替える。

艶《あで》やかに流れ、移ろい、形さえ溶かす。

目玉は瞼《まぶた》を下ろし、そして上がる一瞬《いっしゅん》で別物に転じているようだった。世界が変わっているのか、それとも、俺《おれ》の目玉が変化しているのか。こと俺に限り、その疑問は馬鹿馬鹿《ばかばか》しさに満ちた幼い問いかけではなく、真実に行き着くための内なる設問へと至る。

「あのー、横で痛々しく格好つけたことぶつぶつ語るのやめてくれません？」

俺こと五十川石竜子《いかがわとかげ》には特別な能力がある。

しかしそれは少なくとも当初、望むべき『力』ではなかった。

「とまぁ切に苦悶《くもん》しているわけだ」

握り拳《こぶし》を交えて訴えると、友人の鹿川成実《しかがわなるみ》は「ほーか」と気のない返事をした。友の切なる苦悩よりも本の続きに興味がいっているらしく、手もとから目を離そうとしない。屈《かが》んで本の表紙を覗《のぞ》き込むと、見慣れたイラストが目に飛び込んでくる。膝《ひざ》を伸ばしてから大げさに肩をすくめ、鼻で笑った。

「今更《いまさら》禁書とは。随分《ずいぶん》と遅いな」

「いやマジ面白いよ」

「お前に言われるまでもなく、そんなことは知っている」

あくまでも上からの目線を意識して言い返すが、成実はさして反応を見せず、活字を目で追っている。いつにも増して反応が面白くないので、黙ってブランコに座り直した。

梅雨《つゆ》明けの七月は早くも蝉《せみ》が鳴き出して、町を蹂躪《じゅうりん》している。

日曜日の公園には俺たち以外の人影が見当たらなかった。正確には公園と呼べるほどの施設でもなく、立体交差の道路の下に、ほんのわずかな遊具が設置されているだけだが。全面が道路の影に覆《おお》われて薄暗く、側《そば》には『変質者出没注意』と注意書きされた看板が置かれている。

道路との間には緑色のネットがかかって幼児が飛び出せないようにしてあるが、この公園モドキで子供が遊び回っている姿は一度も見かけたことがない。橋の下を抜けて少し歩いた先に空への遮《さえぎ》りなどない真っ当な公園がある以上、こちらに日の当たる瞬間は永遠に訪れないと言っていいだろう。そんな暗がりの中、俺と成実はブランコに座り込んでいた。隣には茶色のペンキが塗られたベンチもあるが、風通しの悪さからか埃《ほこり》が積もっていたので利用しなかった。

「…………………………」

右手の指を目の前でグー、パーと開閉する。思わせぶりにやって成実の反応を横目で窺《うかが》ったが見向きもしていない。こいつには中学生という年齢の素質がないのだろう、勿体《もったい》ないやつだ。

俺と成実は中学三年生になる。同級生と比べて背は高い方に属しているが、撫《な》で肩なことが最近は気になっている。鏡の前に立つとひょう長く、頼りなく見えることが不満だった。日陰に潜んでいても汗の浮かぶ肌は浅黒く日焼けしてゴボウみたいだ。少し伸び気味の髪は栗色《くりいろ》で、地毛が黒い同級生たちと比べて目立つのが密《ひそ》かな自慢だった。

もっとも、クラスに数人いる不良生徒の中には派手な金髪も存在して、それと比べてしまうと髪など無視されて、撫《な》で肩という特徴の方に注視される傾向があった。大いに不満だが不良相手に喧嘩《けんか》して勝てるはずもないので、今のところは大人《おとな》しく笑われている。

そう、今のところは。

「ククク」

内心でその部分を強調すると自然、笑いがこぼれる。成実《なるみ》に露骨《ろこつ》に気味悪がられたが、それは虫に対する嫌悪感《けんおかん》のようなものだろう。人間は大人になるにつれて虫を恐れる傾向がある。そう、あの小さな体躯《たいく》で空を飛ぶこともあり得る生き物に、本能的に引け目を感じるのだ。よって、俺《おれ》の秘めたる能力に対して成実が一歩引いてしまうのは当然であった。

「だよな」

「うん、確かにそれをおごそかに語るあんたの真顔は怖い」

こいつは素直じゃない。そういうことにしておき、横を向いてえへへへと笑った。

成実は同級生で、家も近い。だが昔から付き合いがあったわけではなく、中学生になって初めて顔を合わせた。藍色《あいいろ》に近い、青みかかった髪と日焼けを避けているように白い肌が嚙《か》み合

って、影の下では亡霊《ぼうれい》のような存在感を放っている。顔は凹凸《おうとつ》が目立たずのっぺりとしている
し、唇《くちびる》の肉つきも悪い。つまりどこもかしこも薄っぺらな平面の女なのである、胸部含む。

「大体さぁ、悩み相談するだけなのになして、外に出ないとダメなわけ？」

成実が本から目を離さないで愚痴《ぐち》る。ブランコの古い鎖がきぃきぃと音を鳴らした。

「家にいたくないからだ、知っているだろう」

横目で成実を見る。成実はその視線に一瞥《いちべつ》で応《こた》えた後、溜息《ためいき》を吐《つ》く。

「じゃあ、あたしん家《ち》でいいじゃん。暑いし」

「お前の家の場所など知らん」

女の家に遊びに行くなど、中学三年生の男子に気軽にできることではない。

「あーそうだったそうだった」

投げやりな調子で答えて、成実がわざとらしいほどの前屈《まえかが》みな姿勢を取る。近眼のように本へ顔を近づけて、背を丸めた成実は『話しかけるな』と態度で訴えていた。別にお前と話すことなどないと意地を張って口を噤《つぐ》んで、正面の道路と景色に目をやる。

自動車が一台走れば幅の余裕がなくなる細い道路の向かい側には、小さな川がある。誰《だれ》も手を入れていない所為《せい》で雑草が生い茂り、新緑の刃《やいば》が地面を一閃《いっせん》しているようだった。伸びたツルがガードレールの脚に絡《から》んで、水気が足りていないのか葉が変色して枯れ出していた。

橋の下周辺に木々はないにもかかわらず、蝉《せみ》はガシガシと騒々しい。街の方で聞ける蝉の声

と種類が違うことに気づいて橋を見上げる。頭上を隙間《すきま》なく覆《おお》う影の中に、蟬《せみ》は潜んでいるのかも知れない。

ふと、動くものを見つける。壁《かべ》に張りつき、四肢《しし》を気怠《けだる》そうに動かす小さなヤモリに向けて、握り拳《こぶし》を掲げた。名前の影響か、爬虫類《はちゅうるい》には言い知れない親しみを抱《いだ》いてしまう。

ただし自分の名前は嫌いなのだが。『せきりゅうこ』という読み方で女に間違われたことが過去に数度、あったからだ。せきりゅうこって。腕が俺《おれ》より倍ぐらい太そうじゃないか。

「つーか、なんであんたってそんな偉そうな口調なわけ？」

本を頭から齧《かじ》るような姿勢を維持したまま、成実《なるみ》が話しかけてくる。二人で黙っていて、相手に喋《しゃべ》りかけさせると勝ち誇りたい気分になる。そう、俺は勝つことが好きな人間だ。

物事は、ひいては人生にとって勝利はなにより大切だ。

勝ち続けなければいけない。自分の求める勝利を得なければ、生きている意味がない。

「おい無視するな答えろバカ」

成実が蟬の仲間入りでも果たしたようにうるさい。

未《いま》だ壁に張りつくヤモリの動向を目で追いながらそれに答えた。

「王様教育を受けたからな」

「それを言うなら英才教育」

「いや、王様だ。能力を磨《みが》くことと、王になることはまったく別だろ？」

自分でもなにを言っているかさっぱり分からないが、弾《はず》みで言ってしまったので発言をフォローしておく。成実は真摯《しんし》に受け止める気などまったくなく、冷めた声で俺を評する。

「キャラ作りも大変だね」

「キャラじゃねーっつの」

俺と成実は特別、親しい間柄というわけではない。互いに対する好意も格別なものではなかった。偶然、不注意によってこの『能力』を知られたことをキッカケとして、友人付き合いが始まった。

「ふふふ、秘密を知られた以上はいつか始末してやる」

非情な宣言を口にすると、成実が本から顔を上げた。そして無防備なほど顔を俺に近づけて、目を覗《のぞ》き込んでくる。相手が成実と言ってもその振る舞いにはどきりとするものがあった。

「あんたのその能力でどうやんの？」

「…………」

黙るしかなかった。

俺には人と違う能力がある。

その能力は並ぶ者なく、世界にたった一つのものかも知れない。

「しかし」

現実、備わっている力は微弱もいいところだった。ともすれば皆無《かいむ》と判断されてもやむなしの、淡すぎる特異。百メートルも離れれば、誰《だれ》も気づかなくなる奇跡だ。

小規模な奇跡。或《あ》いは、中規模な種なし手品。

目を瞑《つぶ》る。力強く瞼《まぶた》を下ろして、一秒、二秒と閉じた口の中で数える。

そして勢いよく瞼を押し上げる。

なにかの始まりを告げるように、思わせぶりに。

「何度見ても一瞬《いっしゅん》だけ、おっ、って目を丸くしちゃう」

成実《なるみ》の感想に対して頬杖《ほおづえ》を突き、鼻を鳴らす。口調通り、まったく俺《おれ》を恐れていない。

こんな能力に恐怖するはずがない。

「つーか顔と目の色が似合わなすぎ」

知ってるよ、と呟《つぶや》きながら常に携帯している手鏡で出来映えを確かめる。……ふむ、今日も絶好調だな。

最初は鳶色《とびいろ》に設定していた俺の瞳《ひとみ》が、能力によって青色に塗り変わっている。

当然ながらカラーコンタクトの類《たぐい》ではない。

眼球そのものを入れ替えたように自然に移り変わっている。次に緑色、黄色、橙色《だいだいいろ》と目を瞑る度《たび》に眼球の色合いを変化させてみる。長々と見ていると成実の指摘通り、ちぐはぐさが気持ち悪いので鳶色に戻した。

「こんなもん、ギアスごっこにしか使えん」

「超羨《うらや》ましいんですけど」

成実《なるみ》が食いついてきたので、鏡に映ったしかめ面《つら》の皺《しわ》が更《さら》に深まった。

「週一でやっていたらさすがに飽《あ》きた」

指先で目を隠す。その指の覆《おお》いを取ると、眼球は赤紫《あかむらさき》色《いろ》に染まっていた。

「こんな感じか？」

「左目だけ変えないとそれっぽくない」

「残念だが、そんな繊細《せんさい》な調整はできないみたいでな。……五十川石竜子《いかがわとかげ》が命じる、禁書の最新刊を貸せ」

「もっと声低くしないと。あんた声変わり遅いねー」

「うるさい」

せっかく注文に応《こた》えて真似《まね》したのに。こっちもちょっとその気になっていたのに。

眼球の変化は両眼で共有している。それが長年、研究してきた結果の一つだった。

そしてその独自の研究は、同時に絶望を発見することにもなった。

目の色を変える力。

そして、それだけの力。

種と仕掛けのない、人畜《じんちく》無害な奇術に過ぎない。

「ま、これは所詮《しょせん》第一段階に過ぎん。第二、第三の能力覚醒《かくせい》によって……」

口にしていくと段々自信がなくなって、囀《つぐ》んでしまう。展望がまったく想像つかない。目からビームでも出すか？ 美味《うま》いものを食べることが発動の条件になりそうだな。

「でも超能力者ってマジでいるもんなんだねー、すごいすごい」

成実の誠意の欠片《かけら》もない褒《ほ》め言葉に対し、敢《あ》えて逆風に立ち向かうように胸を張った。

「ま、お前が望むなら俺《おれ》をストーンドラゴンチルドレンとでも呼んでくれ」

「……一応聞いてみるけど、なんで複数形？」

「そっちの方が、語感がいいからだ！」

「かっこよすぎるぜ」

「だろう？」

「すっごく得意げな顔でこっち見ないで。その顎《あご》の具合がムカツク」

感想とは裏腹に成実の態度は氷のスーツを纏《まと》っているように冷たい。

「略してSDC」

「なんか昔のアイドルグループみたい」

むぅ。けなされているわけではないが、的外れな評価である。

「目玉を変えるやつには能力名とかあるの？ ストチャ以外で」

「勝手に訳の分からん略し方をするな。能力の名前ならあるさ、当然」

「なに？」

「リペイント」

学校の英語の授業ではまだ習っていない単語を口にする。

リペイント。

塗り替える、という意味だ。俺《おれ》の能力には似合いだろう。

成実《なるみ》は「ふぅん」とめぼしい反応はない。すぐに話題を移してしまう。

「でも『神様』もいるわけだし、そんなに珍しくないのかな、ひょっとして」

成実の他意のない発言に、思わず目つきが険しくなる。『神様』という表現がその存在と無縁であるはずの成実にまで浸透していることに、苦々しいものを禁じ得ない。

この世界には現在、誰《だれ》にでも見える『神様』が一人、君臨していた。

あの憎々しい顔を思い返すことを拒否し、ブランコから立ち上がる。

そして成実を手招きするように誘う。

「昼飯を奢《おご》ってやろう、ついてこい」

「だから、とにかく偉そうだなあんた」

そう唇《くちびる》を尖《とが》らせながらも、奢ってやるという言葉に釣《つ》られたように成実の動きは速い。やたら目が大きく可愛《かわい》らしいキャラクターの描《えが》かれた栞《しおり》を挟《はさ》んだ後に本を閉じて、ブランコから腰を上げる。成実が離れたことによる僅《わず》かな運動エネルギーで、ブランコがきぃきぃと揺れた。

蟬《せみ》の鳴き声こそが影そのものであるように音に包まれた、橋の下から二人で離れる。

日の下に出ると、目の奥が乾きを訴えるように強く痛んだ。

五十川石竜子《いかがわとかげ》はずっと信じていた。自分の力が、たかがこれっぽっちでは終わらないと。

「これはきっと呼び水に違いない。或《あ》るいは予兆だ。俺の内側に眠る才能、世界を塗り替えるほどの力は待っている、噴火を待ち侘《わ》びているのだ！　いやむしろ俺の方が待ち疲れた！」

「ずずー」

憤《いきどお》りに対する答えは烏龍茶《ウーロンちゃ》だった。成実がカップに入った烏龍茶をストローで啜《すす》る音だ。涼しい顔で喉《のど》を潤《うるお》し、ポテトを摘《つま》んでいる。その無反応ぶりに落胆《らくたん》しながら腰を下ろす。

座るとその位置に丁度《ちょうど》、冷房の風が肩に降りかかる。身震《みぶる》いして、思わず温度の設定をしようとリモコンを探してしまう。当然、客の手元にあるはずがない。

その様子を眺《なが》めていた成実が笑っていることに気づいて、バツ悪くも取り繕《つくろ》う。

「寒いのは苦手なんだ」

「名前通りじゃん、トカゲちゃん」

成実は楽しそうに、小刻みに肩を揺すった。

駅前のモスバーガーは子供連れが多くの席を占めていた。父親の姿はないから、夏休み中の子供と共に、母親が昼食を取っているようだ。俺と成実のように、学生風の組み合わせも散見されたが総じて店内は騒々しい。平日のファミレスより子供は賑《にぎ》やかで落ち着かない。

その中でもっとも声を張り上げている行儀の悪い男はトレイに広げたポテトを一本摘《つま》んだ後に、対面《トイメン》の成実《なるみ》に向かって愚痴《ぐち》る。髪に指を通し、頭を抱《かか》えるようにしながら、

「その名前がやたら漢字ばかりで格好良いんだぞ、覚醒《かくせい》しなければ詐欺《さぎ》じゃないか」

「どんな基準ですかー」

歌うような調子でおどけて、それから成実が目を覗《のぞ》き込んでくる。俺《おれ》は咄嗟《とっさ》に指で目を覆《おお》い隠し、その奥で眼球の色を塗り替える。変化の瞬間《しゅんかん》、目玉にはなんの前触れもない。温度変化も痛覚も無縁で、本当に変化しているのか不安になることもある。

「そういう文句は名づけた親に言いなよ」

「あいつらとは話したくない」

暗記した公式でも思い出すように、否定の言葉はスラスラと口からこぼれた。それから目元を隠していた指を離すと、成実がワッと短い驚《おどろ》きの声をあげた。今、俺の瞳《ひとみ》は何色なのだろう。

憎悪《ぞうお》の赤か。

それとも、悲哀《ひあい》の青か。

「いや正確に言おう。話にならん」

鼻を鳴らして背もたれに寄りかかる。暫《しば》し真っ白な天井を眺《なが》めて、冷房に唇《くちびる》を濡《ぬ》らした。

家族との関係は、この能力の生い立ちとも関係している。

苦渋《くじゅう》を味わいながら、ほんの少しだけ過去を思い返し。

そして気づくとトレイの上から、ポテトがほとんど食べ尽くされていた。

「おい、半々にする約束だったはずだが」

「ふははははは、あたしも話にならん一員だから勝手に食べたのだー」

棒読みで悪びれない成実は残りのポテトも軽快に口に運んでしまう。

「……まぁ、いいが。細かいことに固執するような男ではないからな、俺は」

「右手震《ふる》えてるよ」

「昂《たか》ぶりが収まらんのだ。何者かのオーラでも感じている云々《うんぬん》のアレだよ、まぁ多分」

両手をテーブルの下に隠すように垂れ下げながら、成実が食べ終えるのを待った。そうして烏龍茶《ウーロンちゃ》を啜《すす》り終えるのを見届けてから、口を開く。

「次はどこへ行く？」

「もう帰るよ、昼寝したいから」

欠伸《あくび》混じりに成実が答える。俺は背を丸めて毒づいた。

「薄情なやつめ、腹いっぱいになったらお役ご免か」

内容とは裏腹に口調は軽いものだ。成実もそれを受けて、冷めた声で指摘する。

「単に家に帰りたくないだけでしょ、あんた」

無視して席を立ち、店を出た。図星だったからだ。

「世界を変える人にしてはちっさい悩みだよねー」

「うるさい」

俺《おれ》が家庭事情を包み隠さず明かしているのは、同級生では成実《なるみ》だけだ。話すべきではなかった、と後悔《こうかい》する面もあるが一方で、愚痴《ぐち》をこぼせる相手に救われてもいることを自覚していた。しかしそれを面と向かって、感謝の意として告げることはできない。当然だろう。素直な人間になってしまっては、人を騙《だま》すことはできない。

隠しようがない。

俺の能力の底というものを、誤解させることができなくなる。

店の外に出ると途端《とたん》、産毛《うぶげ》が焦《こ》げるような厳しい光に全面を晒《さら》すことになる。瞼《まぶた》は光がのしかかったように重く、目を開けていることも辛《つら》くなる日差しだ。その光と熱をかいくぐるように手を宙に振って歩き出す。光の中を泳ぐイメージが頭をよぎり、その幻想《げんそう》に浸《ひた》ることに確かな快楽を見出《みいだ》していたが、正面の歩道の信号待ちに引っかかり、すぐ立ち止まってしまった。

そこで車道を挟《はさ》んだ向かい側の歩道に目がゆく。他《ほか》の人と同様に光が顔に当たり、目をしかめながら信号待ちする二人連れに見覚えがあった。うげ、と歪《ゆが》む俺の顔には歓迎と反対のものが浮かんでいるだろう。

「ありゃあ、不良と不良娘じゃないか」

「お、ほんとだ。早速耳と唇《くちびる》にピアス開通しちゃってますねー。夏しちゃってるねー」

成実も釣《つ》られて海島《うみしま》と巣鴨《すがも》を観察する。男子生徒の海島達彦《たつひこ》の方は銀色のピアスで顔を着飾っている。長期休暇が始まった途端、教師の目から解放された彼らは自由を顔面で満喫しているのだ。頭髪の方は金色というより黄色に染まっていて、こちらは普段通りだった。頭にスギ花粉の塊《かたまり》をごてごてとくっつけているようにも見える。面と向かって言ったら殺されるだろう。

「あの色に目玉変えられる？」

「楽勝」

成実に催促《さいそく》されて、瞬時《しゅんじ》に目玉を切り替える。眼球は海島の髪とお揃《そろ》いの色をたたえる。冷静に考えれば海島とお揃いなんて願い下げだが、つい調子に乗ってしまった。

「うっわー、きっもちわるー。ビー玉はめ込んでるみたい」

「お前の鼻にビー玉詰め込んでやろうか、手のひら返しの達人め」

すぐに眼球の色を戻す。手鏡で確かめると、ちゃんと鳶色《とびいろ》に戻っていた。普段はこの一般的な瞳《ひとみ》の色に設定してある。真の覚醒《かくせい》が果たされるまで、俺の中に眠る異端は公《おおやけ》に晒すべきではない。今さっき、思いっきり目の色を変化させていた気もするが、気がするだけ。

それに数メートルの範囲まで近寄らなければ、人の瞳の色など大して気に留めないものだ。いや、数十センチの距離で向き合わなければ俺の両眼は奇跡と認められないかも知れない。

……さて。

海島の隣に立つ巣鴨涼《りょう》はその鳶色に似た髪の少女だ。海島ほど外見で冒険をすることはなく、深窓《しんそう》のご令嬢といったところだ。美と醜《しゅう》どちらであるかといえば、美である。

「巣鴨《すがも》さんって家が大金持ちと聞くね」

「羨《うらや》ましいね」

「とってもね」

独特のテンポで会話し、頷《うなず》き合う。聞くというか実際にお嬢様である。あいつの住む豪邸に招かれたこともある。

羨ましくはあるが、巣鴨が苦手だった。

巣鴨は美人だ。それは間違いない。同級生だが、一学年ほど年上に見える落ち着いた雰囲気は育ちの良さもあってだろうか。目鼻や唇《くちびる》の形は文句のつけようがなく、なによりスッキリしている。巣鴨はどこを取っても、余分なものが取り除かれているという感じだ。

簡潔で、整って、だから美しい。

休日なのになぜか制服を着ている。清楚《せいそ》な印象のある真っ直《す》ぐな髪には大変似合っているけど、実に不良っぽくない。巣鴨が私服でないことに微《かす》かに失望したのは、制服姿を見慣れてしまうほど、あいつのことを目で追いかけている所為《せい》だろうか。いや、そんな事実はない。はず。

しかしあの小学校での一件以来、巣鴨を変に意識してしまうようになった。それは歳月を重ねるにつれて苦手意識に近いものとなっている。

それとなにより、あいつの父親というのが『教団』のお偉いさんという噂《うわさ》も聞いていた。そこが一番、気に入らない。もっとも、相手の方は俺《おれ》のことなど眼中にないだろうが。

あいつらは校内屈指の不良と学校側から認識されている。少なくとも巣鴨の方は見た目に限定するなら優等生の方が似つかわしいが、いかんせん、やつは学校をよくサボる。しかも朝はちゃんと時間を守って登校してくるのにいつの間にか抜け出して、出て行ってしまうのだ。

まぁ最近になって他《ほか》の不良生徒とも付き合いが見られるから、本物の不良になったのかも知れないが。

生徒間でもそうした素行不良の所為で、快く思う者は少ないが面と向かって口答えする輩《やから》も現れないため、勝手気ままだ。比較的大人《おとな》しい校風なため、不良という存在は一層目立ち、注目を浴びることになる。

教師たちは学校の対外的イメージを気にかけているようだが、無論、彼らは頓着《とんちゃく》しない。

「ピアスって痛くないの？」

「痛いに決まってるだろう、穴空《あ》いてるんだぞ」

実際のところがどうなのか、断定口調にもかかわらず知らなかった。

「でも人間って耳と鼻に穴空いてるけど痛くないよね」

「お前の疑問と解釈の意味がまったく分からん」

車道の信号が黄色に変わる。それを見て取ったように成実《なるみ》が別の話題を振る。

「あんたはこれからどうするの？」

成実《なるみ》が興味なさそうに尋《たず》ねる。鼻で笑って一拍置いてから、気取って答えた。

「日課の能力開花の修行に決まっている。待っているだけではなにも変わらないのだ」

握り拳《こぶし》を真っ直《す》ぐ突き出す。

「同級生の不良AとBがデートしてるのに、能力修行とか痛くて堪《たま》らないんですけど」

「うるさい」

あいつらが一緒に行動しているという噂《うわさ》は聞いたことなかったんだが。

……まぁ、俺《おれ》には関係ない。巣鴨《すがも》が誰《だれ》と付き合おうと。多分。いや、きっと。

納得できなくてもそう思い込んでおこう。そういうの、得意だ。

正面の歩道が青信号になったのを見て、周囲の人の流れに背を向けて急いで歩き出す。

「あれ、どっち行くの？」

一歩目を大またで踏み出した姿勢で停止して、首だけ振り向いた成実が疑問を唱える。

「海島《うみしま》たちに見つからないように反対の道から帰る」

「うわー、早くもこの夏最高に格好悪い発言いただきましたー」

「君子《くんし》危うきに近寄らず。戦略的撤退《てったい》だ」

「まーねー。あんたが海島くんと喧嘩《けんか》しても勝てないわ。ひょろっちいもん」

成実が撫《な》で肩に触れてくる。コンプレックスを指摘されて、不服と共に振り返る。

「それは正面から殴《なぐ》り合ったらの話だろう。勝つだけなら他《ほか》にいくらでも方法があるさ」

「たとえば？」

「石を投げればいい、遠くから」

「距離を詰められたら？」

「石は撒《ま》き餌《え》だ。そこまで想定して罠《わな》をしかけておく」

「かいくぐられたら？」

「その逆境に晒《さら》されたとき、俺の能力は真の覚醒《かくせい》を果たすだろう」

それで解決、ずどどどーん。

右腕を水平に広げておどける。成実は俺の横顔を覗《のぞ》き込んで呆《あき》れているようだ。

「じゃあ最初から無駄《むだ》な抵抗せずに殴り合えばいいんじゃね？」

「お前には致命的にロマンが欠けている。夏の間に勉強してこい」

「禁書読んでるけど」

「足りん。ＳＡＯも読め」

「えすえーおー？　サオ？　釣《つ》り漫画？」

人生でもっとも無駄な時間になりそうだったので成実の疑問を無視した。

「……ん？」

視線を背中に感じたような気がして、振り向く。だが雑踏の中でその視線の出所を特定するのは困難だった。まぁそれに、普段から一日に五回はただならぬ視線を感じたりするからな。

教室の喧噪《けんそう》から離れて、静謐《せいひつ》に、昼の光が溢《あふ》れる階段を上っているときとか、よくあるよね。

モスバーガーの脇《わき》を抜けて、ビルの隙間《すきま》を目指す。今はまだ点灯していない提灯《ちょうちん》の並ぶ居酒屋と、雑居ビルの間に当たりをつけてそちらへ向かった。成実《なるみ》も後についてくる。

「それに」

勿体《もったい》ぶるように間を空《あ》けてから、逃げる理由を付け足す。言うか少し迷ったが、このままだと逃げ腰のヘタレと成実に思われかねない。客観的事実ではあるが。

「それに？」

「見つかると誤解されるだろう」

成実を一瞥《いちべつ》して、口早に言う。両目を前へ向けるとすぐ、笑い声が響いた。

「あんたとの仲を？　ははは」

その笑いがどういった意味か追及することなく、早口で続ける。

「お前だって海島《うみしま》に目をつけられるのは嫌《いや》だろ？　ちょっかいをかけられるかも知れん」

「あぁ、スカート捲《めく》りとかされるかも知れんね」

「ほぅ、海島はハレンチ学園出身だったのか。初耳だな」

軽口を叩《たた》いていると、向かおうとしている路地から人影が現れた。

その少年の姿を目にして思わず、息を呑《の》む。

少年は白かった。

綿毛のような白さに包まれていた。出《い》で立ちも、雰囲気も。純白に染めきった髪に、真っ白なスカーフのようなものを巻いている。ぶかぶかの白い布のような上下一体の服を身に纏《まと》い、統一するように携帯電話まで白色だった。その中で瞳《ひとみ》だけが一瞬《いっしゅん》、赤色に見えてどきりとしたけど、光の加減だったのか次に見たときには鳶色《とびいろ》だった。残念ながら白目は剝《む》いていない。

そいつは不自然なほどに柔らかな微笑《ほほえ》みを浮かべて、電話越しになにごとか話し込んでいる。視線を気にしてか一瞬、目配《めくば》せするようにこちらに視線をやるもののすぐに電話の方へ意識を戻し、俺《おれ》の横をすり抜けていく。

聖人。

そう表現することがもっとも相応《ふさわ》しく、そして、「不快だ」

その少年の雰囲気に、別の人物を連想していた。そう、憎々しい『神様』を。

「なに、立ち止まって。今の美少年を妬《ねた》んでるの？」

成実に顔を覗《のぞ》き込まれ、それを振り切るように首を振って、足を動かす。

そうして路地に入った直後、

ぼたたた、と。

降り注いだものが目の上で音を立てた。

手のひらで軽快に額を叩くような衝撃《しょうげき》と音色だった。

「うあ、ひぃぃぃぃ！　うひゃぁぁあぃぃあぁあ！」

雨よりもずっと質量のあるものに不意打ちで降りかかられて、大げさに悲鳴を上げながら踊るように飛び跳ねる。背中は総毛立ち、寒気が滝《たき》のように流れた。生温かいものが髪を包み、顔を覆《おお》うように垂れると一層、その寒気が強まる。

成実《なるみ》も一歩引きながら、目を丸くしていた。

「なに、ペンキ？」

薄暗い路地での出来事故《ゆえ》に、降ってきた液体の色が成実には判別できない。それがなんなのか、俺《おれ》もすぐに理解できなかった。その液体が生臭《なまぐさ》いこともあり、大量の鳥が一斉《いっせい》に糞《ふん》をまき散らしたかと最初は考えた。しかし鳥の糞はもう少し固体だろう、と頭のどこかでささやく。

携帯電話で会話していた少年も、俺の遠慮ない悲鳴に足を止めて振り返る。だがそちらを意識する余裕はない。自分に降りかかったものの正体を日の下に行くことで悟ったのだ。

「これまさか、血？　いやまさかっつーか、血だ！　本物か？　なまぐさっ！」

髪を拭《ぬぐ》ったことでべっとりと手のひらに付着した、新鮮な赤色を保つ液体に恐れおののく。しかしいくら腰を引いても自分の腕と距離を離すことはできない。できるはずがない。

「ひぃぃぃぃやぁぁ！」

「いやあんたテンパりすぎ」

「俺もそう思う！」

大声を張り上げながらも、指摘されたことで幾分落ち着く。心臓は未《いま》だ鐘《かね》を打つようにうるさいが。外聞を取り繕《つくろ》うように咳払《せきばら》いした後、手のひらにべっとりと付着した血液に眉《まゆ》をひそめる。誰《だれ》のものとも知れない血を浴びせられて、冷静でいることは難儀だ。ごまかすように、血の出所を探し求める。

上を見上げても、あるのはビルの影に呑《の》まれた薄暗い壁《かべ》だけだった。二枚の壁の間には当然、なにもない。人が浮かんでいるはずもない。澄み切った空は俺《おれ》の髪を染める赤色と対極にある。更《さら》に上を向いていると自身の汗と混じった血液が垂れて眉間《みけん》と鼻をくすぐった。

おぞましく感じたそれを寒気の中、慌《あわ》てて拭《ぬぐ》い取る。と、横から真っ白な手が伸びてきた。

「どうぞ」

先程の白い少年が隣まで引き返し、頭に巻いていたスカーフを差し出していた。

その行いに清廉《せいれん》なものを感じて、困惑と嫌悪《けんお》が入り交じる。

躊躇《ためら》っていると、少年は強引にスカーフを受け取らせる。その少年の頭髪が先程よりも微妙にずれていることに気づいて目を丸くする。奥に潜む色は、黒だった。

視線に気づいてか、少年が相好を崩す。

「あぁこれ、カツラだからね」

少年が前髪を引っ張り、カツラを取り外す。白髪の下は焦《こ》げたような黒色の髪が控えていて、外した方が逆に、全体の純白さを引き立てていた。真っ白な液体に墨汁を一滴垂らすことで、境界線が生まれるように。少年はすぐにカツラを着け直して、ビルの上空を見上げる。

無言ながら目を細めて、ビルの屋上にあるフェンスを凝視《ぎょうし》していた。

「なんだ、なんなんだ。ビルの屋上？　でなにかあったのか？」

押しつけられたスカーフで頭を拭《ふ》きながらぼやく。舌の根っこが震《ふる》えていた。

「血生臭《ちなまぐさ》い事件、ってことは殺人とか？」

成実《なるみ》は深い意図のない調子でそう言ったのだろうが、こっちとしては肩が引きつるほどの発言だ。日の当たらない路地にそびえる、二つの壁。その先にあるものに、身体《からだ》の底が怯《おび》えていた。

血が降り注ぐなど、普通に生きていてまずあり得ない。

自分と違う世界が、頭の上からその片鱗《へんりん》を覗《のぞ》かせた。

そんな想像を巡らせて、人知れず膝《ひざ》を震わせる。

「後は水洗いしないと落ちないみたいだね」

少年がそう言ってスカーフを抜き取る。その鮮やかな手際《てぎわ》に、ふと違和感を覚える。握りしめていたはずなのに、いとも容易《たやす》く手から抜き取れたのは、なぜだろうか。

「洗って返そうか？」

なぜか俺ではなく成実が尋《たず》ねる。少年は手を小さく横に振った。

「結構。ああ、それと今の血については気にしない方がいいよ。せっかく『そっち』の世界にいるんだからさ」

少年はスカーフを受け取り、訳の分からん忠告めいた台詞《せりふ》を気取って述べてから行ってしまう。血染めのスカーフを隠すこともなく握りしめたまま、悠々《ゆうゆう》と街を歩く。歩道の信号は既《すで》に赤へ移行しつつあるが、それを無視するようにのんびり歩いていく姿は超常的な雰囲気を纏《まと》い、そのルール違反を是《ぜ》としてしまう。

……やっぱり、気に食わない。

「なんか締めの台詞《せりふ》が普段のあんたっぽかったね」

「俺《おれ》をあんなのと一緒にするな。俺は本物だ」

「はいはい、本物の重症と。でも今の人、なんか見覚えあった。んー、どこで見たっけ」

成実《なるみ》が少年の後頭部を見据《みす》えて呟《つぶや》く。俺も頭を捻《ひね》ってみるが、まったく記憶にない。

「学校にあんなのいたかな」

「いや学校に限定していないけど」

中学生の見覚えは大抵《たいてい》、学校内に留《とど》まるものだ。後はテレビやネットといったメディアか。

「でもこう見ると、あんたが人を殺して返り血に染まっているみたいだね」

成実が顎《あご》に手を当てて、物怖《ものお》じせずに評する。発言が一々香ばしいやつだな。

血のこびりついた髪を指で梳《す》いて、その粘《ねば》つきに辟易《へきえき》する。ついでに悪のりするように、目の色を真《ま》っ赤《か》に染め上げた。悪ふざけは恐怖をごまかす役目も負っていた。

「どうだ、殺人鬼っぽくなったか？」

「B級ホラーの主演っぽい。演出がくどくて逆に笑えるやつね」

「失礼なやつだな。俺の能力はそんなに安っぽくない」

人目を避けるように、別のビルの間を走る路地に逃げ込んだ。血痕《けっこん》は跳《と》び越えた。

血の出所が気にならないといえば、嘘《うそ》になる。しかしこれだけの血を流す人間と関《かか》わりたくない、という思いの方が強かった。危ないことからは、ちゃんと逃げる。なにも恥じることなどない。胃は縮み上がり、心臓はバクバクと喚《わめ》いている。あー、嫌《いや》だ嫌だ。

それよりも家へ帰るつもりはなかったがこれで一旦《いったん》、シャワーを浴びて着替えに寄る必要が出てきたことに苛立《いらだ》つ。足も自然、早足だった。追いかけてくる成実が待て待てうるさいが、緩《ゆる》めない。

その路地を抜けた先の大型電器店の前で、飾られたテレビが番組を映し出している。

画面に映るその顔に、思わず立ち止まった。

足を絡《から》め取られて、固定されてしまったように。

一人の少女が大画面に浮かび上がっていた。講堂のような舞台を背景に、優雅な立ち振る舞いで演説している。舞台の下は群がるように老若《ろうにゃくなんにょ》男女で溢《あふ》れて、少女を異様な熱狂と共に見上げている。たたえるように、尊ぶように。或《あ》いは、縋《すが》るように。

少女は十代後半、年相応の端整な容姿を存分に駆使するように、穏《おだ》やかに微笑《ほほえ》んでいる。

しかし、真に目を惹《ひ》くのは少女の顔ではなく、その背中。

背中から生やした、『光の翼《つばさ》』だった。

合成映像でも装飾品でもなく、純粋に、自力で生やしている翼《つばさ》だ。

少女の身体《からだ》を丸ごと包めそうな巨大な翼の節目が稲光《いなびかり》の如《ごと》く鮮明に線を描《えが》き、間に波のように光が走る。走る度《たび》、光が空気を震《ふる》わせる。翼の端から粒子を放出し続け、その雪より眩《まぶ》しい輝きがテレビ画面を覆《おお》うように散布される。誰《だれ》もが息を呑《の》むほど、神秘で世界を染める。

そうして少女は一層、神々《こうごう》しさを自ら演出するのだ。

翼を背から生やす女こそ、この世界で多くの人間に『神』と認められた存在。

俺《おれ》が明確に拒絶の意を示す、『敵』だった。

「カリスマ宗教家って、宗教やる人は大体、カリスマあるでしょ」

隣に立った成実《なるみ》がぼやく。無言ながら、まったくだ下らないと内心で同意する。

なんでこんなやつに。

しかしそのカリスマ宗教家なる者がこの世界で多くの人心を摑《つか》み、俺の両親を宗教狂いに仕立てて五十川《いかがわ》家の平穏《へいおん》を蹂躙《じゅうりん》していることは事実だった。

一癖《ひとくせ》ありそうな微笑《ほほえ》みを浮かべる少女を、血だらけのままに睨《にら》みつける。

右の握り拳《こぶし》には降りかかった血液以上に、鬱血《うっけつ》による赤みが差していた。

テレビの中で悠々《ゆうゆう》と喋《しゃべ》る少女はたとえ刃物で突き刺されても死なない。

眺《なが》めているだけで誰しもにそう、漠然《ばくぜん》と思わせてしまう。

世の理《ことわり》から距離を置いているような、そんな超然とした雰囲気を無造作《むぞうさ》に笑顔でばらまく。

薄い光のベール越しに、外界と接しているような女。

さらけ出されている光翼《こうよく》が、少女のイメージを神格化させている。そう、少女はその翼だけで人間の頂点に上り詰めた。底の知れない能力を『力』として、飛翔《ひしょう》し続けている。

ある種の超能力を身に宿す女。

自分もまた、同じ条件にあるはずなのに。

憤《いきどお》りは少女が言葉を発する度に、際限なく高まっていく。

やがて演説を終えた少女がテレビ画面から消えて、暗黒の中に俺の顔が映る。

真《ま》っ赤《か》な設定のままにしてある瞳《ひとみ》は、画面の黒と混ざって濁《にご》った。

目を瞑《つぶ》り、開いた先には銀色の瞳。次いで金。紫《むらさき》、赤色。

くそったれ。

目もとを手のひらで覆い、唇《くちびる》を噛《か》む。

「こんな力じゃなくて、」

身近な世界を塗り替える力が欲しい。

それだけは演技と冗談の及ばない、真実の切望だった。


俺が自分の眼球の色を変えられることに気づいたのは、八歳の春休みだった。

鏡の前を通りすぎる度《たび》、自分の顔の違和感にふと気づいた。それまで注意深く覗《のぞ》いたこともなかった自分の目玉が、光の当たる角度によって色を変える宝石のように様々な変化を引き起こしていた。母が出かけている間に化粧台の鏡の前に座り込み、恐らく初めて真摯《しんし》に自分と向き合ってみた。俺《おれ》の『能力』を映すその鏡に、目はくぎ付けとなった。

見慣れていたはずの瞳《ひとみ》が、新鮮な薄いレモンの色に染まっている。猫の黄色い瞳ともまた異なる色彩は、幼い顔立ちと調和が取れていない。眼球だけが浮き上がっているようだった。ジッと眺《なが》めていると気味が悪くなってくる。未開の土地の動物に観察されている気分だった。

咄嗟《とっさ》に別の色を頭の中で念じる。絵の具のチューブを未使用のパレットにひり出すような感覚で広がるその色は眼球にまで伝染して、艶《あで》やかな緑色に移り変わる。その一瞬《いっしゅん》の切り替えに、テレビの動物番組で観《み》たイカを思い出す。外敵から身を守るために体色を瞬時に保護色に変えるイカと同じ能力が、自分の目に備わっているのではないだろうか。そんなことを想像したのだ。

最初はこの現象を面白がって数回、色を切り替えてみた。それに飽《あ》きると興味の対象は次の『力』に移った。創作物のキャラクターのように目の色が変化させられる自分。そんな人間には、他《ほか》にもっと大きな力があるのではないか。そう期待して、俺は珍妙なポーズを取った。

右手を前に突き出して、力を込める。足もとは踏ん張り、気合いを一枚、二枚と手のひらに重ねるイメージを幻視《げんし》する。そのまま室内で固まり続けること数分、汗だくになった俺は膝《ひざ》を突いて荒い息を吐いていた。無論、手のひらからエネルギー波が発射された疲れではない。

非常に残念なことに、期待するような大がかりな力は発現しなかった。幻想を打ち砕く力もなく、目の前の鏡を破壊する謎《なぞ》のエネルギーが放出されることもない。その後も目の色を幾通りにも変え、様々なこと、例えば全力で駆ける、壁《かべ》を蹴《け》る、飛び跳《は》ねると試したが一切、今までの自分と変わりなかった。

そして数日間の検証の末、俺は自分の能力の本質を悟った。

たったこれだけなのだと。

正確にはもう一つ、副産物のような現象が確認されたものの、それが心を満たすことはなかった。むしろその『顔』を眺めることがダメ押しになったと言える。

確かに、周囲には目の色を変えられる人間などいない。だが当時の俺からすれば自分では及びもつかないほど速く走れる同級生や、書道の授業でお手本以上に美しく字を書く女子の方が、よっぽど超能力じみていた。目の色を変えるという結果では、自分以外、なにも変わらない。

この結果を認められず、修行という奇行に人生の大半を費やすようになってしまったことはまた別の話なのでさておくとして。

更《さら》に追い打ちをかけたのは、自分の眼球の色が変化するという性質を明かしたことで、両親が気味悪がるようになったことだ。元々に信心深い性格だった両親は我が子を『悪魔の子』と一方的に嘆《なげ》き、泣き叫んだ。

じゃあお前らは悪魔なのか。そう問えるのは七年後の俺《おれ》であり、八歳の小学生にはただ、両親に嫌われることが衝撃《しょうげき》的だった。それまで仲は良好だったから余計に、だ。

それまで、小学校の同級生に自慢半分、面白半分で能力を見せびらかしていたが、以降は一切、自分から明かすことはしないと誓った。鹿川成実《しかがわなるみ》に関しては偶然、見られてしまったので例外としている。まぁ、あいつは噂話《うわさばなし》を広めるような性格でもないので大丈夫だろう。

かつての同級生も俺の目のことなど、とっくに忘れてしまっているはず。多分。でも印象的なことは忘れにくいかも知れない。たとえば俺にとっての巣鴨《すがも》とか。

あいつの裸、というか尻《しり》は今でも忘れようがない。そして思い出す度《たび》、赤面して顔を押さえつけたくなる。その後は次々に巣鴨とのやり取りを思い返して、羞恥心《しゅうちしん》で蹲《うずくま》りたくなる。

さて話を戻すと、両親に拒絶された後、俺は慌《あわ》てて目の色を戻そうとした。しかし、いくら自分の顔を眺《なが》め続けても、どうしても、元々の目を思い出すことはできなかった。

自分はどんな瞳《ひとみ》を持って生まれて、生活してきたのか。

元の自分は、生活と同時にその在《あ》り方を失った。

アルバムで確かめるという方法はあったが、拒否した。意地の都合だ。

いつか自力で思い出してみせる。自力で、過去を取り戻してみせる。

そして取り戻すと決意したものに数年後、自分の家族も含まれることになった。

「……しかし」

腕を前へ突き出したまま、当時より七年の歳月が経過した俺が首を傾《かし》げる。

一体、能力修行とはなにをすればいいのだ？

気合いを入れてはみるものの、変化の兆《きざ》しがどんな形で訪れるのか見当もつかない。俺がかつて三十分で書いた世界改変の計画書曰《いわ》く、『五年後、世界最強になる』らしい。確認してからポケットにしまい、さて、どうやってなろうかなと頭を悩ませることになる。

夜も更《ふ》けてきた頃《ころ》、廃ビルの四階に一人籠《こ》もっていた。空調もなく、酷《ひど》く暑い。

廃棄《はいき》された雑居ビルは駅の裏手にある。帰宅する会社員でほんの少し賑《にぎ》わっている田舎《いなか》の駅の光も届かない、夜の一部だ。かつては大通りとして賑わい、市街の入り口として機能していた場所も時代の津波《つなみ》に流されて、残骸《ざんがい》を残すばかりとなっていた。

窓辺に注がれる微《かす》かな月明かりが部屋の輪郭《りんかく》を浮かび上がらせている。打ち捨てられたテーブルは脚が朽《く》ちて傾き、壁《かべ》には派手なヒビも幾つか見られる。かつてのマスコットらしきクマのぬいぐるみは首の糸がほつれて床に転がり、その内側に虫が巣を作り上げている。クマに縫《ぬ》いつけてあった真っ黒な目は片方剝《は》がれ落ちてなくなっている。その目に合わせるように、そっと右目を指で覆《おお》う。

「…………………………」

思わせぶりだが勿論《もちろん》、なにも起こらない。しかしなんとなく満たされた気持ちになった。

口を閉ざすと時計の秒針の音が聞こえる。この部屋には時計が備えつけられていて、それがまだ正常に動いている。今は夜の九時を回ったところで、つまり立派な夜間外出だ。

学校や市からも寂れた街の方には近寄るなというお達しはあったが、知ったことではない。ここの周辺は俺《おれ》以外にも、昼間の不良、海島《うみしま》たちが女子との逢《あ》い引きに利用しているという噂《うわさ》もある。もっとも、数ヶ月前から廃ビルを利用しているがそんな輩《やから》に遭遇《そうぐう》したことがないので、噂話の類《たぐい》だと思うがね。実際に鉢合わせたらどうするかについての対応は用意してあるが、それを緊張せずに実践《じっせん》できるかは怪しかった。

手鏡を開き、月明かりの入り込む窓際《まどぎわ》で自らの顔を確かめるが、相も変わらず眼球の色が異常を来《きた》しているだけだった。今は赤錆《あかさび》のような色をたたえて、濁《にご》った印象を与える。

その自らの瞳《ひとみ》を、探るように、沈み込むように。一点を凝視《ぎょうし》し続ける。

「俺は最強だ、俺は最強だ、俺は最強だ……自己暗示、カーッ！」

締めに目を限界まで見開く。瞬間《しゅんかん》、俺の足もとは爆《は》ぜた（床を思いっきり蹴《け》って、足首を捻挫《ねんざ》しかけた）。爆竹かちんどんやのように走り回り、「せぃ、やぁ！」と虚空《こくう》に向けて拳《こぶし》を振り回す。それはまさに縦横無尽《じゅうおうむじん》、のつもりだが、拳は鈍重で足腰は上半身の激しさについていけずもつれて、分解してしまいそうだった。脇腹《わきばら》いてぇ、超いてぇ。

数分どころか数十秒と保《も》たず壁《かべ》に手をつき、息は荒《すさ》みきる。迫《せ》り上がる吐き気が喉《のど》を埋める。

「最強になっていないじゃないか！」

逆ギレして、床を強く踏みつける。埃《ほこり》が舞い散り、吸い込むと一層噎《む》せた。

「ダメだ、こういうのじゃない」

首を激しく振って反省する。しかし、と唇《くちびる》が自然に動く。

「じゃあ、どういうものなんだ。修行って」

過去の偉人たちの文献（漫画とかラノベのバトルもの）を読み漁《あさ》ってみたが、能力の覚醒《かくせい》における前提条件が、俺からすれば困難を極めている。空を見上げても女の子は降ってこないし、あんな危機に陥《おちい》ったらそのまま死んじゃうだろうがこの野郎。

七年前からまったく進歩の見られない能力。年齢を重ねても目玉の大きさは変化しないように、俺の特異は広がりを見せない。観光地の滝《たき》に打たれに行ったこともあったが開眼《かいげん》することはなかった。いや既《すで》に目と芽、どちらも開ききっているのだ。

それが現実を見据《みす》える役目しか果たさないだけで。

本当に目を覚まし、盲目にも等しい見識の狭さを打破しなければいけないのは両親の方だ。あいつらのことを考えただけで迸《ほとばし》る怒りは、目の先へと集《つど》って視界を溶かすほどだ。これだけのエネルギーが普段、自分のどこに隠れているのだろう。そしてその熱量をもってしても、俺は進化しない。自らを塗り替える力は、世界を塗り替える力に手を伸ばさない。

俺には世界を塗り替える資格があるはずなのに。

少なくとも、普通の人間よりは一歩だけ、世界の常識からはみ出ているのだ。

目の色を変えるという超常現象が、俺を枠外へ誘《いざな》う。

だがしかし、たった一歩ではなにも変わらない。世界は、塗り替えられない。

壁《かべ》を睨《にら》み、頰《ほお》の肉を嚙《か》む。

『シラサギ』と名乗る、翼《つばさ》を持つ少女の率いる宗教団体に両親が傾倒したのは五年前になる。今では両親どちらも、教団の幹部にまで上り詰める有様《ありさま》となった。

「救いようがないバカ共だ」

壁を拳《こぶし》の側面で叩《たた》く。ヒビが入っている壁ではあるが、俺《おれ》の拳ではビクともしない。

両親が教団にその身と人生を捧《ささ》げて以来、俺にとって家は帰るべき場所ではなくなった。極力寄りつかないように努め、だからこそ能力修行という名目で夜中もビルの中で過ごしていた。両親自体、滅多《めった》に家へ帰ってくることはないので掃除、洗濯といった家事は半ば崩壊し、家の中は汚物《おぶつ》にまみれている。自分の部屋以外は一切、掃除しようと思わなかった。

だがそれでも、自分の両眼の秘密を明かしたことがその引き金となったという事実を自覚しているが故《ゆえ》に。俺の願いは両親との決別ではなく、解放に傾いている。

今は、まだ。

「悪魔の子、ね」

根底にある、トラウマのように巡るその言葉を反芻《はんすう》する。

こんな能力しかない自分は、悪魔にもなれやしないのだ。

「あんたたちの自慢の子供は、ただの色物人間だよ」

神様と崇《あが》められる、翼を生やす女となにも変わっちゃいない。

自嘲《じちょう》に口の中が苦くなったことに気づき、嘆《なげ》いているだけでは変わらないと自分に言い聞かせる。俺は祈ることに縋《すが》らない。いやたとえ祈るときであっても、行動を忘れない。

壁に張りついているだけのヤモリから、俺は脱却してみせる。

そしてもう少し修行に精を出すか、と思うがままに珍妙な姿勢（がに股《また》になって右腕は腰に、左腕は胸の前に置いてめいっぱい力を込める。全身ぶるぶる）で構えた直後。

それは、始まった。


その夜、物語は動き出す。

偶然と、運命の二つに襲撃《しゅうげき》されて。

石が無造作《むぞうさ》に水面へ投げ込まれるように。

本来、上から下へとただ流れているだけだった川に、一つの淀《よど》みが生まれる。

その淀みがやがて、もう一つの流れとなる。そんな渦のお話の、はじまり。


などとこんなときでも頭の中で暢気《のんき》に格好つけている俺を無視して、それは続いていた。

廊下側からいきなり、窓ガラスの割れる音が暴風のように押し寄せた。

順々にもかかわらず、その音は積み重なるように鳴り響く。

「襲撃《しゅうげき》……やつらか!」

小声で凄《すご》む。この能力の『奥』に潜むものを狙《ねら》って、俺《おれ》は様々な組織に追われ続けている。勿論嘘《もちろんうそ》でそんな輩《やから》にまったく心当たりはない。が、時々、本当にそう思い込みかけるときがある。以前、その思い込みの強さを成実《なるみ》に呆《あき》れられた。しかしそんな余裕も、廊下を踊るように駆け抜ける影の存在を認めた途端《とたん》に引っ込む。

誰《だれ》かがいる。そいつが、ガラスを割りまくっている。これは頭の中の出来事じゃない。その場に屈《かが》み込んで頭を抱《かか》えたまま、緊張に首筋が引きつる。耳が痛む。飛んできたガラスの破片に直接、鼓膜《こまく》を傷つけられたように音が離れない。立ち上がろうとしても膝《ひざ》が笑って、尻《しり》が上がらない。関節がすべて石になったようだった。

半ば自動的に身を硬くして、事態をやり過ごすことに努める。先程見かけた影がそのまま、廊下の奥にでも消えてくれること、もしくは単なる見間違いであることを祈りながら。

やがて音が風化したように消え去り、再び室内を静寂が包む。そこでようやく俺は頭と耳から手を離し、恐る恐る背筋を伸ばす。廊下の方へ目をやるが、窓ガラスが無軌道に割られていること以外に変化はない。動くもの、影が消えたことに、まずは安堵《あんど》の息を吐《つ》いた。

胃腸の膜が痙攣《けいれん》したように震《ふる》えている。苛立《いらだ》つように内臓が痛み、鈍重な気分は拭《ぬぐ》いきれない。

なにが起きたというのだろう。

真っ先に思い浮かんだのは地震だった。だがそれほど激しく建物が揺れれば、四階にいる俺自身がそれを感じないはずがない。次に突風だが、熱帯夜の七月にそんなものは無縁だった。飛行機が側《そば》に落下してきたという線も考えたが、闇夜《やみよ》に火の手が上がる様子もない。それに被害もこの程度で済まないだろう。ビルの壁《かべ》の具合から考えれば、それだけの衝撃《しょうげき》を受ければヒビに沿って崩れても不思議じゃない。破損しているのは廊下を遠目に見たところ、ガラスだけで留《とど》まっている。

そうなるとやはり人為的に誰かが割ったことになる。さっきの影が、だ。

その誰かが、四階にいる。

喪失感《そうしつかん》に似たものが頭を包む。周囲の濃霧《のうむ》のような暗闇が濃くなり、足もとの感覚が曖昧《あいまい》になる。恐怖の影が俺を覆《おお》っているのだ。平和ぼけした頭は、未知の暗さに飛び跳《は》ねて五感の手綱《たづな》を手放してしまう。その場に尻餅《しりもち》をついて、喚《わめ》きたくなる衝動を必死に堪《こら》える。

「……ガラスを割る、ということは……尾崎豊《おざきゆたか》を信奉する不良軍団か？」

実に安直な発想である。いやあれは校舎の窓ガラスだったか？　どちらにしても品行方正な優等生ではないだろう。量産された海島《うみしま》が徒党を組んでやってくる悪夢を思い浮かべてしまう。近づいてくるだけでこちらが半死半生に陥《おちい》りそうだった。

廊下から逃げるように中腰で走り、窓に飛びつく。最後の方は転んで、偶然に窓に手がかかったようなものだった。窓から下を覗《のぞ》き込む。暗がりで把握《はあく》しきれない地面との距離に、唾《つば》を飲み込んだ。ヤモリのように壁《かべ》づたいに下りることは、少なくとも四階からでは不可能だった。脱出するには階段か非常口を利用するしかない。ガラスが不穏《ふおん》に割れた廊下を通って、だ。

「……と、普通なら思うだろうが」

笑おうとしたが、こぼれた声は「くぇくぇくぇ」としゃっくりを我慢するようなくぐもったものだった。これはこれで薄気味悪いのでよし。唇《くちびる》を歪《ゆが》めて、震《ふる》えを指先から追い払うように握り拳《こぶし》を作る。小走りで部屋の隅へ向かい、上面に埃《ほこり》を被《かぶ》ったロッカーを慎重に、音を立てないように開く。取っ手を捻《ひね》る際に金属音が発生して肝《きも》を冷やしたが、廊下側が無反応であることを確認し、手を動かす。ロッカーの中には会社の備品と縁のない、縄ばしごが畳《たた》んでしまわれていた。

「学生の身分で夜間徘徊《はいかい》するのなら、これぐらいの用意は当然だろう」

くくく、と笑いを漏《も》らす。今度はそこそこ、自然体の声だった。

巡回の警察官がやってきて補導されるという事態を想定して、緊急用の脱出の手筈《てはず》は整えていた。残念ながら突発的な怪異に対しての用意ではない。一体、このビルでなにが起きたのか。真相に興味はあったが、解明するより危険から遠ざかる方を優先する。

小心者と笑うがいい。だが最後に生き残るのは、危険から逃れた者だけなのだ。

「問題は縄ばしごの長さが足りるかだ……ちゃんと試しておけばよかった」

用意は半ば『ごっこ』であり、まさか本当に使う機会が訪れるとは思っていなかった。縄ばしご自体、祖父の家の納屋《なや》に転がっていた、由緒《ゆいしょ》正しそうではあるが耐用年数に不安のある代物《しろもの》だし。使用したら即、縄がぷっつんとちぎれない保証はない。

窓枠にはしごの先端を引っかけて、階下へと垂らす。からからと壁にぶつかりながら伸びていくはしごの感触が手のひらに伝わってくる。最後、伸びきった際の衝撃《しょうげき》は思いの外《ほか》重厚で、その地上までの距離に冷や汗を滲《にじ》ませる。ビルの四階というのは思ったよりずっと、高い。

風のない夜ではあるが、はしごは不安定に左右に揺れている。これに足をかけて、下りていくのか。思わず尻込《しりご》みしてしまう。長さ自体は二階の窓の下まで届いているようだった。そこまで下りきることができれば、後は階段を使っても隠れながら逃げられるだろう。最悪、一番下から飛び降りても頭から落っこちなければ致命傷にはならない距離だ。

地上に『怪異』の仲間が控えていないか、隠れるように覗《のぞ》き込んで確かめる。夜の闇《やみ》に目をこらしても、蠢《うごめ》く人影は見当たらない。いないと断定はできない、しかし。

人気《ひとけ》があるはずのないビル内で、物音どころかガラスを叩《たた》き割る輩《やから》がいるのだ。そんなのが誰《だれ》かがいて、それに遭遇《そうぐう》して、危険を負う可能性を想像する。

怖いじゃないか、はっきり言って。めっちゃくちゃ、恐ろしいじゃないか。

四階の廊下に潜んで、俺《おれ》を狙《ねら》っている可能性だってある。

人数も把握《はあく》できない。堂々と階段を使って入り口へ向かうことは愚《ぐ》である。部屋の隅で縮こまってやりすごす、或《ある》いはロッカーの中に隠れるということも考えた。だがその場合、もし発見されたら本当に逃げ場が失われる。そうなったら俺《おれ》から為《な》す術《すべ》が失われる。

「…………………………」

認めてしまえば。

暴力的なことは今までほとんど縁がなかった所為《せい》で、俺の性根はヘタレもいいところだった。正確には無縁ではなく、徹底《てってい》かつ率先して逃げ回ってきた。

危険に見舞われることを極端に避ける考え方が、俺の基本にあった。

だから逃げ道があるなら、そこへ全力で駆ける。迷うことはない。

「……それに」

縄ばしごを駆使して、華麗に脱出。そんな、脱出ごっこの気分が味わえる。

下らない理由だが、それも数パーセントほど存在した。

背後を振り返り、得体《えたい》の知れないなにかに対する恐怖よりはマシだと自分を鼓舞《こぶ》する。廊下で影が動いた、ような気もしたことにせき立てられて、へっぴり腰ながらも窓をまたぎ、はしごに足をかけた。

室内の換気もままならない空気と異なる、夜の街に流れる温度に身体《からだ》を晒《さら》す。足をかけ、両腕が摑《つか》む縄ばしごは俺自身の体重で派手に揺れる。首の裏側に氷を押しつけられたように全身を縮こまらせて喉《のど》を詰まらせるが、即座に縄ばしごが外れて落下、ということはないようだ。

また一歩下りて、左右のブレに戦々恐々としながらも、戻るという選択肢《せんたくし》はなかった。

四階にいるはずの誰《だれ》かが縄ばしごに気づいたら、自分を振り落とすのだろうか。頭の中が真っ白に陥《おちい》りそうな想像に怯《おび》えながら、震《ふる》えそうになる唇《くちびる》を歯で押さえつけて下っていく。目の前に映り続ける無機質な壁《かべ》に変化が起こり、景色が変わったことで『なんとかなるんじゃないか』という淡い希望の頭がむくむく、起きあがる。

そして三階の窓が足もとに見えてきた直後、唐突《とうとつ》に。

「えっ？」

はしごの縄の片側が、音もなく切れた。

いや正確には、『離れた』。

切り離された縄より下がまるで、俺を含めて横に一センチかそこら、ずれたように。縄は繋《つな》がりを失い、縄ばしごの安定はゼロとなる。当然、しがみついている俺も無事では済まない。

離れた縄に合わせて、がくんと上下に揺れる。そのまま衝撃《しょうげき》に振り落とされそうになるが奥歯を食いしばり、咄嗟《とっさ》に切れていない方の縄を両手で掴む。だが上ではしごを引っかけている部分が衝撃でずれて、縄が緩《ゆる》み、落下は秒読みだった。

心臓が焦燥《しょうそう》を極めて、目の中が混乱と共に回る。数秒後には地面に叩《たた》きつけられて物言わぬ死体に成り果てているかも知れない。歯の根は合わず、頭も満足に働かない。だがそれでも縄を見上げた際に、切り口の違和感に気づく。縄は繊維《せんい》の切断された跡もなく、まるでほどけたように綺麗《きれい》だった。だが、その違和感に対する答えを出している時間はなかった。

そんな中、はしごの縄がバランスを崩して揺れたのは、不幸中の幸いをもたらす。首もロクに回せなかったが、身体《からだ》が揺れたお陰でそれが視界に飛び込んできたのだ。すぐ足もと、三階の窓が開いている。天の助けとばかりに、矢も楯《たて》もたまらずそこに飛び込もうと足を伸ばし、一瞬《いっしゅん》、躊躇《ちゅうちょ》する。

廃棄《はいき》されたビルの窓が開け放たれているということは、そこに、誰《だれ》かがいる？

だとしても、このまま地面へ落下するよりは結果が分からない分、縋《すが》る価値があった。足を必死に伸ばす。窓枠を爪先《つまさき》が掠《かす》めて、離れる。頭が絶望に染まるが再度、足を伸ばして生き延びようと躍起になる。そうしてあがく中で上半身がねじれた瞬間、背後の景色を一瞬拝むことになる。

そこで、夜景の中の異物を右目が捉《とら》えた。

向かい側のビルから誰かがこちらを見ている。そいつと目が合った、ように思えた。

だがそちらに気を配る余裕はない。必死に窓枠に足を伸ばし、指先に全神経を注ぐ。そうして引っかかった足先で身体を引っ張り、重心と格闘する。前に転べば生き、後ろに傾けば死ぬ。気絶しそうな瀬戸際《せとぎわ》とストレスに苛《さいな》まれる中、鼻水と歯軋《はぎし》りを外聞なくまき散らし、前へ、前へと念じて足に力を込めた。

その願いと行動が成就して、身体が窓の中へ吸い込まれる。床に膝《ひざ》から落下して激痛が走り、腰も痛めた。吐き気が治まらず、胃と背中がぼこぼこと膨《ふく》れるように荒れる。

だが、落下から逃れることはできた。己《おのれ》の幸運に感謝して、強く息を吐く。

俺《おれ》はこんなところで死ぬべき人間ではない。そういう運命なのだろう。

縄ばしごが窓の外で、ふらふらと落下していくのを、目を細めて見送った。

「命がないやつは、簡単に落ちていいなぁ……」

九死に一生を得て転がり込んだ部屋の中で、しかし落ち着く暇《ひま》もなかった。

すぐさま、異臭《いしゅう》を嗅《か》ぐ。

その臭《にお》いは今日の昼間、間近で嗅いで鼻を曲げたものだった。

血の臭いだ。

床に転がったまま首を左右に振る。そして、部屋の隅に生まれている血だまりの中、男が座り込んでいるのを発見した。「ひ」悲鳴が溢《こぼ》れそうになるが、血の気が引いたことで叫ぶ元気までどこかへいってしまった。

男は暗闇《くらやみ》でも分かるほどに血みどろだった。

ふらふらと頭は揺れて、貧血を起こしたように視界が定まらない。男の呻《うめ》き声を聞かなければ、そのまま卒倒していただろう。呻き声という刺激があったからこそ辛《かろ》うじて意識を支えて、身体を起こすことができたのだ。

男は何時間もその場から動いていないのか、血液は床の上で固まっている。男自身の肌に付着している血も粉となって、ぽろぽろと崩れていく。男の服装はボロ布より無残で、鳥に突《つつ》かれた死骸《しがい》のようにも見える。だが、男の胸と腹は未《いま》だ微《かす》かに上下を繰り返していた。四階へ向かうとき、三階の各部屋になんて気を配っていなかったから、こんなやつがいたなんてまるで気づいていなかった。まさかさっきの修行の様子を聞かれていないだろうな。男は奇妙なことに、真夏にもかかわらずマフラーを巻いている。首元に隙間《すきま》なく巻きつけて、人目につかないようにしているみたいだ。その謎《なぞ》のマフラーが、更《さら》に俺《おれ》の腰を引かせる。

当然、そんな男の側《そば》に走り寄るはずがない。一目散《いちもくさん》に部屋の外へ逃げ出そうと走る。

血生臭《ちなまぐさ》さが俺にまで移るような選択はごめんだ。

しかし部屋の入り口で前足に力を込めて踏み留《とど》まる。

善意に引き返せとささやかれた、はずがない。このビルを襲《おそ》っている『事態』に血まみれの男が関与しているのではないか、と思い直したのだ。

事件の事情を知らずに迂闊《うかつ》に動くことは、手軽な脱出の方法がなくなった以上は避ける。

そして。

この状況下で、独りきりでビルを徘徊《はいかい》できるほどの度胸はないことを自覚していた。気がもっとも許せる友人である成実《なるみ》がいなくてよかったと思う一方で、成実がいればよかったとも思う矛盾《むじゅん》した心境に、胸のむかつきを覚えた。

男の側に屈《かが》んで数秒、逡巡《しゅんじゅん》する。声をかけづらい。どうかければいいか迷う。噎《む》せ返る血の臭《にお》いで指先がみっともなく震《ふる》える。腰の骨を叩《たた》き、自らを鼓舞《こぶ》して一歩、前へ出る。

「あの、」

声をかけた瞬間《しゅんかん》、男は俺に対して目を剥《む》き、垂れ下げていた右腕を動かそうとする。だが身体《からだ》は思うように動かないのか、動作も鈍い。こちらが反射的に飛び退《の》いてもまだ、腕は床についたままだった。鈍いどころか、動かせないのかも知れない。それは好都合だ。

「な、だ、ま」

「え？　……なんだ、お前？」

男が下顎《したあご》を小さく上下させる。顎を引くことさえ難儀なようだ。

これだけ弱っているなら俺に危害を加えることも無理だろう。更に言うなら、元気いっぱいにガラスを叩き割ることもできそうにない。こいつはガラスを割ったやつとは別人だ。

じゃあ、まだ上の階かどこかにそいつはいるのだ。

「なんだってその、そんなのどうでもいいじゃないですか。それよりそれ、血ッスよ、血！」

男の前に膝《ひざ》をついて屈む。血の臭いが更に強まる。思わず鼻を摘《つま》んだ。

「あの、ヤバイ、ッスよね。病院とか、ぇぇと必要ですよね！」

鼻づまりの声で、その上動揺する俺の言葉は質問の形になっていなかった。頭の中は冷静に、平静であろうとしているのだが行動が伴わない。脳からの指令が身体の隅々に伝達される際、緊張で収縮する血管が邪魔《じゃま》をするイメージが脳を埋め尽くす。焦燥《しょうそう》が多量の汗を生み、シャツの背中側と肌が完全に張りついてしまっていた。

男は噎《む》せながら、ふるふると身体《からだ》を震《ふる》わせる。首を振ろうとして、力が入らないようだ。

「だい、だ」

大丈夫を満足に口にできない男の返事に、更《さら》なる不安を煽《あお》られる。こっちの方が顔面蒼白《そうはく》に陥《おちい》りそうだった。まだ流れている血液があるのか、伸びきった足と床の間でぴちゃぴちゃと音を立てている。これでは弱りすぎて、会話が成立するかも怪しい。それでは意味がないのだが。

「ふた、つ。くる、ぞ」

男が二本、震える指を立てる。その血染めのVサインと対峙《たいじ》した直後、卒倒しそうになる。男の右手はその二本しか指が残っていなかった。親指と小指、それに薬指は断面を覗《のぞ》かせて、根もとから先が失われている。奇妙なのはその断面に切断されたような荒々しさがなく、まるで『初めから指がなかった』ように、美しい形を保っていることだった。

先程の縄の切れ目に似ている。類似点を発見した直後、背中が反り返る。止める間もなく、その場で嘔吐《おうと》した。床に手をついて倒れる身体を辛《かろ》うじて支えながら、げぇげぇと血だまりを汚す。鼻からもゲロが流れ出して呼吸困難に陥ったけれど、血の臭《にお》いが酸《す》っぱく、曖昧《あいまい》になることだけはありがたかった。

「こっち、が、やば、い」

男は嘔吐中の俺《おれ》を無視して、譫言《うわごと》のように喋《しゃべ》っている。その指で背中をさすってくれと無茶は言わないが、少しはこっちの都合も考えて欲しい。胃まで流れ出そうなほど、中身を出し尽くしているのだ。話などマトモに聞いていられない。数十秒、胃液と晩飯が逆流し続けた。その残滓《ざんし》を唾《つば》と共に吐き捨てて、口もとを拭《ぬぐ》う。血と胃液の混ざった臭《にお》いはこの世のものとは思いがたい。人間の内側の臭いだ、と嫌悪《けんお》する。鼻を摘《つま》み直すと、鼻の中に残っていたゲロがぐじゅぐじゅと音を立て、隙間《すきま》から滲《にじ》み出てきた。人生最悪の夜だった。

「……こんな、はず、じゃあ」

胸を押さえ、予想だにしていない自身の反応に絶望する。

俺《おれ》はいつだって、『特別な世界』への入り口に手をかけることを望んでいた。

魔法や超能力が跋扈《ばっこ》する、科学を超えた世界に立つことを。

この血みどろの男は、その入り口を担《にな》う『非日常』をこれでもかと体現している、のに。

いざ目の前にして、俺の反応はゲロだった。

望んだ世界の扉から一刻も早く離れて、家に帰りたいと。それればかりを願っている。

無理無理無理死んじゃう、と幼い自分が胸の内で泣き、喚《わめ》き、暴れていた。

何度も胸を叩《たた》き、睫毛《まつげ》の震《ふる》えを無視して、粘《ねば》つく恐怖をねじ伏せる。

そうしてようやく男との拙《つたな》い会話に戻る。男が先程呟《つぶや》いた『こっち』の意味が理解できず、首を傾《かし》げる。数秒考えて、その強調された指先から気づく。

立てている指のことを指しているらしい。

いやこっちもなにも、一つしか表現できていない。その忠告の意図がさっぱり摑《つか》めない。しかしその一方的に喋《しゃべ》りかける男の朦朧《もうろう》としている目つきが、自分の反応を『探っている』と、気づく。ふるいにかけられているような、不快な感覚だ。

せき止めている震えを見透かされないようにこっちは必死なのだから、止《や》めてくれ。よっぽど思わせぶりに演出して目の色を変化させ、ハッタリで脅《おど》してやろうかと思った。

その男の目が計算を投げ捨てたように見開かれた。

「……うし、ろ」

男が床に手をつき、身体《からだ》を無理に立ち上がらせようと試みる。何本も欠けた上下の歯を強引に噛《か》み合わせて食いしばろうとしている。その様子に、上っ面《つら》を取り繕《つくろ》おうと半ば無意識に口が動く。

「あの、病院に運んだ方が、ああじゃなくて、救急車、」

動転した台詞《せりふ》を最後まで言いかけてふと、今の言葉を気にかけた。

後ろ？

こんな瀕死《ひんし》の状態で呼びかけるほどの価値がある、後ろ？

そうして咄嗟《とっさ》に振り向いた直後。

頭上から迫り来るナイフの先端を、その目に捉《とら》えた。

プロローグ2

『もし中学生が目の色を変えられたら』

次の授業や昼休みのときから、おれはスガモを目で追ってみることにした。

あいつが本当にいじめられているのか、自分の目で見極めようと思ったのだ。スガモは、周りのやつと明らかに生地の値段が違いそうな服を着た女子は一人で給食を食べている。スガモはさっきの体育の時間も、特に誰《だれ》かと一緒に行動していなかった。自由時間のときもプールの隅っこで突っ立っているだけで、なにが楽しいのか見ていてさっぱりだった。見学だとうそぶいてベンチに座っていたおれは、スガモと他《ほか》の女子を見比べて、一部の集団が険しい視線を注いでいることに気づいた。その女子数人が、スガモの水着を隠した連中かも知れない。

あと、スガモを見るとドキドキするけど他の女子を見ていても大してなんとも思わないことに気づいたけど、それはどうでもいいや。

その女子たちを中心に、目立たないように観察していると意地の悪い笑いをいくつか見て取ることができた。給食のスープをスガモが口に運ぶとき、その笑いが生まれるようだった。なにか入れたのかも知れない。そう気づいて、腰を上げるか悩む。食器の底に箸《はし》をかつんかつんと刺して、葛藤《かっとう》する。助けはいらないと言われたばかりだけど、なんだかなぁ。今までは意識していなかったからなんとも思わなかったけど、一度知ってしまえば、塗り変わる。

教室の風景はほんの些細《ささい》な情報から、その色を大きく変えてしまう。

おれにも立派な目玉があるのだから、それを見て見ぬフリはできない。

席を立つ。おれの席は後ろから二番目で、スガモの席は右斜めに四つ進んだ、教室の真ん中だ。その側《そば》を通るように机の間を縫《ぬ》って歩き、立ち止まらないままスガモに忠告する。

「そのスープ、なんか入れられてるぞ。飲まない方がいい」

スガモが顔を上げてこちらを見たけれど、無視して廊下へ出た。廊下の突き当たりにあるトイレの方へ向かい、前まで行ってから引き返して教室へ戻った。来た道をなぞるように戻る。その途中、スガモの机を一瞥《いちべつ》すると、口がぽっかりと開いてしまった。

「あ」

スープが注《つ》がれていた食器は空っぽになっていた。しかも、中身を捨てた形跡もない。

「はい。終わったよ」

スガモが器《うつわ》を持ち上げて、底をおれに見せびらかしてくる。それから飲んだことを強調するように、舌で下唇《したくちびる》を一舐《ひとな》めした。そこで思わず足を止めてしまう。

「飲んじゃえば一緒。赤ちゃんのときからお腹《なか》丈夫だし」

スガモが表情を崩さないまま言う。それからいじめている女子連中を一瞥する。女子たちは蜘蛛《くも》の子を散らすように目を逸《そ》らしてしまう。スガモはそれを最後まで見届けることなく、おれを見つめてきた。

「トカゲくんは、わたしが弱い子とか思ってるの？」

「あ？」

「でもわたし、強いんだよ。お金持ちだから」

さっきと同じく『お金持ち』で締めくくるスガモの言葉には、確かに力強さがあった。

その強さを舌に残したまま、スガモが「んー」と思わせぶりに前振る。

「なんだよ」

「いま思ったんだけど、トカゲくんってわたしのこと好きなの？」

「……はぁ？」

スガモの机に手をついて身を乗り出してしまう。側《そば》に座っていたやつらがお喋《しゃべ》りを中断して、おれたちに視線を集《つど》わせてくるのを肌で感じる。スガモがじぃっと、またおれの瞳《ひとみ》を覗《のぞ》く。返事を待っているようだった。え、返事？　返事すんの？　いや、べつに。

「いや、べつに」

そのまんま口から出た。それを受けてもスガモは目を逸《そ》らさず、おれを見据《みす》えたまま、

「そうなの。わたしはトカゲくんのこと好きなのに」

「な……あ、ぃ？」

声が裏返った。臆面《おくめん》もなく好きと言われて景色が固まる。血の流れも滞《とどこお》る。顔面に偏《かたよ》った血液の所為《せい》で頬《ほお》や唇《くちびる》がぱんぱんだった。

周りのやつらが囃《はや》し立てるのも遠く、スガモに意識のすべてが傾く。
スガモは好きなの？　と聞くときも、好きなのに、と言うときも同じ顔のままで。
そして今も、まったく変わらない穏《おだ》やかな無表情だった。
「嘘《うそ》じゃないよ」
そう言い切った後、スガモは思わせぶりに、似たような言葉を重ねる。
嘘はついてないよ。

「え、ちょ、なに？」

　海島《うみしま》がその異変に飛びつくと、ぼぅっと目の焦点を合わせていなかった巣鴨《すがも》も天井を見上げた。海島は四つん這《ば》いで床を移動して、上の階で起きた破壊的な音に耳をそばだてる。距離があるからか音は鈍いもので、なにが壊れたのかは判別できない。ガラスなのか、机なのか。

　海島と巣鴨は、廃ビルの三階の一室にいた。彼らは石竜子《とかげ》がそのビルに入り浸《びた》るようになったのとほぼ同時期、後を追うように、利用するようになっていた。

　音が収まってから、海島は中腰で部屋の入り口に向かう。海島たちのいる部屋は猫の足跡柄のカーペットが敷かれていて、これは巣鴨の趣味だった。無断で敷いたものだ。廊下の突き当たりにあるトイレの、向かい側の部屋を巣鴨は利用している。

「なんかいる、な。取り壊し工事？　んなわけないか」

　扉の前で巣鴨に振り返り、返事を期待しないように呟《つぶや》く。巣鴨は窓の側《そば》に座り込んだままで、口を開くのが億劫《おっくう》なように黙り込んでいる。顔つきも平坦《へいたん》だった。

「んー……」

　部屋の中央に戻ってあぐらをかき、頭を捻《ひね》る。真っ黄色の頭部が傾くとそのまま、花粉のように色がこぼれ落ちそうな印象を受けるが木の枝のように揺れて、しなるだけだった。

海島はビルの構造を思い返そうとしてみる。ビル内に入ってきた人間は、どういったルートを経由したのか。外へ出るには、どの階段、どの廊下を利用するのが適切なのか。しかし実のところ、海島はこのビルを利用するのは今日が初めてだった。深夜徘徊《はいかい》を共にすることはあったが、巣鴨に誘われたのは今夜が初めてだった。よって入り口から最短の距離にある階段以外、思い浮かばない。

先端を切るように鋭い舌打ちをこぼして、黄色い頭髪を強く掻《か》く。

えぇい、めんどくせぇ。

海島としては、遭遇《そうぐう》した相手次第では喧嘩《けんか》も辞さないと考えていた。一人ならすぐに部屋から飛び出して強引に脱出を試みていたが、巣鴨の存在を考慮しての苦悩だった。面倒なので叶《かな》うことなら喧嘩など回避して逃げたいところだが、巣鴨にそこまでの体力を期待するのは酷《こく》だ。

そうして海島がうんうん、わざとらしいほどに唸《うな》っているとようやく、巣鴨が動く。緩慢《かんまん》に立ち上がり、スカートを手で払う。海島は目を細めてその様子を見守るが、内心、こっちに来て話しかけるなと思っていた。巣鴨の発言は得体《えたい》が知れない。無軌道なのだ。

海島の祈りも虚《むな》しく、巣鴨は近寄ってくる。そして言った。

「武器持ってる？」

「あん？」

唐突《とうとつ》な確認に海島《うみしま》が口を半開きにする。巣鴨《すがも》は質問を重ねた。

「ナイフとか。あると強いよね」

淡々とした声と裏腹にその表情は穏和《おんわ》だった。巣鴨のそんな態度には慣れているのか、海島の受け答えも淡泊なものだった。

「いや、あるけどよぉ」

こともなげに、海島が折り畳《たた》みのナイフを取り出す。しかし、すぐ戻してしまう。

「これ使うほど物騒じゃあないだろ、多分」

自信がないのか、海島の声にも精彩がなかった。

「それにさ、人に刃物を振り下ろすのって、疲れるんだぜ」

「疲れる？　体力あるでしょ？」

「違うよ、こっち」

こめかみを叩《たた》く。巣鴨の柔らかい顔つきに変化がないことを見て取ってから、苦笑する。

「頭がね、きゅうっと絞られるわけ。覚悟とか色々大変でさぁ、ぶん殴《なぐ》ったり蹴《け》ったりする方がずっと楽。国内旅行と海外旅行ぐらい違うね、まぁ海外行ったことねーけど」

「そうなの」

棒読みだった。少なくとも海島の耳にはそう聞こえた。いつもこんなものだ、面白みがない。巣鴨という女の褒《ほ》めるべき箇所《かしょ》は見た目だけだ。だが海島はそこに惚《ほ》れ込んでいる。

だから海島はほぼ一方的に会話を続けて、そのついでとして立ち上がった。せっかくここに呼ばれたのに、巣鴨に手もつけていない。そこにこの騒ぎとあって、海島の心中は荒れていた。

「刃物を躊躇《ためら》わないで人に振るうやつっていうのは、もう人間じゃねぇなぁ」

「人じゃないのって、大変そうね」

巣鴨の返事はピントがずれている。それを無視して、半ば独り言になっていた。

「頭のネジが飛んだんじゃなくて、むしろネジが突き刺さってないとそうはいかない。機械なんだよ、そんなやつ」

具体的な誰《だれ》かを思い浮かべるように、毒を込めた言葉を吐き出す。そうしてバツが悪いように鼻先を指で掻《か》きながら、廊下に顔だけ出して状況を確かめる。

三階の廊下に主立った変化はない。廊下に沿ったトイレも静まりかえって、階段付近もひっそりとしている。堂々と動く人影はなく、自分の息づかいが濃厚に耳を覆《おお》う。今の内ならさっさと出ていけば、問題が起きることもなさそうだ。そう結論を出してから顔を引っ込めて、ふと振り向くと、青白い顔の巣鴨が黙って立っていた。仰《の》け反るようにおののき、海島はそのまま廊下へ出てしまう。

巣鴨涼《りょう》。

穏和そうな顔つきではあるが、仮面を被《かぶ》っているように生物的な反応が窺《うかが》えない。

こいつは頭に何本、ネジが差し込まれているのだろう。

海島《うみしま》は今更《いまさら》のように巣鴨《すがも》を気味悪く感じて、自分に問う。

俺《おれ》はこの女の、どの顔に惚《ほ》れ込んだのだろう？


振り下ろされたナイフが左目を削《けず》ると同時に、おびただしい悲鳴が漏《も》れた。

その悲鳴は凶器が迫ってくることに対してであり、傷や痛みに向けられたものではない。それらがやってきたのは俺の目の前で、どぱっと、目玉が吐血でもしたように赤色に溢《あふ》れた瞬間《しゅんかん》だった。悲鳴を上げていた喉《のど》に、更なる絶叫が重なる。いたい、いたいいたぃいたい「いたいいぃいぃいぃいぃぎぃいぃいぃいぃいぃいぃい！　いいぃ、いういいぃいいい！」

顔の左側を手で押さえつけながら転がり回る。いたい、いたい、いたい！　顔の中心に縦線が引かれたように、右半分と左半分が体験する世界を異にする。「いだい、いだい！」溢れ出る血は蛆《うじ》のように傷と肌を這《は》い回る。べちゃべちゃと、粒の大きい雨が屋根に弾《はじ》けるような音が顔と床の間で絶え間なく起こる。食いしばった歯は次々に欠けて、口の中に小石の粒がコロコロと転がるようだった。「いだいよぉ！　いだい、いだいぃいぃいぎぃ！　ぐぃ！」

喉からも血が湧《わ》き出るほどに苦痛を訴えるが、それも打ち止めにされる。悶《もだ》え苦しんで床を転がり、少しでも距離を取って入り口へ向かおうとした俺を、ナイフ男の影が覆《おお》う。その足が俺の胴体を踏み潰《つぶ》し、次いで顎《あご》を蹴《け》り飛ばして口を噤《つぐ》ませる。顔面を蹴られた衝撃《しょうげき》で切り傷が歪《ゆが》み、ぐちぐちと肉の擦《こす》れる音を立てて苦悶《くもん》が倍加した。けどそれにばかり気を取られてもいられない。

俺の顔面を切り裂《さ》いたナイフがまた構えられていた。ナイフ男、こいつもまた首もとを古びたカーテンらしき布で大げさに固めて、衣服は血に染まっている。違うのはそれが返り血を主体としていることだった。

口もとまで布で覆っているから、表情は窺《うかが》い知れない。

「、、、」

なにか言おうとしても、声が出ない。喉の奥がぱくぱくと、空気を弄《もてあそ》んでいるだけだ。ナイフ男はそんな俺に対してもなんの遠慮もなく、ナイフを、しぬ、しぬ、死ぬ！

思わず目を瞑《つぶ》って頭を抱《かか》えた。

頭の中では黒色の欠片《かけら》が幾重《いくえ》にも散らばり、ノイズのように走っていた。

暗闇《くらやみ》の中、横に一閃《いっせん》する鋭い痛み。

その激痛をシールのように貼《は》りつけられたのは鼻だった。きつく下ろしていた瞼《まぶた》も跳《は》ね上がり、鼻を押さえて後ろ向きに倒れる。い、たい。いたい、いたいいいたいいたいい！

悲鳴が漏れて涙もどろどろと流れる。だけど今回は悲鳴を漏らす余裕があることに気づき、鼻先を撫《な》でると、先程よりは深くないでこぼこの傷を確かめることができた。

横に振ったナイフは俺《おれ》の鼻の上を削《けず》りこそしたものの、致命傷からは程遠かった。しかし一陣の熱風が横を吹き抜けたように顔は熱を帯び、どろりとした血を皮の下から垂れ流す。

垂れた血液が鼻の穴に吸い込まれ、乱れきっていた呼吸が一層、成立しなくなる。

歯の根が合わず、全身で震《ふる》える中、見上げた先では一悶着《ひともんちゃく》が起きていた。

ナイフ男の隙《すき》を狙《ねら》って動いたのか、今まで死に絶える際《きわ》にしか見えなかった血みどろの男が跳《は》ね起きて、ナイフ男に飛びかかっていた。まるでナイフ男が近寄ったら自動で反応するようにと、設定されていたかの如《ごと》く。奇声も、気合いも一切なく淡々と、不意を狙って。

指なし男も隠し持っていたのか、ナイフを両手の指で握りしめて、腰に構えていた。その握り方は右手の指が二本、左手の指が三本と残っている指を総動員して変則的だ。男は躊躇《ちゅうちょ》なく、突進した勢いを上乗せしてナイフ男の胴体に突き出す。ナイフ男は血みどろ男の方に注意を向けていなかったのか、反応は鈍い。それでも刺される直前、咄嗟《とっさ》に床を蹴《け》って後退する。だが完全には跳《と》びきれず、ナイフが突き刺さった。投石が命中したような鈍い音と共に、ナイフ男の胴体を吹っ飛ばした。正直、ナイスだ、とその一連の動きに賞賛を送った。

中途半端《はんぱ》な握りのためか刺さり具合が甘いようで、致命傷にはなり得ない。それでもナイフ男は悶《もだ》えて、上半身は起こしたものの即座に襲《おそ》いかかってくることはないようだった。

刺した男の方も力尽きたようにその場で膝《ひざ》をついて、複数の傷からの出血に苦しむ。

その一連のやり取りが嵐《あらし》のように過ぎ、互いに負傷で身動きを止めている状況を認識した直後、俺は床を手で押して走り出していた。走るだけで顔面がバラバラになってしまいそうな激痛に襲われたが、人を躊躇《ためら》わず刺せるような輩《やから》からは一刻も早く離れたかった。

だが、そんな俺を黙って見逃すはずがない。

「づれ、でげぇ！」

飛びつき、握り潰《つぶ》すように二本の指を肌へ食い込ませてきた男が、俺にしがみつく。恐怖に導かれて肘鉄《ひじてつ》を叩《たた》き込んだが、男の胴体は鉄板でも仕込んであるように固く、ビクともしない。

血液の塊《かたまり》が背中を襲ったように、むわりと臭《にお》いが覆《おお》ってくる。

指の断面がシャツ越しに俺の背中をなぞることが、失禁しそうになるほどおぞましかった。

躊躇している時間はない。咄嗟にある計算が働き、男の腕を肩にかけて前へ進む。俺の後背部を完全に隠れさせるような担《かつ》ぎ方を選ぶ。靴《くつ》の裏が俺と男の血で滑《すべ》って走りづらい。男は自分の身体《からだ》を支える余裕もないのか、体重の大半をこちらに押しつけてくる。重くて何度も捨てたいと願ったけど、きっとこいつが役に立つ瞬間《しゅんかん》がやってくると信じて、足を動かす。

入り口へ早歩きぐらいの速さで向かい、その途中で足音より先に追いかけてくる気配を感じ取った瞬間、俺は奥歯を食いしばり、目を赤色へと変貌《へんぼう》させて背後を睨《にら》みつけた。

動物の威嚇《いかく》行為。そんなイメージを込めて、強く、大げさになるように意識して振る舞う。

動きを迅速《じんそく》に、そして無意味なほど身体を振り回すことを心がけた。とはいえ決め台詞《ぜりふ》なんか口にしている余裕はない。時間がないしなにより、舌が震えている。

だから必死の形相を作り、さも、『能力』を振り絞っていると誤解させる。

その際にナイフ男の首もとを意識して凝視《ぎょうし》する。その意味は分からないが俺《おれ》が今、背負っている男も同様にマフラーを巻いて首もとを隠している。なにかがないはずがない。

振り向いた先で立ち上がっていたナイフ男はすぐ、こちらの右目の変化に気づいたようだ。その動きが止まり、露骨《ろこつ》な警戒を見せる。首もとを睨《にら》みつけていることも多少は効果があったらしく、ナイフ男が怯《おび》えたような反応さえ見せる。余っている布きれで顔を隠し、そのまま握っていたナイフを投げつけてきた。やはり、そう来たか！

手投げ故《ゆえ》か勢いはなく、担《かつ》いでいる男の背中に浅く突き刺さっただけで弾《はじ》かれた。盾《たて》は早速役に立ってくれた。男の呻《うめ》き声が酷《ひど》くなるが、声が出せるならまだ生きているだろう。

床に落下したナイフを回収したかったが、逃亡の方を優先する。無理をして拾ったところで、俺が人を刺せるはずがなかった。正面から戦って男を撃退できる道理はない。そのナイフだけしか凶器がないなら話は別だが、やつの手にはまだ刃物がある。ここは諦《あきら》めていい。

ナイフ男の顔隠しはなにか勘違《かんちが》いしたか、もしくは誤解したような仕草だった。ハッタリの効果としてはそれで十分だ。その誤解が解けて底が露呈《ろてい》しない内に、廊下へ飛び出す。迷わず左へ曲がり、階段を目指す。ビル内の構造は最初に訪れた際に歩き回って、ほとんど把握《はあく》していた。万が一の警察から逃れるためにと地図まで作ってあるのだがそれを今、確かめる暇《ひま》はない。

月に淡く照らされた廊下を駆け抜けて、二階へ続く階段に一歩足をかける。そこで、胃と肺が迫《せま》り上がりそうな衝撃《しょうげき》に襲《おそ》われる。足もとの段差が伸びて俺の身体《からだ》をひっくり返すような、それぐらいの錯覚《さっかく》に身体を揺さぶられてしまう。

誰《だれ》かが、二階の階段の踊り場にいた。

二人いる。純正の暗闇《くらやみ》に呑《の》まれているその人影は、顔つきや性別を確かめることができない。右側の小柄な方から、より強い視線を感じる。

さっきのやつの仲間だ、と考えた瞬間《しゅんかん》、身体を反転させた。廊下を逆走してあのナイフ男のもとへ戻ることもできなくて、俺の逃げ道は四階へ繋《つな》がる上り階段しかなかった。えひ、えひ、えひ。気味の悪い笑い声が聞こえる。だけどそれはよく聞くと呼吸困難で薄れた、俺の泣き声だった。足を出す度《たび》に血と涙と鼻水をまき散らしている、無様な俺だった。

さっきのナイフ男に対するハッタリも、ビル内が薄暗い夜だったから成立したのだろう。昼間だったらこの鼻水と涙を見て取られて、嘘《うそ》が露呈していた。

俺には世界を塗り替える資格がある、その力がある。

どこに？

そのまま結局、四階へ戻ることになってしまった。一階の出口が更《さら》に遠退《とおの》き、足取りも重いなんてものじゃない。最初に使っていた部屋に戻った直後、前のめりに倒れ込んだ。もうそのまま眠って、事態が終わって朝が来てくれるならそれ以上に望むことはなかった。

横に転がった男の吐息は弱々しい。俺の呼吸は痛みに応じるように荒々しく、熱気が混じっている。段々と、男の息に合わせるように意識が薄れて、弱い部分がさらけ出される。

溢《あふ》れるのは涙に、愚痴《ぐち》、後悔《こうかい》。

なんでこんな目に遭《あ》わないといけないんだ。

夜間の外出は控えましょう、と棒読みで注意していた教師の姿を思い出す。

その通りすぎた。もっと大きな声でしっかりと呼びかけてくれ、先生。

這《は》い蹲《つくば》って、ずるずると窓際《まどぎわ》に寄る。壁《かべ》に爪《つめ》を引っかけて支えとして、立ち上がる。

眼球がキリキリと痛むほどに、目の前に広がる夜空を睨《にら》みつける。

死にたくない。

「じにだく、ない」

俺《おれ》は。きっと、地球上の誰《だれ》よりも。

頭を働かせるために、脳が酸素を欲している。

だから呼吸を止めてなんかいられない。

考えろ、考えるんだ。そして、動け。動くことが、生きることだ。

しがみつくように摑《つか》んだカーテンを思いっきり引っ張ってフックを幾つも吹っ飛ばしながら取り外し、裂《さ》いて、包帯代わりに使う。巻き方は保健体育で習ったが、実践《じっせん》は難しい。左目を覆《おお》うようにして、鉢巻き風に巻くのが精々だった。強く結ぼうとしたら傷が押しつけられて、ぐずぐずと血が流れ出してしまう。それがやるせなくて、右目からは涙がぼろぼろこぼれた。

あんな家に帰りたいと思う日が、また来るなんて思わなかった。

男の方は意識が飛びそうなのか、されるがままだった。……これなら、たとえ放っておいて逃げても俺を追ってくることはできないだろう。そもそも、俺が襲《おそ》われた理由はこの男に関《かか》わってしまったからとしか思えない。この男が、このビルにいたからとしか考えられない。ちくしょう、不運もいいところだ。ああ、不幸だと嘆《なげ》いておどける余裕もない。

「……っくそ」

だから、助かるために一人で逃げ出す？　あんな、ナイフ男が下の階にいるのに？　他《ほか》にも二人、変なのがいるのに？　俺が？　できるはずなかった。感情に任せるな、冷静になれ。

この男は人を躊躇《ちゅうちょ》なく刺せる人間だ。あのナイフ男の同類だ。だからこそ味方に引き込まないといけない。ここを出るまで協力体制を維持するべきだ。暴力をふるう自信がないのなら、他の誰かに頼るしかない。こんな今にも息を引き取りそうな、指のない男であっても。

「大丈夫、ですか。そっちは」

助け起こした男の顔を覗《のぞ》き込んで意識の有無を確かめる。目が虚《うつ》ろで、目前の俺が見えているかも怪しい。そのまま男の身体《からだ》を気遣《きづか》い、余ったカーテンで止血するついでに身体検査を簡単に行ってみたが、凶器の類《たぐい》はもう持ち合わせていなかった。ナイフはあの男に突き刺してそのままだから、下の階へ戻っても回収できないだろう。となると、代わりのものを調達してこなければいけない。人の顔面を簡単に裂くようなやつがビル内をうろついているのだ、自衛の道具は必要となる。男を置いて、廊下へ出た。

くそ、くそっ。足を動かす度《たび》に悪態が漏《も》れる。傷の痛みは和《やわ》らぐどころか酷《ひど》くなっている。傷口は砂浜で転がされているように擦《こす》れて痛み、熱を帯びている。血止めに使っているカーテンの材質の所為《せい》だろう。こんな粗悪品を使っていた会社なのだから、潰《つぶ》れて当然だ。

事態を面白がるように打開策を練る他人事《ひとごと》な思考と、現実として顔面の痛みに怯《おび》え続ける自分が共存して、頭の中がうるさい。気が狂いそうだ。いや二人の自分がいるなら既《すで》に狂っているんじゃないのか。もう一人の自分に切り替わって真の能力が、あるわけないだろ。

あったけれど昔、ある事件をキッカケに喪失《そうしつ》してしまった。そんな設定に浸《ひた》っていたこともある。だが俺《おれ》が過去になくしたものは家族と自信だけだ。能力に対する自信を、揺らがせてしまった。いくら思い込もうとしてもその無能に対するコンプレックスだけはごまかせない。

何度塗り替えても、ペンキはいつか剥《は》げるものだから。

「世界は、俺にまだ生きろと、言っている……言ってます、よね？」

妄言《もうげん》も息絶え絶えでは冴《さ》え渡らない。携帯電話で警察を呼ぼうにも、電話なんか持っていない。親があんなのじゃなければちゃんと携帯して、助けを呼んでいただろうに。

幸い、二階の踊り場にいたやつらはすぐ追ってこないようだった。ナイフ男の仲間なのか、それとも無関係な連中だったのか。確かめる術《すべ》はなく、ただ階下に恐怖を募らせるばかりだ。

その恐怖を紛《まぎ》らすために、廊下に散らばっているガラス片から、手頃《てごろ》な形のやつを見繕《みつくろ》う。

縦に長い破片を選んで、摘《つま》むようにして持つ。握りしめれば俺の手にも食い込むだろうが、いざというときには武器になる。とっくに事件に巻き込まれていて、怪我《けが》して、手遅れだけど。

「よくも、」

ふつふつと湧《わ》く怒りが熱となり、頭に滾《たぎ》る。泣き喚《わめ》くように痛む縦の傷と、さめざめと泣く横の傷が入れ違いに、餅《もち》つきでもしているように顔を弄《いじ》くる。その度、左目は泣く。

俺の。俺の、左目を。

あいつ、が。

あいつが!

「殺して、やる」

ガラスを避《よ》けて、音を立てないように床を踏む。

ガラス片に映る眼球の色がメチャクチャに変わり続ける。

だけど欠けるほど奥歯を噛《か》みしめても、喉《のど》と声の震《ふる》えは断ち切れなかった。

海島《うみしま》たちが二階の踊り場に降り立った直後、悲鳴が耳を襲《おそ》った。

上の階で男が叫んだらしい。断末魔《だんまつま》と異なり、長々と続いている。絶叫の詰まったチューブを捻《ひね》って、思い切りよく盛りつけているように。足を止めて、首を伸ばして階段を振り返る。

随分《ずいぶん》と粘《ねば》っこく、野太い声だった。海島《うみしま》の背中にも思わず、ぞぞぞと迫《せ》り上がるものがあった。

ひょっとしてこのビルは、オバケ屋敷にでも利用されているのだろうか。

海島はそんなことを思いつき、いやいやと首を横に振る。なにを暢気《のんき》な。あそこまでの悲鳴を一人で上げるやつはそうそういない。つまり、そんな事態を招くなにかがいるということだ。

「いぎゃぁあああ、いぐぅいいいい」

巣鴨《すがも》が悲鳴の内容を大まかに聞き取って復唱する。海島の方はいささか、余裕を欠く。じっとりと肌を湿らせる汗が額からこめかみにまで広がり、瞼《まぶた》の周りが重くなっていく。

「こりゃあ、本気でヤバイかも」

不良少年としては警察を介入させることで補導されるのを回避したかったが、そうも言っていられないかも知れない。海島は他人の悲鳴を多く耳にしてきた経験から、そう判断する。

海島と巣鴨は両者とも、携帯電話を所持していた。しかしそれに頼るという発想が第一にない。夜間に出歩いていることへの負い目が、警察という存在を遠ざけていた。

やがて悲鳴が途切れて、お、死んだか？　死んだ？　と海島が好奇心半分、緊張半分に上の階を見上げていると、すぐに足音が近づいてきた。誰《だれ》かが走ってくる、と身構えて。

そうして慌《あわ》ただしくやってきたのは、月光を背負った少年だった。

階段に足をかけたところで、少年らしき人影は足を止める。

少年は肉塊《にくかい》のように身動きしない男を担《かつ》ぎ、自身もシャツの左肩を鮮血に染めている。顔面は自分のなのかそれとも返り血か、真《ま》っ赤《か》な液体を額から垂らし、顎《あご》から地面へ伝わせている。

そして、その血に呼応するように。

眼球が、赤く、煌々《こうこう》と滾《たぎ》っていた。

毒々しく、禍々《まがまが》しく。

その非現実的な色合いの目玉に、海島が呑《の》まれる。恐怖ともまた異なる鳥肌が総立ちとなる。

巣鴨もまた、今まで沈んでいたように大人《おとな》しかった目に、月の光が宿る。

その唇《くちびる》が声なき声を、ぱくぱくと刻む。

少年は海島たちに気づく素振りを見せた直後、巣鴨に一瞥《いちべつ》をくれるような仕草を見せてから引き返して階段を上っていく。顔を動かすと目玉が赤い軌跡を残すようだった。月明かりがスポットライトのように、無人となった階段の上へ差し込む。

「随分と物騒だな。見た、今の」

海島が巣鴨に意見を求める。巣鴨は「うん」と頷《うなず》いて、「血みどろだね」と付け足した。

「さっきの悲鳴はあいつか、背負っていたやつのどっちか、だろうな」

だが目玉の赤い方は違う気がする。なにしろあれだけ異形《いぎょう》の雰囲気を漂《ただよ》わせて格好良かったのだ。まったく根拠になっていないが。

もし、あちらが悲鳴を上げた方だとするなら、海島としては少し幻滅《げんめつ》してしまうところだ。

「でも、目が赤いってあり得なくね？」

カラコンか？

一刻も早く逃げなければいけないのに、海島《うみしま》は思わず足を止めたまま考え込んでしまう。そうしていると巣鴨《すがも》がシャツの袖《そで》を引っ張ってきた。俯《うつむ》いていた海島が顔を上げる。

「上、行ってみない？」

巣鴨にしては珍しい自己主張と、奇妙な提案に海島が動揺する。

「え、なんで？」

「目が赤い人に興味あるの」

状況と噛《か》み合わない、暢気《のんき》な好奇心に海島は苦い顔となる。ハッキリと拒否する。

「いや、早く帰った方がいいと思うぜ。つーかね、帰りたい」

「そう。じゃあ帰ろう」

こだわる様子もなく、あっさりと意見を引っ込めてしまう。拍子抜けするものの、海島としてはそっちの方がありがたかった。巣鴨がなにごとかに興味を持った件については、無事を保証される場所まで逃げてから聞いてみればいい。

そう納得して、海島を先頭にして踊り場から、下り階段へ向かい。

今まさに、踊り場へと上がってくる女の顔面と鉢合わせた。

「……………………」

女は固まった。海島《うみしま》も、動けなかった。

お互いに、出合い頭は息を呑《の》んだ。一歩、どちらかが踏み込めば鼻が触れ合う距離なのだ。女は中腰で、ここまで足音を感じさせないように配慮して上ってきていたようだ。化粧気のない女の、大きく開いていた口が塞《ふさ》がるのを見て取った瞬間《しゅんかん》、海島も惚《ぼ》けから脱した。

女が腕を動かすより早く、海島の足が勝《まさ》った。首が引きつるように右を向き、視界がぶれている中でも経験から、自然と足が伸びていた。女の胸もとを全力で蹴《け》り飛ばす。女はそれを受けて階段から転がり落ちないように、咄嗟《とっさ》に手すりを摑《つか》む。しかしその勢いが強すぎてすぐ右側の壁《かべ》へと後頭部を強く叩《たた》きつける結果となってしまった。落下は回避したものの、頭部への衝撃《しょうげき》で朦朧《もうろう》となったらしく、女の目が怪しく泳いでいる。

こんな状況で廃ビルにいるやつに遠慮はいらない。肝《きも》を冷やしたものの、先手を制したことで海島が引きつった笑みを浮かべる。そのまま躊躇《ちゅうちょ》せず、二度、三度と蹴りを叩き込む。鈍い音がした。喧嘩《けんか》の音であり、蹴る度《たび》に伝わってくる足首を痛めそうな重厚感は、海島にとって慣れ親しんだ感触でもあった。

一撃だけでは単に怒りを買うだけになりかねないと、海島は学習していた。喉元《のどもと》と鳩尾《みぞおち》にそれぞれ、爪先《つまさき》をめり込ませる。女は首もとから顎《あご》の下まで包帯を巻いていたが、構うことはない。蹴られる度に女が目を剝《む》き、苦悶《くもん》にのたうち回って階段に手足をぶつける。

さすがに階段から蹴り落として、万が一死んだら殺人犯であるという遠慮もあって、手すりを摑む腕を狙《ねら》うことはなかった。そこまで配慮してもし落ちたのなら諦《あきら》めるつもりだった。

だが海島の勝ち誇った笑いも、女が手にしていたものを見て即座に引っ込む。女の右手にあったのは拳銃《けんじゅう》だった。暴れたことで手から離れて階段に落下したその音が重く、本物であると感じさせるには十分だった。

刃物相手でも腰が引けるのに、更《さら》に縁のない凶器が目の前に現れて、海島の頭が一瞬、真っ白に染まる。脳の側面が冷たく、固くなる。しかしすぐ立ち直り、拳銃を拾い、更に巣鴨《すがも》の手を引いて階段を一気に駆け上がる。三階へ逆戻りして、廊下を全力で蹴る。四階へ上がることは、先程の少年の血まみれ姿がイメージとして先行している所為《せい》か、自然と回避した。

「どうなってんだ、このビルはよぉ！」

一体、なにが起こっているのだ。海島としても理解を超えていた。

廊下を駆ける途中に部屋を覗《のぞ》き込むと、人影はなかった。しかし大きな机がぶっ倒れていることと、血液の染《し》みらしきものが部屋の奥の壁と床を汚しているのを、暗闇《くらやみ》に順応した目が捉《とら》えた。

海島が振り返ると、階段を駆け上がってくる足音が聞こえてくる。あの女が復活して、俺《おれ》たちを追ってきている。その立ち直りの異様な早さに寒気を覚える。拳銃を奪《うば》ったのに、間を置くこともなく距離を詰めてくる女の思考に、海島は少なからず恐怖した。

海島はそこで握りしめていた拳銃の存在を思い出し、咄嗟に背後へ向けて撃つ。引き金は重く、反動は凄《すさ》まじい。派手に尻餅《しりもち》をついて床に転がる。したたかに打った臀部《でんぶ》の骨と腰が痛むものの、時間が惜しいとばかりに立ち上がる。片手で撃った影響か、右腕も折れたように痛んだ。

しかしそれに見合う対価として、迫っていた足音が中断された。

銃声が耳障《みみざわ》りだったのか、手を当てて耳穴を塞《ふさ》いでいる巣鴨《すがも》の手を引いてまた走り出す。直線となっている廊下を駆け抜けて、突き当たりにある部屋へ飛び込む。給湯室の隣にあるそこは資材室らしく、埃《ほこり》を被《かぶ》った展示物や、用途の分からない機材が段ボールに詰め込まれていた。埃臭《くさ》く、狭い部屋は熱が集《つど》っている。羽虫の飛び交うような音もそこかしこから聞こえてきて、普段なら絶対に利用したくないがこんなときに贅沢《ぜいたく》は言っていられなかった。

部屋の鍵《かぎ》を内側からかけて、そこで海島《うみしま》は巣鴨の手を力なく離す。

すとんと、腕だけでなく膝《ひざ》まで自由が利《き》かなくなったように、その場に座り込む。右腕は拳銃《けんじゆう》を撃ったときからずっと痺《しび》れていた。銃声の所為《せい》で耳鳴りも止まらない。

「……おいおいおい」

やはり、本物の拳銃だった。しかも、撃ってしまった。

海島の指先が震《ふる》えて拳銃を投げ捨ててしまいそうになる。左手で右の手首を摑《つか》み、支えた。汗ばむ手の不快な熱が右手首を包む。触り続けていると、爛《ただ》れそうだった。

「ねぇ、なんで逃げたの？」

隣で床に手をつき、背中の上下が激しい巣鴨が海島に尋《たず》ねる。

「なんでって？　なにが？」

「銃は取っちゃったんだから、そのまま脅《おど》せばよかったのに」

「……おー。お前、賢《かしこ》いなぁ」

ぽん、と海島が手のひらを拳銃の握りで打つ。まったく思いつかなかった。

「次に会ったときにはそうするべ」

「そう？　どっちでもいいけど」

めいっぱい走らされたことが不満なのか、顔が上気した巣鴨の語気は僅《わず》かに荒い。

「いやさぁ、こんなの持ってるやつは怖いやつ、って思い込んじゃって。それに、拳銃が一丁とは限らないだろ。相手は撃てるけど、俺《おれ》はとても無理だろうし。人に向けて撃つなんてさ」

拳銃を僅かに持ち上げる。そしてその重量に、海島は決意を促《うなが》される。

「警察に通報するわ」

巣鴨に、明るく努めて言う。巣鴨は深呼吸に失敗して噎《む》せながらも、首を縦に振る。

「そうだね、そうしよ」

相も変わらず平坦《へいたん》で胡散《うさん》臭い同意だったが、今はそれでも効果があった。

補導だけで命が保証されるのなら、贅沢は言わない。

「……済むんか？　銃を撃っちゃったけど」

ぶつぶつと不安を吐き出しながら、海島《うみしま》は携帯電話を取り出し、おぼつかない指遣《ゆびづか》いで110番する。場所を流暢《りゅうちょう》に説明できるか自信はなく、それもまた海島の胃を痛める。

「……あ、もしもし。警察ッスか？　ッスよね」

警察への電話など初めてなので、緊張で声が上擦《うわず》った。


まばたきの間にさっきのナイフ男に襲撃《しゅうげき》されるかも知れないという想像が拭《ぬぐ》いきれなくて、座り込んでいるだけで吐息が乱れる。胸を服ごと鷲掴《わしづか》みにして、発作を堪《こら》えるように耐える。

あれから数分経過したが、四階のビルの一室に誰《だれ》かが飛び込んでくる様子はない。だけどそれがなにかの保証になるわけでもなく、緊張と嫌気《いやけ》だけで涙が出る。

頭を抱《かか》える一方で推測すると、俺《おれ》の敵は何人いるんだ？

階段で見かけた二人組は？

「このビルに、何人いる？　なにが目的だ？」

その答えを、同じ部屋にいる男は持っているのかも知れない。もっとも今は意識を喪失《そうしつ》してしまっている。そのまま戻らなくても不思議じゃないほどの重傷である以上、単なる中学生である俺には手の施《ほどこ》しようがない。せめて、賊《ぞく》の人数だけでも確認を取りたいところなのだが。

男の意識の回復を待つ一方で、俺は手製の地図を広げて、ビル内の間取りを再確認していた。周囲には割れていない部分をへし折って調達してきたガラス片を幾つか置き、咄嗟《とっさ》に投げつけることができるように用意してある。急所に突き刺すような真似《まね》はできなくても、牽制《けんせい》ぐらいにはなるだろう。割れたガラスを回収できれば楽だったが、ここは四階なので当然、窓ガラスは内側からしか割ることができない。だから窓の外に吹っ飛んだガラスなど拾えるはずがない。

誰が割ったのだろう。さっきの男か？　だとしても、なんのために。皆目《かいもく》見当が付かない。まさか俺に対する脅《おど》し、なんてことはないだろうし。

「……いつ、いたいっ……」

傷が疼《うず》く。細長いヒルにでも張りつかれているみたいに傷は独立した動きを見せる。左の目玉が勝手に蠢《うごめ》き、その度《たび》に激痛が上から下へ、下から上へと往復を果たす。

この調子で長期戦は無理だ、耐えられない。今にも泣き叫んで動けなくなりそうだ。

心が折れない内に、脱出しないと。

「凄《すご》いよ、なぁ……なんで、折れないいんだ」

ラノベとかの主人公はなんで、あんなに傷を負っても立ち向かえるんだろう。心が折れないんだろう、こんなに痛いのに。俺なんか顔面を引き裂《さ》かれただけで泣きじゃくって逃げたい一心になっている。あいつら、どれだけ覚悟を決めて主人公やっているんだろう。

地図を睨《にら》んで、最適な逃げ道を模索する。この雑居ビルの一階は受付と入り口の役目を果たすために造りが異なるが、二階以上の基本構造はどの階も似通っている。特徴的な造りはない。エレベーター、もしくは階段を上った先には細長い廊下が横に走り、その途中に幾つも部屋がある。マンションタイプの階層が四階まで続いているだけだ。窓は右手側にあるが、ビルが隣接しているために見晴らしは今一つとなっている。内部を目撃される可能性も低い。

四階から覗《のぞ》けば周囲も多少は開けて、夜景が露《あら》わとなってくる。この数ヶ月で見飽《みあ》きた景色ではあるが、時折、風が入り込んでくるのは嬉《うれ》しい。床で転げ回った際にゲロがシャツの背中にべっとり張りつき、絶えず異臭《いしゅう》が俺《おれ》を覆《おお》っている。風はそれを一瞬《いっしゅん》、和《やわ》らげてくれる。

傷の疼《うず》きが収まる。廊下の突き当たりにあるトイレの側《そば》には非常階段がある。このビルの四階へ上る際、俺がいつも利用しているのはこちらだ。寂れて人気《ひとけ》がないとはいえ、表通りから堂々と出入りしては噂《うわさ》が立つのではないか、と考慮したためにそうした選択となった。

この非常階段を経由し、裏口から出る。最適もなにも、普段とまったく一緒だ。

「……………………」

男に振り返る。こいつをここに放置して、一人で一刻も早く非常階段へ向かうか、迷う。裏口で待ち伏せされていたらどうしよう。いや、そうやって疑っていたらなにもできなくなる。でも単純すぎる逃げ道を信用しきれなくて、苦難を求めてしまうなんてよくあることだ。

人間は歳《とし》を取るにつれて、１＋１の解答に思い悩むようになる。勿論《もちろん》、誰《だれ》でも分かる。分かり切っているけど、それが出題者の意図した答えなのかと、勘繰《かんぐ》ってしまう。

疑ってしまうのだ、たった一つの答えを。

階段で遭遇《そうぐう》した二人は、俺たちが四階へ上がったことを知っている。では、ナイフ男は？　俺の右目のハッタリを警戒してすぐさま追ってこなかったのなら、直接、姿を見たわけではなくなる。逃げたのなら当然、二階へ行ったと読んですぐに上へ来ないかも知れない。

あれで多少は時間を稼《かせ》げているから、すぐに襲《おそ》われることもないのだろう。

そうして階段で鉢合わせて、あの二人組がナイフ男を始末してくれたと期待したいところだが、どうだろう。いやそんな都合良くいくはずがないな。……それに、これは脱線している。

あいつらがどうなるか、なんて知ったことじゃない。俺がどうするか、だ。

というか、そもそも無関係だろう、俺は。どうしてこんなことに巻き込まれないといけないんだ。それを訴えても、さっきのナイフ男は許してくれそうもないが。

あまりに問答無用に顔面を引き裂《さ》いてきたじゃないか。話し合いは絶対、通用しない。

俺の目を活《い》かす手段なんてハッタリしかないのに、厳しい。

「お、ぃ」

「ん？」

「お、うい。ぉ、ぃい」

今まで俯《うつむ》いていた男がぼそぼそと、腹話術のように口を動かさずに声を出し、手招きしてくる。壁《かべ》にもたれている身体《からだ》を起こすのも億劫《おっくう》なのか、姿勢は変わらない。

地図をポケットにねじ込んでから、早足で駆け寄った。

「意識が戻ったみたいですね」

もうダメだと半ば諦《あきら》めていたが、人並み以上にしぶといようだ。それどころか逸脱している。医学の心得があるわけじゃないから専門的な判断は下せないが、これだけの出血と怪我《けが》を負って、生きているなんてあり得るのだろうか。それとも見た目だけで、大した傷じゃないのか？

「……お、が」

顎《あご》の骨でも砕けているように、男の言葉は要領を得ない。しかし掲げた手の指の数に血の気が引く。首を振って意識を保ちながら、先程の疑問に答えを出す。大した傷に決まっていた。

何度見ようと、指の断面なんか見慣れるはずがない。もう一度、胃液を吐きそうになる。

それと男は、自分のマフラーが首から外されていることを特に指摘しない。なんの意味があるかは見当も付かないが、さっきのナイフ男も巻いていた。だからきっと安全上の効果がある、と踏んで拝借し、俺《おれ》が巻いていた。暑苦しくて仕方ないが、なにかがあるのだと信じる。

「あなたには聞きたいことが山ほどある」

口もとを手で覆《おお》うように押さえながら、くぐもった声で話しかける。男はその問いかけをはぐらかすように、震《ふる》える中指で、俺の右目を指してくる。その指摘で、現在の目玉の状態を思い出した。

「あぁ、まだ解除してなかったか」

思わせぶりにうそぶき、目を瞑《つぶ》る。鳶色《とびいろ》に戻してから、勿体《もったい》ぶるように瞼《まぶた》を開いた。

この男が生涯《しょうがい》の味方というわけでもないのに、能力の底を明かす気はない。……いや、底は俺と目が合った誰《だれ》しもに見えている。それに気づかせないように、必死になっているだけだ。

「大丈夫。俺はあなたに能力を使う気はない」

必要ならば詐欺《さぎ》は働くが。男はそこで、唇《くちびる》をもごもごと動かす。笑っているようにも見えたから、多少は体力も回復したのかも知れない。それでも先は長くなさそうだが。

「あなたの味方だ、とは言わない。お互いに素性も知らないんだしね、けど、生き残るためなら協力し合える。俺は生きたいし、あなただって、そうでしょう？」

瀕死《ひんし》で、一人で歩くこともままならないこの男は俺に協力するしかない。人の弱みにつけ込むことに後ろめたさはあるが、自分の命を優先するためなら、恥も外聞も知ったことじゃない。

この男に声をかけたから顔面を引き裂《さ》かれたのだ、という逆恨《さかうら》みも多分に存在していた。

「その上で聞きたいけれど、さっきのナイフ男はなんなんだ」

あいつの素性を知りません、では通らない。どう考えても、俺の方に襲《おそ》われる心当たりはないのだから。この男が狙《ねら》われていて、そしてその理由を知らないはずがない。

男は不細工に傷口に巻いてあるカーテンを、目玉だけ動かして確かめる。一旦《いったん》目を瞑り、逡巡《しゅんじゅん》するような間があった後、顎を億劫《おっくう》そうに動かしてなにごとかを呟《つぶや》く。

「ころじ、や」

「ころじや？　……殺し屋？」

そうだ、とばかりに男が顎《あご》を引く。殺し屋ときたか。殺し屋なんて、本当にいるのか。もっとも、ナイフを振り回すやつなら殺し屋だろうと殺人犯だろうと危険に大差はない。

「アメン、ぼ」

「アメンボ？」

いきなり動物の名前が出てきて困惑する。アメンボがなんだというんだ。

「お前、と同じ」

「同じ？」

オウム返しになってしまう。その言葉の唐突《とうとつ》さ、理解不足によって語彙《ごい》が狭《せば》まる。

だがそこでなにがどう、と問いつめる前に事態は、地震のように揺れ動く。

誰《だれ》かが軽快に階段を駆け上がってくる音が、無遠慮にビル内に響いた。

その反響が同時に、俺《おれ》の中で火事を知らせる鐘《かね》のように鳴り響く。

男から視線を外し、廊下の方へ向く。

なんだ、この不用心もいいところな大胆《だいたん》な足音は。音の間隔からすれば一段飛ばしで、それこそ学校の階段を上るような気楽さが伝わってくる。だって靴《くつ》のサイズが大きいのか知らないが、かっぽかっぽと踵《かかと》のすっぽ抜ける音まで混じっているんだぞ。なんだ、なんだ？

音が軽いということは女か？　ナイフ男の仲間？　それにしてもなんだ、このアホな音は！

ガラス片を掴《つか》んだ瞬間《しゅんかん》、心臓がくの字に折れるように激痛を訴える。緊張が酷《ひど》すぎて息は詰まり、胸から背中まで痛覚の根っこが伸びていく。床に膝《ひざ》を突いて丸まり、涙を堪《こら》える。

こんな無様なことになるなんて。能力者で、非日常に飛び込んで。結果、背中を丸めて怯《おび》えてばかりだ。殺し屋の世界で、俺は亀《かめ》であり続けるしかないのか。そして、最後は。

いやそんな、あり得ない。

俺がこんなところで死ぬはずがない。

根拠なんかないけど、俺は中学生だし、まだ子供だし、きっと大丈夫。きっとだ。

それより四階へ上がってくるやつへの対処が大事だ。床を手で押して、背筋を伸ばす。

足音は階段をとうに上がりきって、存在を隠すことなく廊下を走ってくる。

かっぽかっぽは自重しない。

廊下が一直線である以上、見つかる前に逃げきることはできない。だったら、迎え撃つ。

男も決意を固めたのか、ガラス片を両手の『五本指』で握る。

直接の喧嘩《けんか》だったら正直、俺は戦力外なのでこの男に頼るしかない。

……しかし。

向かってくるやつはよっぽど自信があるのか、それともよっぽど、考えなしのバカなのか。

そんなバカが、このビルの中に紛《まぎ》れ込んでいるというのか？

「ニポンのケーサツは頼れるネー。あ、外人風ならケーサツじゃなくてポリスか？」

「うん」

「駅前に交番があるからなぁ、数分もしたら来てくれるよ。前に駅の側《そば》で喧嘩《けんか》騒ぎになったときもあいつら、早かったもんな。捕まったやつも何人かいたぜ」

「そうなの」

「そうそう。はー、しかし助かった。この安堵《あんど》感《かん》、国家権力万歳ッスわー。わはは、不良学生失格な意見ッスな。俺《おれ》、この夏休みを無事に過ごしたらマジメになるんだ……おせーって」

「じゃあちょっと出かけてくるね」

「はぁぁ？」

扉にもたれかかって、半ば寝転がっていた海島《うみしま》がそこで動転と共に身体《からだ》を起こす。警察に事態の収拾を丸投げした気楽さから弾《はず》んでいた口調が一転、要領を得なくなる。

「ちょ、おま、なに。バカ、バカじゃねお前。というかバカになるよ、それは」

扉に手をかけて、退《ど》いてと視線で訴えている巣鴨《すがも》が「うん」と頷《うなず》く。頷かれても困る。

「出かけるってなんだ、出かけるって、なになになんなの」

「ちょっと見たいものがあるから」

「見たいもの？　なんだいそりゃぁ、いや警察待とうよ。死んじゃうって、今は無理だって」

「大丈夫、ちょっとだから」

何一つ意味が分からない。海島の脇《わき》を軽く蹴《け》って扉の前から立ち退《の》かせ、巣鴨が溜《た》めもなしに扉を開け放ってしまう。頼りない月光に照らされた、薄暗い廊下へ出た巣鴨は海島に小さく手を振ってから、ぱたぱたと走り出してしまう。立ち止まり、引き返す様子は微塵《みじん》もない。

「……あいつ、あんなにバカだった？」

僅《わず》かに扉の開いた隙間《すきま》から後ろ姿を唖然《あぜん》と見送り、独り首を傾《かし》げる。

海島から見た巣鴨涼《りょう》は『メンドクサイ』少女だった。

巣鴨と関《かか》わること自体がメンドクサイ、というわけではない。それも否定はできないのだが、論じているのはそこじゃない。巣鴨の性格の基本として、『考えない』というのがあるのだ。

思考を極端に面倒臭《くさ》がり、行動は直情的を極める。迷わない上に、あらゆる行いが浅い。自らの欲求さえも整理せず、考えないままに動き回る。海島が今夜、ここへ来たのもその短絡的な動機に引きずられてきた、という部分が強い。

そういう女なのだ、あいつは。

「やっぱりバカだったな。うん」

改めて評価してみると、明らかに知性の足りていない女だった。だからそんな巣鴨に付き合うのは非常に愚《おろ》かしい。海島《うみしま》としてはこのまま大人《おとな》しく警察の到着を待つ方がずっと賢《かしこ》いと、判断は揺るがない。ただし、答えは変わる。

ここで追わなければ、あいつの顔に惚《ほ》れた意味がない。

性格なんか二の次でその容姿を気に入り、あいつの誘いに乗ったのだ。

「それに一学期の期末、あいつの方が点数良かったんだよなー。つまり俺《おれ》の方がバカ」

ほんじゃ、決まりー。

海島も廊下へ飛び出す。そういえば拳銃《けんじゅう》を持っていないな、とそこで重さが手から失われていることに気づく。携帯電話を使う際に適当に置いてそのままかも知れない。引き返して回収しようかと思ったが、巣鴨《すがも》を見失いそうなので諦《あきら》めた。どうせ、人に向けては撃てっこない。

周辺を警戒し、見回すが先程、蹴《け》りまくった女の姿はない。海島は恐怖を紛《まぎ》らわすために廊下を飛び跳《は》ねるように駆けて、影を派手に踊らせる。巣鴨の背中は既《すで》に遠い。

どこがちょっとだ、色々と。

走りながら巣鴨が見たいものに想像を巡らす。……さっきの、階段にいたあいつか？

となると四階か、と海島が廊下の天井に目をやったその一瞬《いっしゅん》の後。

部屋の前を横切ろうとした刹那《せつな》、飛び出してくる影が海島を襲《おそ》った。

警察がもうじき来る、という気の緩《ゆる》みから引きずっていた油断によって、それは完全な不意打ちとなり海島は景気よく吹っ飛ぶ。受け身も取れず、横から突き飛ばされた痛みと、壁《かべ》に激突する衝撃《しょうげき》の板挟《いたばさ》みに遭《あ》う。呼吸が逆流したように、口と喉《のど》が空気でいっぱいに詰まった。

頭部が異様に振り乱れて、混迷の中で廊下の向こうに目をやる。

巣鴨の背中はもう、夜に紛れて見えなくなっていた。


その女は『ナメクジ』と呼ばれていた。業界での通り名だが、本人にとっては不服だった。

理由は三つある。

一つはその名前が、『カエル』と呼ばれる能力者に合わせて生まれたものだということ。

二つは、相方《あいかた》の『ヘビ』が名前にそぐわず、自分の上司然として振る舞ってくること。

そして最後。

彼女はそもそも、本物のナメクジが大嫌いということだ。

触ることなどとても敵《かな》わない。カタツムリからも逃げ出すほどだった。

つーか好きなやつなんて喜三太《きさんた》以外にいるの？　というのが彼女の言い分だった。

そんな彼女は現在、ビルの一階の物陰に潜んでいた。仲間であるヘビに呼び出されてビルへやってきたはいいが、予期しない出来事に見舞われて、身動きがしづらくなっていた。

今も一階には数人の人影が出入りしている。その人影から身を隠すために、階段の裏側で清掃員の用いる掃除道具と共に息を潜めていた。モップの先端からの異臭《いしゅう》に胸がざわつく。

人影の正体はまだ夜目が利《き》いていないので判然としないが、酷《ひど》く慌《あわ》てていることは確かだった。一階の豪奢《ごうしゃ》な柱の陰に人が集《つど》い、なにかを抱《かか》えるようにしている。シルエットからするに人のようだ。ぐったりしているそれは、加工して切り開かれた牛肉の塊《かたまり》のような扱いで運ばれていく。救助というよりは運搬《うんぱん》といった表現が似つかわしい、粗雑な扱い方だった。

よほど、急を要しているのかも知れない。ナメクジにとってはなんの関係もなく、さっさと一階から失《う》せて欲しいと願うばかりの他人に過ぎないが。

ふと息苦しさを覚えて、喉《のど》を押さえ、呼吸を整える。


「…………………………」


カエルとヘビとナメクジの三人組に課せられた今回の仕事は、アメンボという男の始末だった。アメンボは業界でも名の通った『能力者』で、今回なぜ狙《ねら》われているか、その理由まではこちらに説明されることはない。こんなことは日常茶飯事で、高名であろうと有能だろうと、何年にも亘《わた》って無事に活躍し続ける殺し屋はまずいなかった。だからアメンボも、そのありふれた一人に過ぎない、というのがリーダーであるカエルの弁だった。カエルは名前の由来にもなっている自身の能力に若干《じゃっかん》のコンプレックスを含めて、アメンボを嫌っている節があった。

いや、カエルは自分以外のすべての能力を嫌悪《けんお》していた。

あんな高慢なやつの愚痴《ぐち》など聞きたくもないが、ナメクジも、ヘビも口答えは一切しない。

それが許されない立場だった。カエルもそれを知っているからこそ、態度が一々不遜《ふそん》になる。

ヘビにもナメクジにも超能力などない。あるのはカエルだけだった。

この業界において、超能力者はほぼ例外なく好待遇を得ることになる。国産の松茸《まつたけ》より希少だ、とカエルが冗談めかしていたのがナメクジには印象深い。実際、ナメクジの知る範囲ではカエル、アメンボ、そしてもう一人の能力者しか心当たりはなかった。他《ほか》の能力者は、他人に自分の力を教えようとはしない。口を固く閉ざし、秘密を厳守する。この世界の常識に則《のっと》って生きている人間からすれば、能力はイカサマのようなものだからだ。後ろめたい飯の種を人目に晒《さら》す道理はないしなにより、周囲の妬《ねた》みを買うことにも繋《つな》がる。

みんな、そんなことは当然のように知っているのだ。

どこかの教団の教主が『光の翼《つばさ》』を前面に打ち出して支持を得ているのは、例外中の例外と言って過言ではない。あれが一体どのような能力かは知らないが、あれこそ能力者の頂点として、一つの形を呈示《ていじ》しているのかも知れない。ナメクジは、教団の少女をそう評価していた。

能力者とは、かくも絶対的なものである。少なくとも、ナメクジのような者からすれば。

ヘビの話によれば、カエルはまた独断行動を取っているらしい。上の階で既《すで》に暴れている、といった報告も混じっていたから、先走ってアメンボに交戦でもしかけているのだろう。

カエルの能力は地味ながらも強力である。だが過信して先行した結果、傷を負ったことが一度や二度では済まない。が、それでも仲間を頼ることはない。カエルはヘビやナメクジのことを毛ほども信用していないのだ。掃除機や洗濯機程度の便利さしか感じていないのだろう。

事実、カエルの能力によってここまで生き長らえてきたという面はある。そこに恩義を感じてはいるのだが、カエルの日頃《ひごろ》の態度はそれを帳消しにするのに十分なものがあった。

足の内側を抓《つね》ることで心の均衡《きんこう》を取り、ヘビの話をもう少し思い出す。なんでも今夜、アメンボが潜伏したこのビルには仕事と無縁の異物が数個、紛《まぎ》れ込んでいるらしい。言われてみれば先程見かけたのはどう見ても民間人の類《たぐい》だった。殺し屋にとっては仕事を行う際の路傍《ろぼう》の石にすぎない。ただし、その石につまずくときも往々にしてある。

『そういったゴミを取り除くのがおめぇの仕事だろうによぉ。なにやってんだ、グズ』

ヘビの罵倒《ばとう》が声までついて逐一《ちくいち》再生される。今夜の行動をマジメに報告すれば、ヘビは自分を更《さら》に無能呼ばわりするだろう。それを考えるだけで溜息《ためいき》が漏《も》れ、鳩尾《みぞおち》の付近が痛む。ナメクジからすれば、ヘビもカエルと同程度に嫌悪感《けんおかん》を抱《いだ》く相手だった。もっともこちらは同族嫌悪のようなものかも知れなかったが。

「……だから」

ナメクジは薄暗がりの中、唇《くちびる》を濡《ぬ》らして決意を露《あら》わにする。

私はアメンボを殺すことに荷担しない。

むしろアメンボを助けたい。そう願い、今夜はここへやってきた。

アメンボの協力さえ取りつけることができたのなら、カエルとヘビを殺すことだって。

ナメクジが密《ひそ》かに思い描《えが》き、企《くわだ》てる反逆には、能力者を引き込むことが不可欠だった。相手が能力持ちであるかどうか、見極めることに苦労する業界の中で、今回は千載一遇《せんざいいちぐう》の機会と言える。追う相手が能力者であると保証されているからだ。接触するなら、今夜しかない。

偶然がいくつも重なった奇跡のような夜を、ナメクジは決起する運命と捉《とら》えていた。

アメンボがカエルを返り討ちにしてくれるなら好都合だが、そこまで甘い話でもないようだ。ヘビはカエルが有利であるとの旨《むね》も苦々しく語っていた。となればやはり、孤立無援であるはずのアメンボ側に身を寄せるしかない。それでどこまで状況が好転するかは予測もつかない。

しかし、今夜のヘビの一言が彼女の背中を押す決め手となった。

ナメクジは、無能と呼ばれることがもっとも許せなかった。

カエルやヘビに言われ慣れているが故《ゆえ》に、許容しがたくなっていた。

その不満を爆発させるように、立ち上がった瞬間《しゅんかん》。

人気《ひとけ》の失《う》せたはずの一階ホールに、人影がやってくる。

夜を拒絶するように真っ白な少年が、外からやってくる。

暖簾《のれん》でも押し退《の》けるように、入り口のガラスを手で『押して』、悠々《ゆうゆう》と、現れる。

押されたガラス板は切り離されたように床へと倒れ込み、破片が飛び散った。

ガラスは季節外れの雪のように少年の周囲を彩《いろど》り、そしてガラス板の砕ける壮絶《そうぜつ》な音色を吸い込むかの如《ごと》く、一階に静寂さをもたらしながら闇夜《やみよ》に埋没していく。

「うーうーうー」

少年は警察車両のサイレンを真似《まね》るように、嘲《あざけ》るように口ずさんでいる。暗闇《くらやみ》でも見分けがつくほど、服装も、髪の色も白い。真っ白に染まりきった少年が、薄い懐中電灯の光を指揮棒のように振って、一階の中央を歩いている。そして柱の間に立った直後、ぐりんと、首を捻《ひね》って階段の方へ向いた。ナメクジは慌《あわ》てて身を引っ込めたが、少年は見透かすように口を開く。

「そこ、誰《だれ》かいるみたいだね。いやいや、僕の気の所為《せい》だといいんだけどなぁ」

わざとらしさの滲《にじ》むような、勿体《もったい》ぶった言い回しだった。しかし口調と裏腹に、声は口の中に詰め物でもしているようにくぐもっている。どこか喋《しゃべ》りづらそうな印象を受けた。

独り言、独り言と大声で念を押しながら、少年は散歩のようにこちらへ寄ってくる。

「あーっとですねー、僕はカワセミっていうんですけど、あなたは？」

穏《おだ》やかな物言いで、場違いにも程がある自己紹介を始める少年に、ナメクジが目を剝《む》く。

少年が名乗った名前は、ナメクジが身を寄せる業界の中では常識の一部だった。その名前を聞いて反応がなければ、記憶を誰かに操作されていると思った方がいい。

そう揶揄《やゆ》されるほどに有名な殺し屋が、暢気《のんき》を装《よそお》って近寄ってくる。

この生ける神話の如《ごと》き少年と比べれば、カエルも、ヘビも、アメンボも相手にならない。

少年は白装束で演出された聖人の格好に違《たが》わない、奇跡の体現者なのだ。

どうしてそんなやつが、ここに？

ひたひたという足音が階段の陰に迫る。ナメクジは頭を抱《かか》え、混乱を来《きた》す。どうする、どうする、殺される。死ぬ。目が合ったら、理由もないのに殺される。拳銃《けんじゅう》で撃つことも考えたが、距離が離れすぎている。そして近寄れば、返り討ちだ。うろうろと落ち着きなくさまよう懐中電灯の円形の光が、ナメクジの目前の壁《かべ》を照らす。口を押さえても悲鳴は途切れず、しかも逃げない。漏《も》れ出た悲鳴は口の端にいつまでも残留して、ナメクジを圧迫してくる。本物かは分からない。伝説の威《い》を借っているだけの偽者《にせもの》ということもあり得る。だがその名前を出す以上、自分と同じ職種の人間であることは間違いない。

そして、もし本物だったとしたら。

戦慄《せんりつ》の想像によって真っ白になった脳が、ちかちかとまたたく。目の中はいやに明るく、落ち着かなくて、それがナメクジの不安をなにより煽《あお》る。カワセミが噂《うわさ》通りの人物だったとしたら。

この光に映し出された瞬間《しゅんかん》、確実に始末される。

最強の『能力者』と称される少年、カワセミに見られた、その瞬間に。

プロローグ3
『きみの瞳にかんぱい』

好きってなんだ。

布団《ふとん》の中で何度寝返りを打っても答えは出ない。悶々《もんもん》と熱に浮かされて、脳が煮《に》えるだけだ。好きって言われた。女の子から正面向かって言われたのは初めてだった。

しかもスガモに。いやスガモ関係ないけど。あるけど。どっちなんだ。

布団を頭まで被《かぶ》る。なにを考えればいいのかもまとまらない。スガモが頭に浮かぶ。次に尻《しり》。違う、違うと頭を殴《なぐ》る。かき消して、スガモ。いやそりゃまぁ、スガモのこと考えればいいんだろうけど、もうちょっと細かくしてくれないと漠然《ばくぜん》としすぎている。

大体、スガモはなんでおれのことをす、好きなんだろう？

スガモとは仲良いわけじゃなくて、これまでなんにも……なかった？

「……あ」

あったような気がする。うちの学校は二年ごとにクラス替えがあるんだけど、一、二年生のときもスガモと同じクラスだった。そのときに、あいつと何回か話したことあった気がする。

でもそれだけだ。そのとき、なにか特別なことをしただろうか。……特別？　ふと、心当たりがあって目を押さえる。この目をあいつに自慢したことがあっただろうか。

当時は自分の特殊能力を誇りに思っていた。不特定多数に晒《さら》していたから、スガモに見せた可能性も十分にある。だけどそれが、どう好きになる理由と繋《つな》がるのか分からなかった。

切れた電線を弄《いじ》り回していても永遠に繋がることはない。結局、一晩中唸《うな》っていた。

寝不足の翌日、おれは小学校に行ってまたスガモを目で追いかける。スガモは今まで同様、おれに近寄ってくることもなく淡々と授業を受けて、休み時間もジッと席に座っている。

こちらを見ることも一度もない。おれの方は男子の友達とかにスガモとのことで囃《はや》し立てられて、からかわれたりしたけど、スガモの方はなんの反応も起こっていなかった。

放課後までなんにもなくて、スガモに一度も声をかけられなかった。でもなんだか、そのままでいるのは気持ち悪かったからスガモを追って、なにか話をしようと決めた。一日かけて。

スガモはいつも、学校へ車で送り迎えされていた。その日も小学校の体育館の前に、来客用駐車場とかまるっきり無視して停《と》まっている車に乗り込もうとしていた。運転席には白髪《しらが》のめだつ爺《じい》ちゃんが座っていて、後ろの席には、浴衣《ゆかた》を着たおねえさんが目を瞑《つぶ》っていた。

「おーい、スガモ」

赤いランドセルを背負ったスガモが振り向く。爺ちゃん運転手と浴衣のおねえさんの顔が同時におれに向いた。浴衣ねえさんの方は目を開けていないから、見ているか微妙だけど。

「なに?」

「昨日の、話だけど」

「昨日？　プールの話？　給食のスープの話？　トカゲくんを好きな話？　どれ？」

疑問形でぽんぽん選択肢《せんたくし》を放られる。ジャグリングでもするみたいに疑問の珠《たま》がぐるぐると回転して、こっちの喉《のど》を詰まらせる。車の後部座席の扉に手をかけていたスガモが引き返して、おれの前へやってきた。途中で車の方を向いて、「大丈夫」と、中の二人を制して。

「どれ？」

「あ、えぇっと、おれを好き、みたいなやつ」

「うん」

なにを肯定するためにスガモが頷《うなず》いたのか、目の前で見ているはずなのに分からない。タイミングがおれと一々、すれ違っている。餅《もち》つきを二人でやって、毎回失敗している感じだ。しかもスガモが杵《きね》を持つ方だ。おれの手を打って滞《とどこお》っても、スガモの方はなんともない。

「す、好きかぁ、かぁかぁ」

「カラスじゃなくて鴨《かも》だよ、わたし」

鳴き真似《まね》と思われたらしい。いやそうじゃなくて。

「その、好きってなに？」

散々迷った末に発したおれのマヌケかつ、非常にテツガクテキな質問に、スガモは目をぱちくりさせる。スガモが即答しないことはとても珍しくて、こちらも思わずまばたきしてしまう。

「お？」

スガモがその驚《おどろ》いた表情を引っ込めないまま、おれの顔に手を添える。いや、摑《つか》む。自分の方へおれを引き寄せて、前へつんのめってしまう。それはぜんぜん、止まる気配がなくて。止まったのは、スガモとおれの唇《くちびる》がくっついた後だった。

「…………」

呼吸ができなくなった。

「…………」

ぺろっと、スガモの舌がおれの下唇をなぞった。

「…………」

スガモの息が顔をくすぐる。

「ふにゃふぃうぅぃうあぃぃぃぃ！」

三秒ぐらいしてから後ろに飛び跳《は》ねて尻餅《しりもち》を突いた。背負っていたランドセルが揺れて肩かけが鎖骨に食い込む。抜け替わる直前の歯みたいに、目玉がぐらぐらと激しく揺れた。

平然と立っているスガモのスカートが目の前でひらひら揺れていた。

「な、え、ちょ、ちょ！」

唇に触れようとして、でもその手を引っ込めてしまう。スガモの舌先が舐《な》めたおれの唇は少し湿っていて、それを拭《ぬぐ》うことがなぜか心情的にできない。

車の中にいる爺《じい》さんねえさんの目が見開かれておれたちを捉《とら》えているのもなんか怖い。

「ほら好きでしょ？」

スガモがこともなげに言って地面に膝《ひざ》をつく。おれと目線を合わせて、また顔を近づけてくる。手足が固まって身体《からだ》を引くことができないまま、スガモに肩を抱《だ》かれる。

スガモとおれの目の高さは水平となり、間近で見つめてくる。

正確にはおれの瞳《ひとみ》に入り込むように、覗《のぞ》き込んでくる。

世界がスガモでいっぱいになって、それから。

「こうしてると分かるの。やっぱりトカゲくんのことが好きだって」

そう言ってスガモがまた、おれにキスをした。

ただし今度は口じゃなくて、右の『目玉』に。

「あ、やっぱり石竜子《とかげ》くんだったね」

かぽかぽとマヌケな音に足並みを揃《そろ》えるように、暢気《のんき》な調子で俺《おれ》の名前を呼ぶ女がやってくる。それなりに因縁《いんねん》のある女とはいえ、その予想もしない登場で俺の時間は止まる。

だけど気の抜ける足音が近寄ってくることで辛《かろ》うじて、頭と腕が働く。

「待て！　待て、動くな……巣鴨《すがも》」

手を突き出し、無遠慮に歩み寄ってくる巣鴨を制する。巣鴨涼《りよう》は穏《おだ》やかな表情を貫《つらぬ》いたまま小首を傾《かし》げる。でも一応、立ち止まってはくれた。

四階の一室。覚悟もなく、涙が出そうになりながらも足音の相手を迎え撃とうとして、やってきたのは学校の同級生だった。なんでこんなところにこいつが、という衝撃《しようげき》は大きく、脳が惚《ほ》ける。目の焦点が定まらないまま前進してしまっているような感覚に苛立《いらだ》ち、首を振る。

視点のブレが解消されると、真っ先に気づいたのは巣鴨の格好だった。昼間に見かけた制服姿からかけ離れた私服に、思わず目を見開く。露出《ろしゆつ》だ。狂かは知らんが、露出している。肌を。

上半身は胸もとぐらいしか隠していないし、下のスカートもパレオ付きとはいえ丈《たけ》が短い。肌の出し方が水着と差がない。巣鴨の白い肌は夜に溶け込まず、存在を強く主張している。

少し大きめのコサージュで飾られた髪は、私服と合わさることで印象をがらりと変える。見慣れているはずの巣鴨の長髪に、完全に目を奪《うば》われる。綺麗《きれい》だ、と思わず呟《つぶや》くぐらいに。

巣鴨の私服姿なんて、間近で見るのはこれが初めてで、そして、衝撃が強すぎた。

多分、こいつにその格好の理由を聞いても『暑いから』以外の返事は貰《もら》えないだろう。

昔、こいつの素っ裸を事故で見てしまったことも含めて様々な感情が飛び交い、顔が異様に火照《ほて》る。傷がぐじゅぐじゅ溶けるように疼《うず》く。力を込めれば本当に、鼻血の一つでも出せそうな勢いだ。相手が同級生で、巣鴨で、と悶々《もんもん》、苦悩めいたものに苛《さいな》まれる。だが肌の露出なら俺も負けていない。別の意味で。いや、なにが言いたいんだ俺はバカか。バカだ。だがってなんだよ。浮かれるな、こんなときに。

握りしめていたガラス片が指に食い込み、皮を破く。その痛みが、空気を読まずに色ボケしそうな頭にとっては冷や水の代わりになる。横を一瞥《いちべつ》すると、同じくガラス片を武器として準備していた男は困惑の目を巣鴨に向けていた。俺に引き続いてもう一人、中学生が登場すればそりゃ、混乱する。

「いつまで待とう？」

微妙に語尾のおかしい質問を巣鴨が口にする。いつまでどころか、ずっとでお願いしたい。

……そういえば、この近辺は不良が女子を連れ込むのに利用しているって噂《うわさ》があったな。まさかあれは本当だったのか。だとするなら巣鴨にも相方《あいかた》が同伴しているのだろうか。

昼間に見た海島《うみしま》の姿を思い起こす。廊下の奥へ目を凝《こ》らしても、その海島が追って現れる姿と様子はない。

「海島は？　一緒じゃないのか」

「なんで海島くん？」

靴《くつ》の爪先《つまさき》を床でぐりぐりと捻《ひね》りながら、巣鴨《すがも》が答える。

「いやだって、彼氏だろ？」

「違うよ。たまーに、お昼とかに一緒に街を歩くときはあるけど」

ちちち、と巣鴨が指を左右に振る。勝ち誇るようなこととは思えない。

でも、そうか。……こんなときに、なにをホッとしているのだ。

「じゃあ今はお前一人か？」

「うん」

「……そうか。階段の踊り場にいたのはお前と、海島かと思ったんだが……」

やっぱりと最初に言っていたし、ビル内でナイフ男以外の人間と遭遇《そうぐう》したのはあのときだけだ。

「ところでいつまで待てばいいの？」

巣鴨がさっきと同じ内容の質問を繰り返す。巣鴨と俺《おれ》たちの間には現在、五メートル前後の距離がある。部屋の入り口と中央あたりまでだ。そっちいっていい？　とその目が尋《たず》ねてくる。

巣鴨を敵だと疑うかは、微妙なところだ。目下俺は、疑わしく思えばなんでも怪しく映る精神状態にある。顔の傷が疑心を血と共に垂れ流し、世界に不信を抱《いだ》いているのだ。

なにが正しい、なにが信用できる。堂々巡りに陥《おちい》るその問いに足を引っ張られて、決断が鈍る。巣鴨と向き合っている間にもあのナイフ男が着々と近づいてきているかも知れないのに。

「……巣鴨」

「なに？」

思わず、直接尋ねようとした口を噤《つぐ》み、目を逸《そ》らす。

巣鴨が敵とか、それより前に一つ懸念《けねん》すべきことがあった。

確か、昔も一度考えたことがある。

俺は自分の能力をこいつの前で披露《ひろう》してしまっているかも知れない。

俺の能力が底の浅い上辺だけのものであると吹聴《ふいちょう》されたら、横にいる男がどんな反応を見せるか分かったものじゃない。しかも巣鴨は突拍子もなく、その話をしかねない性格だった。

「……いや。いい、待たなくて。どうぞ」

逡巡《しゅんじゅん》した末、手招きする。巣鴨が脱出に役立つとは思えないが、遠ざける方便も思いつかない。というより、こいつにはそういった駆け引きが通じないと思う。マヌケな足音で堂々と階段を駆け上がってくるような考えなしの相手に一体、どんな理屈でごねろと言うのだ。

「ありがとう。あ、もう一人いたんだね」

血だらけで壁《かべ》に寄りかかる男を一瞥《いちべつ》して、上品に会釈《えしゃく》する。本当に、こいつを呼び寄せて不利益はないのだろうかと自分の判断を疑うほどに、巣鴨《すがも》は飛んでいる。主に頭のネジが。

「あのさ、お前、分かってる？」

「んーと、なにが？」

「このビル、メチャクチャヤバイってことが」

「そうっぽいね、石竜子《とかげ》くんの顔も痛々しいし」

知っていて尚《なお》、巣鴨の態度は一切に変わりがないようだった。

二度と夜中のトイレにもいけそうにないほど怯《おび》えて、縮み上がり、ストレスで幻覚《げんかく》の一つや二つ見えてきそうな俺《おれ》とは大違いだった。巣鴨のような女が、物語の本当の主人公となる資格を持つのだろうか。だが巣鴨が主人公の資質を持っていたとしても、憧《あこが》れる気になれない。

痛い思いをするぐらいなら、俺は出なくていい。物語に、呼ばれなくていい。

ナイフで引き裂《さ》かれた俺の価値観はただ、逃げ惑う道だけを求めて、血の涙を流している。

……で？

巣鴨がやってきて、だからなんだ？　状況は何一つ好転していない。

そもそもこいつは一体、俺のもとへやってきてなにがしたいんだ？

解決したと思い込もうとした疑問は、すぐにまた引き返して俺の目の前をちらつく。

「すごい臭《にお》いだね、ここ」

巣鴨が唇《くちびる》に指を添えながら左右を見渡す。血だらけの男はそんな巣鴨と俺を、細めた目つきで曖昧《あいまい》に眺《なが》めている。俺と巣鴨を仲間というくくりで捉《とら》えないでほしいものだ。こんなときでも、同級生に『ゲロ男《お》くん』とか呼ばれないか心配してしまう。

「……ああ、まぁ、うん」

もやもやするものを僅《わず》かでも解消しようと、声を出す。

「それに酷《ひど》い顔」

「悪かったな」

巣鴨の言い回しだと、顔の傷以外について言及しているように聞こえた。でもこういった会話で、ほんの少しだけ心に余裕が戻るのはありがたかった。巣鴨が学校の空気を運んできたように、気を紛《まぎ》れさせてくれるのだ。俺と巣鴨は別に仲良しっていうわけじゃないのだが。むしろ今となっては苦手だ。教団関係者は、みんな敵だから。

「顔面真っ二つ？」

「に、ならないぐらいの傷だよ。死ぬほど痛いけどな」

顔を下に向けると皮が剝《は》がれそうなイメージを抱《いだ》くほどの痛みが走った。あぁ、もう、やだ。

「ねぇねぇ、左目は？　左目大丈夫？」

巣鴨が傷を覆《おお》う布を外そうと手を伸ばしてくる。傷に触れられる嫌悪《けんお》感《かん》からその手を払い除《の》けて後退する。巣鴨が端整な顔つきのまま、唇を動かさずに舌打ちをこぼした。

「無事ならいいや」

そこまで俺《おれ》の左目にこだわるということは、やはりこいつ、知っているのか。

成実《なるみ》のときとは違い、今度は冗談を省いて黙らせたい。死活問題なのだから。

「お前、やっぱり、」

「あれあれ、そろそろ来ると思うんだけど」

巣鴨《すがも》が俺の言葉に声を重ねて、廊下の方に首を向ける。ごまかす気か、こいつ。しかし冷静になれば、ここで声を大きくして言及すべきではない。男が聞いている。だから敢《あ》えて話に乗って海島《うみしま》か？　と相づちを打ちつつ、丸腰の巣鴨にもガラス片ぐらいは渡しておくべきかと考えた最中《さなか》、

「べぇっ！」

血みどろ男が噴き出した。どうやらげぇっ！　と声を上げたようだが口に溜《た》まっていた血液と唾《つば》で濁《にご》り、べぇっと吐き出す形になったらしい。その痰《たん》と唾液《だえき》と血の混合物の飛沫《しぶき》が向かう先には、窓がある。俺が縄ばしごを使って脱出を試みて、そして失敗した窓が。

その窓に、影が迫《せ》り上がる。まるで黒い洪水《こうずい》がこのビルを呑《の》み込むように。

黒の塊《かたまり》だった影を食い破るように、腕が生まれる。その真っ黒な腕が窓枠を掴《つか》み、手と指を影の塊から創造する。力強く食い込んだ指先が、繋《つな》がる影を引き上げて、そして。

まるで空白を『蹴《け》った』ような力強い跳躍《ちょうやく》を果たした後、窓ガラスを蹴り割って。

あのナイフ男が飛び込んできた。

……おい、ここ、四階だって散々言ってるじゃないか！

あり得ない軌道だった。ライダーキックの如《ごと》く、垂直に跳躍した後、斜めへ飛んでガラスを割ったのだ。人類にそんな動きが、空中でできるはずがない。普通の、人間だったら。

呆然《ぼうぜん》としながらもそれに対する答えを一つ思いつき、その閃《ひらめ》きと共に膝《ひざ》が笑う。

アメンボ。

俺と同じ。

能力者？

自分以外にも存在する、世界の枠組みから一歩、はみ出た者。

初めて振るわれた暴力への恐怖から、それは必要以上に俺の思考を、身体《からだ》を支配する。

科学を超越したナイフ男が部屋に降り立った直後、反動で跳《と》び、俺めがけて舞う。

空中を蹴り飛ばし、頭上から、ナイフ男が降りかかる。


「そーれ」

放物線を描《えが》くような、悪戯《いたずら》めいた物言いが一階のホールに響く。そして、その声に随伴《ずいはん》でもするように共に放物線の軌道で、ナメクジのもとへポトポトと落下してくるものがあった。

木の枝から毛虫でも落ちてくるような、そんなシルエットと質感だった。ナメクジは思わず、足の間に落下したそれを覗《のぞ》き込む。そして、その正体を知って息を呑《の》む。

指だった。人間の、親指と小指が蝉《せみ》の抜け殻《がら》のように横たわっている。切られてから時間が経過しているのか断面からの出血は止まって、指先は黒ずんでしまっている。咄嗟《とっさ》にそれを、隅に蹴《け》る。

ナメクジも仕事柄、怪我《けが》の類《たぐい》は見慣れていたが不意打ちにそんなものを差し出されてはおぞましさを抑えきれなかった。指はころっころと『物』のように床を転がり、夜の向こう側へと消えた。

「残念だけど、開いていない手や口の中に指を仕込む……なんて芸当は無理。こんな不細工な使い方しかできないと拾ってきた意味が薄れるなぁ。……うん、どうして拾ったんだろう」

壁《かべ》を照らすライトの位置がズレる。カワセミが首を傾《かし》げる仕草に連動しているようだ。その光から身を隠すように捩《よじ》るナメクジは震《ふる》えそうになる歯の根を律しようと、奥歯を食いしばる。既《すで》に何度、こうして奥歯が欠けてしまったことだろう。すり減った歯は犬歯のように尖《とが》り、舌を動かすだけで血の味が染《し》みる。

「僕はさぁ、いつも考えているんだよ。なんでこうなんだろう、どうしてこういう仕組みなんだろう……ってね。その中の一つは生まれたときから考えているんだけど、未《いま》だに分からない」

ナメクジはカワセミの能力を知っている。同業者で知らない者は一人としていないし、一部の一般人にも知れ渡っている。カワセミの出自は少々異質で、しかしそれでも尚《なお》、最強と謳《うた》われている。カワセミ自身がこの業界で五年、六年と生き続けていることがその証明だった。

その能力に比肩するのは『白《シロ》ヤギ』と『ミミズ』ぐらいだと噂《うわさ》されている。

この業界で生き残る人間は、同業者を殺す際に一切、躊躇《ためら》わない。

だからたとえナメクジがすべてを明かして白旗を振っても殺すだろう。

逆の立場なら私だってそうする、とその姿勢を認めた上で。

相手は自分が勝負できる次元にいない。

だったら。

ナメクジが意を決し、首に巻いていた布を取り外す。それを階段の隅へ、指を蹴り飛ばした方に投げてから立ち上がる。階段の陰に隠れてはいるが膝《ひざ》の裏が震えている。カワセミに背を向けて立っているが、その懐中電灯の矛先《ほこさき》が自分に向いたことに気づく。即座に首か胴体あたりが泣き別れになるかと汗が止まらない。それでも、ナメクジにはこれしか思いつかなかった。

偶然ここにやってきた一般人を装《よそお》うしかない。

無理があっても、それしか打開策が思いつかない。いつもカエルが率先して仕事をこなしてきたために、ナメクジには経験が不足していた。ここまで頭を絞るように使ったのは、生まれて初めてかも知れなかった。持てる知識を総動員した上で、この方法を選択したのだ。

カワセミは殺し屋としてもっとも有名であるが故《ゆえ》に、仕事に不都合なほど情報に溢《あふ》れている。その中の一つを、風の噂《うわさ》にも満たないような不確かなものに、縋《すが》るしかなかった。

「あ、あぶ」

あのぉ、と声をかけようとした自分の喉《のど》を潰《つぶ》した。この場面では暢気《のんき》すぎる、気がした。なにしろ人間の切り離された指をぽいぽいと投げられているのだ。もっと怯《おび》えていないと変だ。心底恐怖しているはずなのに、なぜ、それを素《す》で表現することはできないのだろう。

「あぶ？」

カワセミがなぞるように言葉を返す。奇妙な話だが、その珍妙な声に興味を持ったようにカワセミの警戒が緩《ゆる》む。ナメクジは見えない位置で握り拳《こぶし》を作りながら、ゆっくり、振り返る。

立ち上がったのは、いつまでも姿を隠しているとカワセミの能力を知っている、と思われる、そう危惧《きぐ》したためだ。その能力自体は一般人が知っていても極端に不思議ではない、だがそれがなにを意味するのか本当に理解しているのは、カワセミの同業者だけなのだ。

「な、なによぉ！　怖くないんだからね、あんな玩具《おもちゃ》で脅《おど》かしても！」

「は？　玩具って、なんですか？」

「な、なにって、肝試《きもだめ》しよ！　あんたも幽霊《ゆうれい》っぽい格好してるじゃない！」

思いついた出任せを続けて口にする。性格や言い回しはほとんど素だった。世界最高の殺し屋と正面から対峙《たいじ》しているという緊張は、酷《ひど》すぎて頭が真っ白となり、意識することもできない。それが功を奏しているのか、ナメクジは酔ったような感覚に陥《おちい》り、萎縮《いしゅく》を忘れる。

ナメクジの目の前にいるのは白髪のカツラを被《かぶ》った少年。粗《あら》い生地でできた白いローブを着こなすような出《い》で立ちに加えて、素足が浮世離れした印象を強める。どれもこれもすべて、自らの奇跡を神格化し、演出するために用意された装飾でしかない。

あの『カワセミ』だ、本物の。

間違いないと、背中を汗が伝う。それでもナメクジは一歩、前へ出る。

「あ、あれ？　あなたってもしかして、超能力少年？　ほら、テレビに出てた……」

実際は逆光の所為《せい》でロクに顔色も確かめられない。頭にローブのフードを被っている所為もあるが、表情が酷く読み取りづらかった。

「へぇ、よく知ってますね。地元のローカル番組で盛り上がっていただけなのに」

「昔はテレビっ子だったもの……って、え、ホントに？　マジもん超能力少年Ａくん？」

懐《なつ》かしい呼び名だ、とカワセミが笑ったようだった。ナメクジはその間にもう一歩、距離を詰める。隙《すき》をついて飛びかかれば或《あ》るいは、と欲望が分不相応な期待を抱《いだ》こうとするのを抑えつけて、生きることに徹《てっ》する。余計なことはせずに、邁進《まいしん》する。一秒ずつ、生きる時間を延ばす。

「凄《すご》い凄い！　アレでしょ、触れずにダイヤモンド切っちゃう人！　あれ、勿体《もったい》ないなぁってずっと思ってたのよね！　だってダイヤよ、ダイヤ！　別に鉄の塊《かたまり》とかでいいじゃない！」

有名人を前にして喜色ばむミーハーを演じる。後半はナメクジの本音も混じっていた。

「いや、マックス・ギャラクティカに比べたらエンターテイナーとしてはまだまだ……そうかぁ、僕を知ってるかぁ」

なにかをはかるような調子で、言葉尻《じり》が萎《しぼ》む。はかるは図る、計る、謀《はか》ると様々な観点からナメクジを推し量っていることが露骨《ろこつ》に伝わってくる。その釣《つ》り針を避《よ》けつつ、ナメクジは自らの力で水面から、陸地へ跳《は》ね飛ぶ。自分から敢《あ》えて陸へと上がり、カワセミに接触する。

「知ってるってー。地元のアタシ世代なら大体が観《み》てたもん、あの番組」

「そうですか。それは、素敵だなぁ。僕、有名人になることが夢の一つなんですよ」

世界一有名な殺し屋がうっとりと夢を語る。ナメクジとしては、言いたいことが山ほどある。

「だから僕は自分を知っている人を減らしたくないんです。可能な限り、ですけど」

「……なんの話？　あ、超能力で抹殺《まっさつ》とか？　ダイヤモンドになるのは勘弁《かんべん》！」

ナメクジが拝むような仕草でおどける。内心、本当に勘弁してよと泣きっ面《つら》だった。

世界最高の殺し屋と、面と向かって対峙《たいじ》する機会なんか一生ないと思っていた。特異な能力もない、殺し屋として最低限の技術しかない自分が、まさか、こんな場面に出会《でくわ》すなんて。

「いや抹殺される意味が分からないんですけど！」

一人で勝手に盛り上がり、カワセミがしらけてくれることに期待する。カワセミは無言だった。失敗した、とナメクジの頭部がかき氷を詰められたように冷えきった直後、

「まぁ、いいか」

その言葉を契機としたように、カワセミが懐中電灯をオフにする。一階は夜の帳《とばり》が再び全面を覆《おお》い、濃厚な暗闇《くらやみ》が二人を包む。その闇の中をカワセミが動くと、白い霧《きり》のようだった。

「上には行かない方がいいですよ」

髪を摑《つか》んで引き留められたような錯覚《さっかく》を引き起こす、そんな声だった。

会話の流れを無視して、ナメクジを射抜くような注意が続く。

「このビルの上に行くと、今夜は肝試《きもだめ》しどころか腕試しになっちゃいますから」

「……っえ？」

ナメクジが演技ではなく、惚《ぼ》けたような反応を浮かべる。カワセミはその態度に半笑いを浮かべて、階段の方に首を向けた。

「僕も負けたくないし……それはいいか。さてと。そろそろ行かないと怒られるかな」

その口ぶりはまるで、昼休みを終えて教室に戻る子供のようだった。

忠告はしたからね、と最後に念押すように付け足して、カワセミは一方的に行ってしまう。

本当に？

行ってしまった？

階段を軽快に上る音が聞こえる。ナメクジはその場に屈《かが》んで頭を抱《かか》えたくなる衝動《しょうどう》を堪《こら》えながら膝《ひざ》を伸ばし続けて、その音に半信半疑を揺らされる。カワセミは振り返りもしない。広げた翼《つばさ》のように服の袖《そで》を風に遊ばれながら、早足で二階へ行ってしまう。あっという間にナメクジの視界から消えて、下りてくることはない。数秒、数十秒待ったがなにも起こらない。よろめき、こつん、こつんと自分の靴音《くつおと》だけがホールに響く。蠢《うごめ》く影も自分の身体《からだ》を模倣《もほう》し、ぎこちなく伸びていく。ナメクジは柱に寄りかかりながら、肩を抱《だ》く。

まさか殺されずに済むなんて。

カワセミと遭遇《そうぐう》してしまったことが天災なら、助かったことは天の恵みだ。抑えていた吐息が枷《かせ》を外されたように荒れて、呼吸の度《たび》に息苦しさが増す。触れられてもいないはずなのに身体はどこもかしこも痛んで、目を瞑《つぶ》る度に滲《にじ》んだ涙が熱い。

熱風のように駆け抜けた安堵《あんど》はナメクジの心から死への恐怖を奪《うば》い取る。しかし、その風が過ぎ去った後にはなにも残らない。ナメクジは一人取り残されて、一面の荒野の中で見晴らしの良すぎる左右を見渡す。自分が行くべき道への標識も、信号もない。

自分はこの後、どうするべきなのか。

上の階で起きている出来事に、カワセミの忠告を無視して関与するべきなのか。

カエルやカワセミといった、能力者たちの宴《うたげ》に。

生き長らえたという達成感と緊張から解放されたことにより起こった放心はナメクジを笹《ささ》の船のように容易《たやす》く揺らし、まずヘビに連絡を取ろうと思い立つことにも数分を必要とさせた。その心の放牧が終わった後、ナメクジは自分の在《あ》り方を振り返り、選択の余地などないことを思い出す。

引くことはできない。人を初めて殺したときから、他《ほか》に行く場所なんかないのだ。

本当に保身を考えるなら、自分は今夜の仕事を果たさなければいけない。

ナメクジはそう決心して、階段に足をかける。

上の階でなにがあって、なにに見舞われるかも想像しないまま。


結論から言うと、ナイフは俺《おれ》に刺さらなかった。

その代わり、鼓膜《こまく》が破れそうになった。いきなりの銃声に襲《おそ》われたのだ。

隣に立っていた巣鴨《すがも》が拳銃《けんじゅう》を取り出して発砲した。ナイフ男を狙《ねら》ったそれは外れこそしたものの、距離を取らせるには十分な効果があった。空を駆ける、恐らくそれこそが能力である目の前のナイフ男、アメンボは空中に見えない足場でもあるように鋭く切り返し、部屋の隅まで後退して巣鴨を警戒している。更《さら》にその視線が時々、俺の目に向いていることに気づく。

三階から逃げる際のハッタリはまだ有効なのだろうか。今は鳶色《とびいろ》に戻してあるが、目の色を切り替えるタイミングには気を遣《つか》わないといけない。俺にはこれしかないのだ。

巣鴨は銃の反動で尻餅《しりもち》を突いて、しかめ面《つら》で右腕を押さえていた。一緒に、腰が抜けて座り込んでいた俺はその手を引いてすぐに巣鴨を立ち上がらせる。まさか巣鴨が武器を携帯していたなんて、不幸中の幸いとはこのことだ。その巣鴨《すがも》がいつまでも座り込んでいたらアメンボがすぐに襲《おそ》ってきてしまう。巣鴨の細い腕に緊張はないが、俺《おれ》の方は手足が震《ふる》えて自分でも挙動不審だと分かるほどにぎこちなかった。立ち上がった後も、今にも膝《ひざ》が折れそうになる。

「腕痛い。もう無理」

肩ごと、ぐるんぐるんと右腕を回した巣鴨がいきなり限界を申告してきた。

「は、はあっ？」

「後は石竜子《とかげ》くんが撃って」

ぽいっと、拳銃《けんじゅう》を投げ渡してくる。おいバカじゃねえのか。この緊迫した場面でなに譲《ゆず》っているんだ。しかもそんな安っぽく。もっと仰々《ぎょうぎょう》しく渡さないと攻め込まれてしまうだろ。

俺の危惧《きぐ》はその通り、現実のものとなった。こちらのやり取りを軽々しく思ったアメンボが突っ込んでくる。しかも今度は能力さえ使わない。堂々と、早歩きで真っ直《す》ぐ向かってくる。

「撃って」

巣鴨の短い言葉が俺の指と耳に絡《から》みつく。ほとんど無意識に人差し指が震えて、その命令を実行しようとする。だけど震えが酷《ひど》すぎて、指はマトモに機能しない。そうこうしている間、数秒もかからない内に、アメンボが目前に立つ。

「撃たないの？」

巣鴨のマヌケな問いかけは、まるで目の前の男が侮蔑《ぶべつ》混じりに口にしているようだった。

最短の動きで迫るナイフよりも、近寄ったから見えてくるそいつの目に、注意が引きつけられる。血みどろ男といい、こいつといい。

どいつもこいつも、爬虫類《はちゅうるい》じみた目をしやがって。

ナイフが俺を突き刺す直前、感じたのはその目に対する敵愾心《てきがいしん》に似たものだった。だけどそれを断ち切られるように、右腕が「ぎゃあぁぁぁ！　あぁあ！　ぎゃあああ！　いぃいぃいぃい！」

手首と肘《ひじ》の丁度《ちょうど》、中間に位置する部分にナイフが突き立てられた。目玉が裏返る。幾重《いくえ》も裏返り、気絶と覚醒《かくせい》を果たす。きりきりする。脳がキリキリ痛い。きりきりきり。巨大な虫が醜悪《しゅうあく》な鳴き声をあげているようだった。頭の中のきりきりも、「あぎゃがぁあぁあががあが！」

自分自身の悲鳴も。痛い痛い！　いだぃ！　ちぎれる、ちぎれる！　なんで俺を！

そうか俺を、勘違《かんちが》いしている。目の色を変えるだけの能力をもっと大層なものと考えている。だから真っ先に俺を狙《ねら》うんだ。墓穴を掘った、なんだこのクソ能力。とことん役に立たないじゃない「ぎゃいぃぃあいいぃあいいいいぃいぃいい！」グリグリされた。ナイフが、腕の中をぐちゅぎゅちと掻《か》き回した。たす、けて。誰《だれ》でもいい、助けて！　俺を救ってくれよ！

地震にでも見舞われているように視界がぐらつき、霞《かす》む中で必死に首を振る。あの男は、血みどろ男はどこだ。今がチャンスだろう、アメンボを殺すのに絶好だろう。なにやってるんだ！

「……ぁ、がぅあああうあああうあああ！」

あの男は、逃げ出そうと試みていた。四つん這《ば》いで床を蹴《け》り、掻き、入り口へ一直線に向かっている。恩義を知らない犬が飼い主の束縛《そくばく》から逃れた途端《とたん》、駆け出すように。

俺《おれ》を犠牲《ぎせい》にして、あんな、血に染まった男が逃げていく。

利用するのは俺のはずだったのに、なんで。俺が利用されているなんて、あり得ない。

「ぎゃぁぁぁ！　あがぎ、ぎぃ、ぎ！」

更《さら》に目を見張ったのは巣鴨《すがも》まで逃げ出していることだった。俺の隣から速《すみ》やかに離れて、血みどろの男よりも前に入り口に立っていた。そこで立ち止まり、廊下の奥へ手招きしている。

手招き？　誰《だれ》を？　そんなことより巣鴨を生贄《いけにえ》代わりに差し出して逃げ出したい。俺以外の誰が犠牲になっても逃げ延びたい。そんな思考に頭が埋め尽くされる。ダメだ、そんなことできない。巣鴨はダメだ、しちゃダメだ。他《ほか》の方法を、考えるんだ。殺される前に！

腕の中を弄《いじ》くられて、遊ばれている間に！

生きるためならなんだってやってやる。

だから泣いて喚《わめ》いて死にそうになっていても構わないから。

その『なんだって』を考えなくちゃいけないんだ！

俺にこの状況でできること。手を使わず、逃げることもできず、許されることは。

ハッタリだ。ハッタリをしかけるしかない！　だってそれしかないのだから！

お前に勇気はあるか？

ない！

だけど、生きる気はある！

誰よりも貪欲《どんよく》に！

「つか、まぇだ！」

震《ふる》える歯の根の所為《せい》で発音が不明瞭《ふめいりょう》になる。アメンボの足首を左手で掴《つか》み、逃さないとばかりに右目を「いぎぃぃいいいいぃいぎぐぃぐいいいい！」左手を突き刺された。ナイフが手の甲を苦もなく貫通《かんつう》して、先端が床に突き刺さる。ごぼん、と肉が削《そ》ぎ取られたように手が軽くなり、絶叫も激痛も、閃光《せんこう》の中に消えた。頭も目の中も真っ白になって、なにもかも呑《の》まれる。

もういい、もう嫌《いや》だ。もう、死にたく、ねぇよぉ！

埋め尽くしていた光が彼方《かなた》へ消え去り、現実が向こうに映る。

「ううううううううううう！」

悲鳴を堪《こら》えて下唇《したくちびる》を噛《か》み続けると唸《うな》り声のようにも聞こえた。その声に同調するように眼球の色を変化させる。視線と意識を額の前へ強く押し出すイメージを持って、アメンボを睨《にら》む。赤く、禍々《まがまが》しく。捉《とら》えるように、吸い込むように。暴虐《ぼうぎゃく》をそこに潜めているように。

だから頼む、逃げてくれ。あっちへ行ってくれ！　騙《だま》されてくれ！

「ぇおぼ！」

顔面を殴《なぐ》り飛ばされた。二度、三度と首から上がちぎれるような衝撃《しょうげき》に襲《おそ》われて、前歯が二本ほど吹っ飛ぶ。口の中がスースーした。ナイフ男の拳《こぶし》も歯で切れて、鮮血がほとばしる。

騙《だま》されてくれない。いやむしろ、能力の発現を邪魔《じゃま》しようと果敢に殴《なぐ》ってくる。

この距離まで迫られたらこんなハッタリは意味をなさない。

左手からきゅぽん、とナイフが抜ける。ずるりと肉の一部が刃にこびりついて、引きずり出される。「いひ、いひ、ひぃぃ、ひぃ、いひ」その奇妙な感覚に相応《ふさわ》しい、情けない悲鳴が漏《も》れる。痛がることさえ押し退《の》けて、絶望的な絵面《えづら》を前に心が折れそうになる。

誰《だれ》でもいい。神様でもいい。

もう死なないならなんでもいい。靴《くつ》を舐《な》めても犬の糞《ふん》を食おうとも構わない。殺されたくない。こんな、なんにもないままで死にたくない。終わりたくない。だから、俺《おれ》は。

どんなことをしても時間を稼《かせ》ぐ。引き延ばす。そして、考えろ。考えるんだ。

俺がこの場で殺されない方法を。なにを犠牲《ぎせい》に払おうとも、俺だけが生きる術《すべ》を見出《みいだ》せ。この状況から、立場を逆転させる奇策を思いつけ。ないか、なにかないか。ハッタリはダメだ通じない、ここで目の色を変えようとすれば、『能力』を発動させようとした、と誤解されて先手として攻撃されることは学習済みだ、だったら他《ほか》に。なにか、なかったか。

数秒にも満たない時間、脳を引き絞る。絞られて溢《あふ》れ出た汁をすくい取って、そこに。

先程の、巣鴨《すがも》の挙動があった。

手招き。

訪れる誰か《・・》。

あいつは金持ち。お嬢様の夜間外出。護衛が絶対にいる。

次々に発想が飛躍する。着地点はない、成功の確率はどこまで飛んでも見えてこない。

だけどもう、それの到着に賭《か》けるしかなかった。

「たずけて、くだざい」

アメンボの靴《くつ》に縋《すが》りつき、懇願《こんがん》する。涙と鼻水でぐちゃぐちゃの顔を向ける。

アメンボの動きが止まった。更《さら》に縋って、土下座する。

「ころざないで、おねがい、です。おねがい、だがら」

なにを犠牲《ぎせい》にしてもいいと決めたのならさし当たって、プライドを捧《ささ》げよう。

いや違う、生きることが俺《おれ》のプライドなんだ。だから他《ほか》の恥は、どうでもいい！

涙を。涙を、どんどん流すんだ。相手の目を一瞬《いっしゅん》でも長く、惹《ひ》きつけるために。

アメンボの顔を、恐る恐る見上げる。アメンボは無表情に俺を見下ろしていた。しかもナイフをもう一度、とりあえずとばかりに左手に突き刺してくる。さっきの傷穴に再度、刃がインストールする。もう死にそうで、だけど左手だけなら致命傷じゃない。即、殺されないだけ幸運と思うしかない。アメンボの関心は俺の顔にあるようだった。目、いや違う。頬《ほお》だ。

よし！　予定通りに、涙に注目してくれている。

これこそが俺の目玉の色を変える能力の副産物。

俺が流す涙は、変化した目の色と同じ色に染まって流れるのだ。それを、訝《いぶか》しんでいる。

こんな副産物のような現象では、一秒か二秒、注意を惹くことで精一杯だ。

だけどその一瞬が俺の命を繋《つな》ぐと信じる。

ハッタリの形は一つじゃない！　この一秒が、俺の奥の手を駆使した結果だ！

これが！

「じゃんじゃじゃーん」

……は？

前振りは最悪だった。

廊下から響くその声は俺と同じように、まだ声変わりも済んでいないようだった。

逃げ出そうとしていた血みどろ男の顎《あご》を出合い頭に思いっきり蹴《け》り返して。

踏みつけて。

主人公然としたこのタイミングに、そいつはやってきた。

「もーいーかい？」

昼間に出会った、あの白髪《しらが》頭の少年だった。廊下から顔を出し、中を窺《うかが》ってくる。

穏《おだ》やかな笑顔と端整な顔つきは、巣鴨《すがも》の纏《まと》う『上』を感じさせる雰囲気と似通っていた。

「もーいーよ」

その少年の、どこへ向けたかも分からない問いかけに答えたのは巣鴨だった。少年はそれを受けてローブの袖《そで》をひるがえし、右手で目元を覆《おお》う。演劇めいた仕草に、ここにいる全員の視線が集《つど》い、そして。覆《おお》いを取り除いたとき、鳥肌が全身を疾走《しっそう》した。

赤色だった。

先程までなんの特徴もなかったはずの少年の目が、深紅《しんく》に染まっていた。

まさか、あれは。昼間に見たあれは光の加減などではなく。

俺《おれ》と同じ、能力？

少年の赤眼が血みどろ男の喉《のど》を捉《とら》えて、そして。

「お疲れさま」

こぽん、と。

喉の一部が取れた。見間違いじゃなく、ぽろりと飛んだ。

パーツが接着不良で欠けたように喉が削《けず》れて、当の血みどろ男は惚《ほう》けている。

惚けたまま、血が噴き出した。

喉を押さえてもその勢いを止めることはできず、もがき、暴れ、最後は干からびたカエルのように仰向《あおむ》けで力尽きる。少年はその血みどろ男の顔面をわざわざ踏み潰《つぶ》し、一歩進む。

俺が利用しなければいけないと意気込んでいた要素は、一瞬《いっしゅん》で蹂躙《じゅうりん》されて。

この世で意志を失って、肉と成り果てた。

俺の信じていた常識とか、ルールはこの夜、粉々もいいところだった。

少年の持つ懐中電灯が俺とアメンボを照らす。直後、アメンボは転がるようにして横っ跳《と》びした。俺に突き刺したままのナイフも捨てて床を転がり、落ちていた拳銃《けんじゅう》を拾い上げる。

それを構えて躊躇《ちゅうちょ》せず引き金を引く。白髪《しらが》頭の少年に向けて、発砲する。はずだった。

だけど目を疑う現象が拳銃に起き、不発どころか暴発を招いた。

拳銃のバレルが、上下に裂《さ》けた。ちくわに包丁でも入れたようにスッと、音もなく。

上の部分がぽーんと、吹っ飛ぶ。

行き場を失った弾丸がアメンボの手もとで爆発めいた音を立てる。アメンボの右手は指が一本ちぎれて、残りも火傷《やけど》を負ったようだ。苦々しくその部位を押さえるアメンボに対し、白髪頭が嘲笑《あざわら》う。

「拳銃なんて僕に通じると思ったか？　ふぁーはぁが！　……ふははは！」

高笑いの途中で声が裏返り、しかも白髪頭は噎《む》せた。取り繕《つくろ》うようにもう一度笑う。

なんなんだこの、普段の俺みたいなやつは。痛々しい笑い方で、自己陶酔《とうすい》が酷《ひど》くて。

なのに、本物の超能力を持っているとしか思えない。

「ちょう、の……あ！　超能力、少年」

成実《なるみ》が少年に感じていた見覚えの正体に行き着く。そうだこいつ、テレビで一時期取り上げられていた超能力少年Ａくんだ。念動力であらゆる物体を二つに裂くという触れ込みで、地元番組で取り上げられて、そして様々な推測や批判と共に消えた、あのＡくんだ。

「大正解」

白髪頭《しらが》が微笑《ほほえ》むと同時に、駆けてきたアメンボが俺《おれ》の左手からナイフを引き抜く。悲鳴を上げる気力ももうなかった。あるがまま、抜かれるがまま。意識が飛びそうになる。崩れ落ちそうな俺をアメンボが支え、脇《わき》の下に手を入れて立ち上がらせる。そして羽交い締めにして、人質《ひと じち》のように扱ってきた。血の枯渇《こかつ》と共に薄れてきている視界は、この危機さえも夢のようにしか映さない。気絶寸前なためか、恐怖も大して湧《わ》かなかった。

一秒、二秒と時間が続いて、生き長らえていることに神経が弛緩《しかん》してしまっている。ナイフを突きつけられているのに、助かったと、寝ぼけた達成感に包まれていた。

アメンボは俺を人質というより壁《かべ》に使っているようだった。白髪頭に対しての、盾《たて》に。きっとあいつの目から逃れようとしている。あの、赤い目から。

「うーん、悪役だね。きみはまっこと、悪役だ。でも古今東西、人質を取って勝った悪役はいないんだぜ。ゲームの名は誘拐《ゆうかい》を読んだことないかな？　どんなに上手《じょうず》に隠れてもとかね」

「い、ぎぃ！」

アメンボが俺の肩をナイフでえぐった。見せしめのように。微睡《まどろ》んでいた意識と目が覚醒《かくせい》し、赤い線を幾重《いくえ》も中空に走らせた。脳が鮮明となり、俺が今夜、学習したことを咀嚼《そしゃく》する。

ハッタリをかますには距離感が重要だ。拳銃《けんじゅう》が至近距離では絶対でないように、言葉の弾丸も相手と離れていなければ効果が薄い。だからさっきのハッタリは失敗した。そして三階で最初に遭遇《そうぐう》したときのハッタリは有効に働いたのだ、ちゃんと距離があったから。

分かってきた、分かってきたぞ。人を騙《だま》すことに必要なものが。

この場で利用できるもの。俺と、白髪頭のあいつ。そしてアメンボの能力。

まずは一手。

はっきりとした声は出せないから、目と態度で必死に訴える。そんな俺の表情を見て取り、白髪頭が分かった分かったとばかりに首を縦に振る。あいつの能力を踏まえて、それに適した行動を取る。

やる。やるしかないんだ、考えて。生きるために。

「その少年を離せばこの場では殺さないでいてやる。さぁどうする？」

横柄《おうへい》な態度の取引だった。アメンボはナイフを俺の肩から抜き取り、逡巡《しゅんじゅん》のような間を置く。白髪頭が謎《なぞ》の能力で俺ごとアメンボを殺害するのでは、とそんなことまで心配する必要があって事態はとっくに、単独では収拾できない次元に達していた。

超能力少年Aくんの乱入が俺に救いをもたらすのだろうか。息が荒い。だけどそれはアメンボも一緒だった。同じように緊張し、呼吸が不安定だ。

白髪頭の前では、アメンボも襲《おそ》われる側なのだ。こいつらがどういう関係なのかは知り得ないが、それは朧気《おぼろげ》に理解した。そしてその事実を知ると本当に僅《わず》かだが、アメンボに対する恐怖心が和《やわ》らぐ。アメンボは絶対者でも、ましてや神でもない。上には上がいる、俺と同じ人間に過ぎない。そう一瞬《いっしゅん》でも心の抑圧が解放されかけた直後、アメンボが口を開いた。

声を聞くのはこれが初めてだった。喉《のど》が潰《つぶ》れているように嗄《しわが》れた低音の声だった。

「懐中電灯を消せ」

「嫌《いや》だね。消したら僕を殺そうとするだろう。いいから逃げることだけ考えていろよ」

アメンボの妙な要求を白髪頭《しらが》が突っぱねる。犯人を刺激するな、とドラマなんかでよく聞くけど、正《まさ》にその心境だった。首にナイフを押し当てられている当事者からすれば気が気じゃない。白髪頭は鼻を鳴らし、言葉を続ける。

「僕はできればその少年を助けたい。でも、無理と感じたら見捨てる」

「ひっ」

白髪頭のスタンスに短い悲鳴が漏《も》れる。白髪頭はあくまで穏《おだ》やかな笑顔を崩さない。

「でも見捨てたらどうなるだろうね。人質《ひとじち》がいなくなって一番困るのはそっちだろ、アメンボ君。ああ、人質を連れて逃げようとはしない方がいいよ。そうしたら人質ごと殺す。さぁ困ったね、きみには人質を解放してこの場を見逃して貰《もら》うこと以外、なにができるかな?」

交渉《こうしょう》というより脅《おど》しにしか聞こえない。まるで自分の方が人質を取っているように強気で、自信に満ち溢《あふ》れていた。だけどその言い分は正確で、人質の価値を熟知していた。

白髪頭の赤目が俺《おれ》を一瞥《いちべつ》し、微笑《ほほえ》む。俺を安心させるためではなく、なにかを見透かすように口もとを緩《ゆる》めていた。その視線は俺の右目を特に注視していると感じた。なんだ? 俺の右目の色が変わったままだから目を引いているのか。それとも、こいつの底を知っている、のか?

「分かった、窓から逃げよう」

アメンボが答える。冷えきった金属が肌を撫《な》でるような声色で。

「だから窓までは人質と一緒に移動させろ」

「んー」

白髪頭が迷う、素振りを見せる。でも思わせぶりに唸《うな》っているが、返事はすぐにない。

その返事を待たずにアメンボが窓際《まどぎわ》に俺を引きずろうとする。窓から逃げるまで俺を人質兼、壁《かべ》に使う気だ。マズイ。俺がアメンボだったら、窓際まで行って用がなくなった俺を逃げるついでに殺してしまう。どんな能力を持っているか分からないなら、殺せるときに殺す。このまま引っ張られていけば死ぬだけだ、だから。

怯《おび》えるな、怯えるな、怯えるな。

傷の痛みに、流血に、理不尽《りふじん》な暴力に。

今まで意識の行き届いていなかった足の裏に神経を注ぎ、床を踏みしめる。下半身に力を込めると、腕の傷から血が溢れて骨のえぐられるような痛みが走った。頭蓋骨《ずがいこつ》まで響いてしまうその痛みに息が詰まる。ゲロ吐きそうになる。がくんがくんと首から上が揺れた。

思わぬ抵抗だったのかアメンボは止まれず、俺との間に距離が生まれる。俺は思いっきり首を下げて身を硬くしながら「やれ！」と白髪頭に叫ぶ。泣き声混じりであることは隠しようがなかった。だが仮に白髪頭が即座に反応してくれなくても、この隙《すき》をアメンボ自身が許すはずがない。逃げるしかないのだ、俺《おれ》を放っておいて。

アメンボの必死な舌打ちが背後で漏《も》れた直後、俺の腰を蹴《け》り飛ばしてきた。前のめりにぶっ倒れて膝《ひざ》と顎《あご》を打つ。脳をぐらつかせる衝撃《しょうげき》に目眩《めまい》を引き起こしながら振り向くと、アメンボが窓に飛びついているところだった。先程まで立っていた床の部分にはナイフの刃が根もとから折れて転がっていた。

窓に足をかけたアメンボは白髪頭《しらが》の視線から逃れられない。ズボンの裾《すそ》から見える踵《かかと》の肉を吹っ飛ばされ、血が噴き出す。ぎょろりと、射殺さんばかりに白髪頭を睨《にら》むものの反撃には出ず、そのまま身投げするように窓から落下していく。窓に近寄って動向を確かめると、空中を蹴ってホバリングでもするように、着実にビルから離れている最中だった。

信じられねぇ、とその光景に呆然《ぼうぜん》とする。

白髪頭も俺の隣に飛びついてくる。窓枠を掴《つか》んで身体《からだ》を引き寄せ、上半身を窓の外へ出した。そして懐中電灯を俺に放ってくる。右腕の動かない俺はそれを掴むのも目を剥《む》いて取り組まなければいけなかった。

「あいつに向けてくれ！」

白髪頭が鋭い声で指示を飛ばし、ローブの袖《そで》から取り出した双眼鏡を目に当てる。俺は言われるがままに、スイッチの入りっぱなしの懐中電灯を口にくわえた。左手も指先は動かない。だから口でくわえるしか方法がなかった。夜を駆けるアメンボを必死に目で追い、顔を振り、その度《たび》に走る傷の痛みに涙を流しながらやつを捉《とら》える。

そして光の円にアメンボが呑《の》み込まれた瞬間《しゅんかん》、頬肉《ほほにく》が吹き飛んだ。アメンボから離れて、肉の塊《かたまり》が空中を漂《ただよ》う。アメンボが姿勢を崩して頭から落下しそうになる身体を、必死に立て直そうとする。平泳ぎでもするような手つきと足だった。でも白髪頭は容赦《ようしゃ》しない。

まるで双眼鏡のレンズから光線でも出ているように、空中のアメンボが次々に悶《もだ》える。所構わず衣服が切断されて、奥の肉がちぎれ飛ぶ。今更《いまさら》引き返して白髪頭を狙《ねら》うこともできず、アメンボが段々とその高度を下げていく。光でやつを照らし続けなければいけない俺は、その血《ち》飛沫《しぶき》の舞いから目を逸《そ》らすこともできない。

人殺しに荷担している。

その事実に足の指先まで痺《しび》れて、動けなくなる。

そして俺が動けなくなっている間に、一つの殺人が終わろうとしている。アメンボの落下する角度が斜め下から垂直に切り替わる。頭から、今度こそ本当に身投げとなって道路へ真っ逆さまだ。そのアメンボを懐中電灯の光が追うことを止《や》める。俺の首はもう動かなくなっていた。

白髪頭も双眼鏡から目を離し、肉眼で地面に目を凝《こ》らす。やがてその首が「うん」と頷《うなず》くのを横目で見て、俺のなにかが凍りつく。懐中電灯を俺の口から引きはがし、「ありがとう」と白髪頭が柔らかい礼を口にしても、側頭部の白いものが消えることはなかった。

白髪頭の灼眼《しゃくがん》に捉えられて戦慄《せんりつ》すると共に、首元の暑苦しい襟《えり》巻きの意味を理解する。

原理は不明だが、アメンボや血みどろ男のマフラーはこの白髪頭《しらが》への対策だったんだ。一度だけではあるが、首の肉がごぽんと離れてしまうのを防げるわけだ。

男から奪《うば》って巻いていたマフラーの端を掴《つか》み、息を吐《つ》く。それは人殺しだろうとなんだろうと、一つの脅威《きょうい》が墜落《ついらく》したことに心から漏《も》れた、安堵《あんど》の息だった。息の他《ほか》に胃液と血、それに食いしばって欠けた歯が垂れる。全部吐き捨てた。

そしてぶり返した痛みが安息を一瞬《いっしゅん》で食い散らかす。痛い、痛くて、ダメだ。もう痛いしか考えられないぐらい、脳にまで刺激が詰め込まれている。床に肘《ひじ》を突き、前屈《まえかが》みで、蹲《うずくま》る。あいつがいなくなったからといって、俺《おれ》の怪我《けが》がチャラになるわけじゃない。

「あれでもし生きていたら、アメンボどころかクマムシだな」

白髪頭がぼそりと呟《つぶや》き、頬《ほお》を掻《か》く。その隣に、いつの間にか戻ってきた巣鴨《すがも》がいた。

「私が待ってたのはこの人。凄《すご》いでしょ、有名人の知り合いだよ」

そんなことより、腕、俺の、腕。穴がごっそり空《あ》いて血も止まらない。死ぬ、死ぬ。もう嫌《いや》だ、本当に嫌だ。死ね。全員死ね。なんで俺がこんな目に、嫌だ死にたくない、痛い。なに上でべらべら話しているんだ、俺は痛いんだ、どこかいけ、死ぬ、死ね。

「あ、うぁああ、あぅううぅ、うぅ、うぅぅぅ」

嗚咽《おえつ》と苦痛への訴えが混じって、声も涙で滲《にじ》むようだった。指先の感覚がないのに腕が熱い。どくどく溢《あふ》れる血の臭《にお》いに意識が遠退《とおの》く。引きかけていた鼻水がまた垂れ流れて呼吸を困難に陥《おとし》れる。寒い。取り分け上半身が震《ふる》える。冬の寒気よりも酷《ひど》く、身体《からだ》の奥が冷えきる。

「救急車を手配しておいた方がいいね」

「……っ？」

側《そば》に屈んだ白髪頭が俺の腕を取り、ローブの袖《そで》から次々にテープ、消毒薬、ガーゼに包帯と取り出す。ハサミはない。消毒薬は傷口そのものでなく周囲を中心に吹きかけて、それからガーゼで傷を覆《おお》う。その上から包帯を手際《てぎわ》よく巻いて、最後に触れることなく適量に裂《さ》く。

いや裂けたというより、離れた。切断面が一部の乱れもなく真っ直《す》ぐとなっている。

魔法のようだった。

いや、魔法だった。一瞬でも傷の痛みを忘れて見惚《みと》れてしまうほどの奇跡だった。

「まずは腕の方だけでも処置しておこうか」

顔面に巻いてある布きれを一瞥《いちべつ》してから、白髪頭が腕の傷の方に目を落とす。

「準備いいね」

巣鴨の方は超能力にまったく動じることなく、手当ての様子を見守っている。

見慣れているのだとしたら、巣鴨というのは何者なんだ。

「怪我することも多いから、これぐらいはいつも持っているよ」

白髪頭が淡々と答えて、右腕の応急処置を終える。次に左手の刺し傷に移り、これも迅速《じんそく》に処置を済ませていく。手際の良さに最初は見惚れて、後半は絶望した。

なんでこいつは、こんなに格好良くて。俺《おれ》は、悪いんだ。

嫉妬《しっと》さえ感じる。飽《あ》くことなく溢《あふ》れる涙は、負の感情に濡《ぬ》れていた。

情けない。

命乞《ご》いして生き長らえて、今も親切にされただけで泣いて。

こんな、今日初めて話すやつの上辺だけの善意にほだされて泣くなんて。

これじゃあ宗教の甘言《かんげん》に釣《つ》られた俺の両親と一緒じゃないか。

「……ありがとう」

それでも口を開けば礼の一つぐらいは出る。汚い嫉視にまみれながら。

手当てを終えた白髪《しらが》頭が道具を袖《そで》にしまってから、頭を左右に振る。

カツラが取れそうになって、地毛が少し覗《のぞ》いていた。

「気にしないで、あんまり苦しそうだったから。それに、きみに死なれると困るんだ」

「……なんで？」

こいつと知り合いでもなんでもないのに。

「有名人を目指しているからね」

要領を得ない白髪頭の答えに困惑し、巣鴨《すがも》を見上げる。

「はい、救急車……うん、お願い」

巣鴨が携帯電話で連絡を取ってくれているようだった。それをずっと眺《なが》めようとしても、両腕の痛みがそんな余裕なんか与えない。蹲《うずくま》ったままだ。

そうこうしている間に電話を終えた巣鴨が俺を見下ろして、先程の質問を読み取ったように答える。

「お金持ちだから」

そう言い切る巣鴨の顔には珍しく、力強い笑みが浮かんでいた。


最初に潰《つぶ》されたのは喉《のど》だった。次いで鳩尾《みぞおち》。意趣返しのつもりだろうか、と苦悶《くもん》の中で海島《うみしま》は痛めつけられる箇所《かしょ》の法則性を探そうとする。しかしそれもすぐ、口もとに波が押し寄せてきたように苦痛という邪魔《じゃま》が入り、途切れてしまう。三発目は額を爪先《つまさき》で蹴《け》り飛ばされた。

三階の廊下で海島を襲撃《しゅうげき》したのは、先程の女だった。武器の類《たぐい》は拳銃《けんじゅう》一丁しか携帯していなかったのか徒手空拳で海島の不意を突き、そのまま廊下で暴力行為に及んでいる。

顔の中央に各パーツが圧縮されたような、醜《みにく》いほどの皺《しわ》が刻まれた憤怒《ふんぬ》の顔が海島を見下ろしている。その怒りを発散するのはあくまで足であり、声を荒げることはない。一言も発することなく、傍目《はため》からすれば粛々《しゅくしゅく》とした雰囲気さえ漂《ただよ》わせて、黙々と海島を踏み潰す。

そうだよな、と蹴り潰されながら海島が納得する。顔面を潰されて下唇《したくちびる》が裏返ったまま、ぶちぶちとちぎれるような音を立てた。悲鳴も靴《くつ》の裏に塞《ふさ》がれて、目玉は涙に溺《おぼ》れる。

やっぱり、喧嘩《けんか》の最中に喋《しゃべ》っている余裕なんかない。漫画みたいにべらべら主義主張を交わせるほどの余裕を持った殴《なぐ》り合いなど、海島《うみしま》は憧《あこが》れこそしたものの実践《じっせん》できたことは一度としてなかった。殴られれば考えごとも吹っ飛ぶほど痛いし、こちらから殴るときは頭が真っ白になりそうになる。どちらも必死にやり過ごそうと思考が曖昧《あいまい》になって、滲《にじ》んでしまう。

顔面ばかり踏み潰《つぶ》されて、痛覚は早々に麻痺《まひ》していた。唇《くちびる》、頬《ほお》と順に腫《は》れ上がり、海島の顔は今や普段の五割増しに膨《ふく》れあがっているように見える。精悍《せいかん》な顔つきは潰れたジャガイモのようで、腫れた瞼《まぶた》に塞がれた右目はほとんど機能を果たせなくなっていた。

ごっ、ごっ、と女の踵《かかと》が頬骨とぶつかる音が廊下に響く。その衝撃《しょうげき》で後頭部を壁《かべ》にぶつける音も軽々しくなっていた。頭の骨に異常が出ているのかも知れない。海島は唾《つば》代わりのようにどろどろと口端から嘔吐《おうと》して、それでも尚《なお》、冷静に状況を把握《はあく》する。

巣鴨《すがも》は大丈夫なんかね、とそんな心配の一つもするほどの余裕があった。

深く、潜行するような落ち着きを保って、海島はそのときを待ち続けている。

海島を支えるもの。それは少なくとも、同年代の連中よりは殴られている回数が多いということだった。殴られるとは、痛めつけられるとはどういうことかを、人並みよりほんの少し正確に理解できている。その自負が海島を絶望に陥《おちい》らせることなく、気絶も遠ざける。

蹴《け》り続けている影響で、女の肩も上がるようになっていた。その疲弊《ひへい》のサインを海島は見逃さない。これ見よがしに左腕を持ち上げる。女の吊《つ》り上がっている目がそれを捉《とら》え、神経質な動作で左手を蹴り潰そうとする。海島は女がそう反応するのを見越し、身体《からだ》を捻《ひね》った。

上半身を限界まで捻り、回り終える寸前の独楽《こま》のように半回転を果たす。座ったまま飛び跳《は》ねて、廊下に倒れる。その精一杯の動きで女の蹴りを避《よ》け、同時に空ぶったことで女が前のめりになるのを見届ける。海島は身体を更《さら》に捻り、ツイストするように頭部を支点にして回転することで、身体の向きを女へと向ける。飛びかかり、女が軸足にしていた左足を摑《つか》み、全力で持ち上げた。瘦身《そうしん》である女の体軀《たいく》は容易《たやす》くひっくり返り、背中から受け身も取れずに転倒する。

吐瀉物《としゃぶつ》と血と折れた前歯を床へ吐き捨てながら、海島が突撃をかける。まずは女の鼻を殴り潰した。海島自身が鼻を潰されて呼吸が困難になっていて、同条件に持ち込むための一撃だった。右曲がりに鼻が折れて女の目に涙が一瞬《いっしゅん》で滲んだが、一発では血が噴き出ない。海島が痺《しび》れる右手を振り上げてもう一発叩《たた》き込む。鼻の奥、顔面の骨にまで触れてしまうような深い一撃が女の鼻を粉砕し、余波として前歯も一本叩き折れた。海島の手も歯に当たった部分に深い切り傷を負い、おびただしい出血となる。その痛みに歯を食いしばり、拳骨《げんこつ》を握りしめる。

海島は一切の手心を加えず、女の横っ面《つら》を殴打《おうだ》する。女が戦意を喪失《そうしつ》するまで殴ることを止《や》めない気概《きがい》だった。殴り合いに性別など関係ない。それを意識できるような余裕は今の海島にない。

女の腹に馬乗りになって、潰れた鼻に拳《こぶし》を叩き込み続ける。左右の拳で横っ面を殴るより、傷をえぐることを繰り返した方が手っ取り早い。海島《うみしま》も息が既《すで》に上がりきっていて、殴打《おうだ》に精彩がない。キレはなく、丸太でも振り回すように腕は重くなっていた。その限界が訪れて、拳《こぶし》を振り上げて胸を張った直後に派手に噎《む》せてしまう。その音に応じたように、半分ほど白目を剝《む》いていた女が鼻血を派手に噴き出すと共に意識を覚醒《かくせい》させる。そして、女が海島を睨《にら》みあげると。

最初は女が瞬間《しゅんかん》移動でも果たしたのかと、海島は戦慄《せんりつ》した。

目の前から瞬時に女が消えて、しかし。

景色そのものがスライドしていることに気づく。

女が動いたのではない。

噎せて息苦しいにもかかわらず、海島自身が無理な動きで右側を向いたのだ。

海島は自分が、横っ面《つら》でも叩《はた》かれたのかと混乱する。しかし熱帯夜と激しい運動によって異様な熱を帯びる頬《ほお》に、それ以外の感触の残滓《ざんし》はない。しかも首はいくら力を込めても、前に戻らない。

その隙《すき》が形勢を逆転させる。女が強引に頭を起こし、海島の太ももに噛《か》みついて肉を食いちぎり、呻《うめ》かせた後、無防備な顎《あご》に頭突きを見舞う。海島が意識が遠退《とおの》きそうになるほどの衝撃《しょうげき》で突き上げられて背中から倒れる寸前、ダメ押しとばかりに女が胸を殴《なぐ》る。海島が倒れて、女はその身体《からだ》の下から両足を引き抜いて、逆に馬乗りとなった。そこでようやく、海島の首が自由を取り戻す。だが既に立場は反転し、女の拳が海島を襲《おそ》う。お返しとばかりに、鼻を殴られた。泣いて許しを請《こ》いたくなるほどの激痛が鼻を真っ平らに押し潰《つぶ》す。

ここから女に殴られ続けたら逆転の芽はない。経験からそう判断を下した海島は、舌打ち混じりに最後の手段に手を伸ばす。内心で巣鴨《すがも》に謝罪しながら、海島は、女の胸を鷲摑《わしづか》みにした。あまりに不意をつき、予想外の行動だったのか女が咄嗟《とっさ》に身を引き、肩を抱《だ》くようにして胸もとを隠す。海島は歯抜けの締まらない笑みを浮かべて、拘束《こうそく》の緩《ゆる》んだ足を女の下から引きずり出す。酸素不足で真っ白に染まりつつある頭を振り乱すついでに腕を大きく振りかぶり、女を殴り飛ばした。女は派手に廊下を後転して、海島と距離を取る。

二人は尻餅《しりもち》を突いたまま睨み合い、止めどなく鼻血を垂らし続ける。顔面の腫《は》れ具合は大差なく、消耗《しょうもう》の具合も互角。海島としては逃げたいし、女の方から逃げてくれることを期待するのだが、好戦的な目つきはまったく崩れない。女の目には確かな敵意が宿り、暗く輝いている。あれだけ殴られて鼻が潰れていたら普通、喧嘩《けんか》なんて放り出したくなる。海島自身がもうこんな不毛な殴り合いは止《や》めたいのだ。しかし、女はまったく引く気がないのが見て取れる。

警察はまだ来ないのかよ、と独り愚痴《ぐち》をこぼす。

しゃあねぇなぁ。

胸を摑んだ右手をわきわきと、挑発するように動かしながら海島が頭を働かせる。酸素不足で頭痛が酷《ひど》く、腫れ上がった唇《くちびる》が異様に痛むものの、非常時とあっては使わざるを得ない。

考えるのは、この女と相対した際に起きる不可思議な現象について。

自分の意志とは無関係に右を向くことについて。

一度目は階段で遭遇《そうぐう》した際。なぜか蹴《け》り飛ばす直前、頭は不自然に右を向いた。

次に先程、襲撃《しゅうげき》されたとき。やっぱり、右を向いて対応が遅れた。

そして今、またも右側へ隙《すき》だらけに目をやって、危ういところだった。

三度の経験から、その事実を認めた海島《うみしま》が常識の枠を超えて確信を持つ。

この女は、俺《おれ》を強制的に右側に向かせる魔法を持っている。


白髪《しらが》頭はカワセミと名乗った。だけどそんなことはどうでもいい。それより右腕が動かないんだ。指先は青白く、石の彫刻みたいになっている。左手の方も指が動かない。

「聞いてる？　石竜子《とかげ》くん」

他人の腕みたいだとかそんなもんじゃない、肘《ひじ》から先が腕に見えない。トマトを潰《つぶ》していたら偶然腕に似た形になったとか、そんな造形にしか見えなくなっていた。

右腕の血はどろどろと流れ、左手は、ぴゅるぴゅると出血に勢いがある。そして右腕の大穴はずぅんずぅんと沈むように痛み、左手のぽっかり空《あ》いた穴は膜を破るように、ぷつん、ぷつんと鋭く痛い。どっちも俺を這《は》い蹲《つくば》らせるには十分な痛みで、さっきからまったく立ち上がれなくなっている。アメンボにえぐられた肩の傷もじくじくと虫が蠢《うごめ》くように、能動的に痛い。

「助かったんだからもっと喜ぼうよ」

「……っえ？」

巣鴨《すがも》のちらつかせた希望に惹《ひ》かれて、思わず顔を上げる。助かった？　本当にそうだろうか。確かにアメンボは地面に落ちたけど……終わったのだろうか、これで。

顔面を引き裂《さ》かれたときに植えつけられた恐怖は、アメンボを特別な対象とするのに十分だった。これから不可解な現象が起きる度《たび》、アメンボの影が脳裏に掠《かす》めてしまうであろうほどに。

「地面への落下は確認したよ。彼も災難だったね、うん」

自分でやった癖《くせ》に、カワセミの言葉は他人事《ひとごと》だった。そして誰《だれ》かを批難するようでもある。

俺の方はアメンボの落下、という事実に引っ張られて、入り口の隅に転がっている死体の方も思い出してしまう。どちらも、カワセミがその超能力めいたもので、殺したのだ。

二人も死んだ、俺の目の前で。他人だとしても、思いの外《ほか》にその衝撃《しょうげき》は強い。

「すっごいドキドキしたね。石竜子くんとしてはワクワクでもあった？」

巣鴨が俺の顔を覗《のぞ》き込むように腰を屈《かが》めながら、見当外れの感想を伺《うかが》ってくる。

「……そんな余裕あるかよ、腕が動かないんだぞ」

顔にもどれだけの傷を負っているか、そこから見て分からないのか。

巣鴨《すがも》は「そっか」と物憂《ものう》げに顔を逸《そ》らし、目を細める。なにか思うところがあるのかと眉《まゆ》をひそめたが、巣鴨はその後すぐに欠伸《あくび》をこぼしていた。

どうやら美少女の思わせぶりな顔には、なんの意味もなかったようだ。

「…………………………」

一つ気になっていることがある。

このカワセミってやつには超能力がある。それを認めよう。

そしてその能力は物体を切断している、のだと思う。細かい原理は不明だが結果として拳銃《けんじゅう》をぶった切っているのだから、そう考えて問題ないはずだ。その切断能力の鮮やかさも認めたとして、じゃあ俺《おれ》の縄ばしごを切り離したのはこいつなんじゃないかと疑うのは、自然な流れではないのだろうか。あのとき、向かいのビルに人影を見たことも含めてだ。

「カワ、セミだったな」

「うん。そっちの名前は？」

名を尋《たず》ねながら、カワセミが手を差し伸べてくる。格好と相まって、善意が一層強まって伝わってくる。そういう効果を狙《ねら》っての服装とカツラだろうか。そうした気配りは、嫌いだ。

「五十川石竜子《いかがわとかげ》だ」

名乗りながら左手を伸ばすと、カワセミが指先を掴《つか》んだ。もう片方の手を脇《わき》の下に入れて、俺を立ち上がらせる。指の方は、べったりと血が付着しているのに嫌《いや》がる素振りはない。

「トカゲくんか。動物の名前同士、仲良くできるといいね」

やわやわと握手してくる。血を介しているからか、手の感触が伝わりづらい。……名前か。俺の親は一体、どんな思いを込めて石竜子なんて名づけたんだろう。今となっては、両親に聞いたところで真っ当な答えなど返ってこないだろう。なにしろ教団信者として相応《ふさわ》しいように改名しろなどと強要してくる始末だ。しかもクリスチーヌ剛田《ごうだ》みたいな名前だった。

「救急車が来る前に、顔の傷とかも包帯巻き直した方がいいと思うよ」

巣鴨が俺の顔を覗《のぞ》きながら言う。それからここに座って、と床を叩《たた》く。それに素直には従えず、「いいよ」と拒否する。

「救急車がすぐ来るんだろ、だったら、いい」

「そのときに不細工な巻き方だって笑われるよ、いいの？」

「悪かったな、不細工で」

「そんな簡単にむくれないで、ほら」

巣鴨が俺の腕を引いて強引に座らせる。こうなると手当てを受けるしかない。

正面に巣鴨が座る。その脇にはカワセミ。白い布がはためくと、説法の一つでも始まりそうな厳粛《げんしゅく》な雰囲気だった。当然、あの女を連想してしまって穏《おだ》やかではいられない。

「学校ではこういうことを習ったりしないのかい？」

ローブの袖《そで》からガーゼや包帯類を取り出して巣鴨に渡しながら、カワセミが質問してくる。

俺《おれ》と巣鴨《すがも》のどちらに尋《たず》ねたのかは判然としない。両方かも知れない。

「保健体育とかで……って、学校のことぐらい知ってるだろ」

見たところ、俺より年上だし。高校生ぐらいだろうか。白髪《しらが》頭だから実年齢を測りきれず、そう見えるだけかも知れないけど。カワセミが口もとを緩《ゆる》める。

「僕の最終学歴は小学校卒業だから」

「それじゃ、外すね」

雑に巻いてある布きれを巣鴨が剝《は》ぎ取る。傷に擦《す》れたが、声を出すほどではなかった。

「中学校に行ってないのは、あー、テレビ関係が忙しかったから？」

露《あら》わになった傷に空気が染《し》みてしかめ面《つら》になりながら、カワセミに聞いてみる。巣鴨よりこいつの方がよっぽど危険なのだから、話を振りながら注意を払うに越したことはない。

「その頃《ころ》にはもうお払い箱だったよ。忙しかったのは今のお仕事の方」

俺の左目をカワセミが凝視《ぎょうし》してくる。今のお仕事。殺し屋。殺し屋が俺の目を覗《のぞ》き込む。カワセミの瞳《ひとみ》に捕らえられたように映る俺は、見るも無惨《むざん》な顔だった。

「きみは目の色を変えられるらしいね」

「え？　あ、……そう、いう風でもある」

なんてことないようにカワセミは言うが、大問題だった。なぜこいつに知られている。

「それは、巣鴨から？」

「内緒さ」

「あのなぁ」

「僕と同じ現象を起こすやつとは初めて会ったよ」

答えをはぐらかすようなカワセミの笑顔に、押し黙る。強く問いつめるには相手が悪い。相手は殺し屋で、現に俺の目の前で二人、いとも容易《たやす》く殺《あや》めている。聞けるはずがない。

……ただ。カワセミの目をジッと眺《なが》めていて、気づくことが一つあった。

こいつの目は、爬虫類《はちゅうるい》系じゃない。

「…………………………な」

さっきから黙りこくっていた巣鴨に目を向けると、間近に顔があった。鼻の先がくっつく寸前だった。俺が動いた所為《せい》で触れ合ってしまう。つっつくように、巣鴨の鼻が引いて寄せる。

「な、なんだ、よ」

キスされたときを思い出して、こんな状況でも赤面してしまう。巣鴨は俺の顔を食い入るように見つめて、まばたきまで忘れていた。俺が気圧《けお》されながら見つめ返すと、我に返ったように巣鴨の目の焦点が切り替わる。俺の顔の傷を指で撫《な》でてから、

「そうそう。消毒」

いきなり消毒液を塗りたくられて、短い悲鳴を上げた。

「しっかし、酷《ひど》いやられ方だなぁ。きみも力があるならちゃんと抵抗すればいいのに」

世間話のように能力の話題が出てくることは、油膜に包まれるような奇妙なちぐはぐ感を覚える。カワセミや巣鴨《すがも》が俺《おれ》の能力を『だけ』とまで知っているか判別がつかないので、苦痛に歪《ゆが》む顔のまま嘘《うそ》をつく。

「使ったけど、全部裏目に出たんだ」

「おややぁ。そいつは運がない。自分の運勢を悪化させる能力なのかな」

「なんの意味があるんだよ、それ」

「だって必ずプラスになるとは限らないと思うよ。探せばきっと、自分にとってマイナスにしか働かない能力持ちだっているはずだ。もっともそういうのは、呪《のろ》いと呼ぶかも知れないね」

カワセミが嬉々《きき》とした調子でそんな話に一方的な花を咲かせる。巣鴨の方は傷をガーゼで覆《おお》って、なんの意図があるのか頷《うなず》いていた。恐らく、巣鴨なので大した意味はないと思う。

それよりも……マイナスに働く力。

今日の俺は、能力を誤解された所為《せい》でアメンボに顔や腕をめった刺しにされた。

まさか、と疑惑がその頭をもたげる。瞼《まぶた》を強く下ろし、ぶった切った。

そんなはずがない。この能力は俺の人生の足枷《あしかせ》となるような、下らないものじゃない。

別世界への扉を開く、二つの鍵《かぎ》……だと思っていたんだけど。

俺の恋い焦《こ》がれた、異端者たちの世界は無言がルールだった。

誰《だれ》も口を開こうとしない。粛々《しゅくしゅく》と凶器を振り下ろし、一切の遠慮なく相手の尊厳と肉体を砕く。お説教も、舌戦も夢のまた夢。寡黙《かもく》で地味、その上で血飛沫《ちしぶき》だけが派手な世界だ。はっきり言ってなにも面白くねぇし、おっかねぇし、涙が止まらなくなる。

一秒でも早く脱したい。フィクションへ押し返したい。それしか感想はなかった。

あの血みどろ男も別世界のルールに則《のっと》っていた。必要なことさえロクに語らず、生きることと、相手を殺すことに神経を注いでいた。アメンボもそんなやつだと、身に染《し》みて学んだ。

だけど、血みどろ男は死んだ。そしてアメンボも。

「……………………………………」

なにがまずかったのだろう。どれを選べば、あの男たちと違う結末へ行けるだろう。

生還に続く道を、今の俺《おれ》は歩けているのだろうか。

「あの男は僕の同業者だよ」

俺の視線を察してか、カワセミが言及してくる。少々気まずく、顔を前に戻す。

「僕と同じようにアメンボを追っていたんだ。結果はご覧《らん》の通り、なんだけどね」

その結果をもたらしたやつと今、向き合っているのだ。……あ。それって、危ないよな。途《と》端《たん》に尻《しり》の据《す》わりが悪くなる。目立たない程度にカワセミの目を窺《うかが》う。先程までの深紅《しんく》の瞳《ひとみ》は引っ込み、鳶色《とびいろ》に落ち着いていた。恐らくそれが、カワセミの本来の目玉なのだろう。

「能力が発動しているかどうか、周囲に筒抜け。これも弱点の一つだね」

注視を見抜いて朗《ほが》らかに牽制《けんせい》してくる。バツが悪くなり、言い訳が口をついて出る。

「別になにか疑っているわけじゃ、ないんだ」

「いや疑えよ。僕はこれでも業界最高峰《さいこうほう》の殺し屋って噂《うわさ》されてるんだぜ」

カワセミが誇る。だけどピンとこない。きっと字面《じづら》のせいだ。ナントカ屋だと、花屋とか魚屋の仲間みたいに思えてならない。業界最高峰の肩書きも子供が考えついたもののように感じられて、威厳《いげん》がないのだ。

「なに笑ってるんだい？」

「あ、いや。なんでもない」

「僕を前にしてなんでもないのに笑うなんて、きみは大物だったのか」

カワセミがおどけ半分に感心してくれる。色んな疑惑を通り越して、悪い気はしなかった。

「噂ってつけるとなんか格好悪いなぁ。石竜子《とかげ》くんはそう思ったの」

ガーゼをテープで固定しながら巣鴨《すがも》が勝手に代弁する。いや代弁にもなってない。カワセミの苦笑いに首を引っ込めて、戦々恐々とする。その間にてきぱきと、巣鴨が手当てを終えた。

「はいお終《しま》い。包帯きつくない？」

「あ、うん。大丈夫、ありがとう」

巣鴨にこんな施《ほどこ》しをされるなんて意外だった。冷たいというより、無関心に思えたから。

最後に俺の右目と包帯を交互に見比べて、出来映えに納得するように頷《うなず》いてから、巣鴨が立ち上がる。

「もう大丈夫そうだし、先に行かせてもらうね」

巣鴨《すがも》が俺《おれ》たちを交互に見比べて言う。

「行くって、どこに？」

「ちょっと待ち合わせがあるから帰るの。それじゃあ、後はよろしくね」

緩《ゆる》く手を振ってから巣鴨が駆け出す。死体を跳《と》び越えて、廊下へあっという間に消えた。

危険が潜んでいるなどとは微塵《みじん》も心配していないようだ。その雑さが羨《うらや》ましくさえある。

だけど、待ち合わせ？　こんなときに？　そもそもなんで、あいつはここにいたんだ？

たくさんの疑問に答えることを避けるように、巣鴨は独り行く。

「なにをよろしくしろって言うんだろうね」

カワセミが頬《ほお》を掻《か》く。それから俺に目配《めくば》せし、苦笑を浮かべた。

「……確かに」

「きみの方はここで救急車を待った方がいいよ」

「ん、あぁ」

曖昧《あいまい》に返事をしながらも、カワセミと距離を置いてしまう。

親しくもないこいつと二人きりにされても困る。正確には部屋の入り口に死体が転がっていて、尚《なお》悪い。その死体を作った男、カワセミに気を許すことはできず、居心地が悪い。

「追わなくていいのか？」

気まずくなってカワセミに話を振ると、「なんで？」と不思議そうな顔になった。

「護衛なんだろ？」

「いやぁ、別に。今の子とは知り合いってほどでもない微妙な仲なんだよ。僕がテレビに出たことあるんですって話したら、サイン下さいってねだってくるぐらいの関係かな」

よく分からなかった。けれど、こいつがテレビに出ていたことは覚えている。

俺が小学生のとき、クラスの連中はこいつの出演する超能力特番に夢中だった。地元の子供がテレビに出ているというのは妙な興奮を抱《いだ》いたし、なにより、超能力少年Aくんの見せるものは他《ほか》の自称超能力者とは一線を画する凄《すご》みが伝わってきた。リアリティが違ったのだ。

その超能力少年Aくんは窓の側《そば》で外の景色を眺《なが》めている。勿論《もちろん》、窓の外でアメンボが飛び交っているようなことはない。だけどまるでそれを追うように、カワセミの視線は目まぐるしく動いている。

ふと、興味の湧《わ》いていたことをその横顔に質問してみる。

「あんた、テレビに出るような有名人で……なんで、殺し屋やってるんだ？」

「そのテレビに出られなくなったからさ」

カワセミが、浮かべていた笑顔を引っ込める。清水《しみず》に満ちた池の水が引いたら、川底に形容しがたいものが繁殖《はんしょく》していた。そんな比喩《ひゆ》を思わせる、生真面目《きまじめ》な顔つきだった。

触れてはいけない場所を突《つつ》いたのでは、と一転して内臓が引き締まる。

「今もそれにこだわってる。過去の栄光に縋《すが》りたいだけなんだよ、みっともない」

他人事《ひとごと》のように自分を評してから、カワセミが鼻を鳴らす。

気分を害したのだろうか。心配になり、自分で巻いたものよりずっと肌に馴染《なじ》んでいる包帯を左腕で撫《な》でてから、頭を下げた。

「あの、ありがとうな。さっきから助けて貰《もら》って」

「気にするなよ、僕がいいやつなだけだから」

へそを曲げたように唇《くちびる》を尖《とが》らせて、カワセミが後頭部を掻《か》く。

「自分で言うかよ」

「人に言われるようじゃ困る。なにしろ、」

そこでカワセミが一拍、間を置いた。

そしてその後に続く言葉は水平に広がる、波紋のようだった。

俺《おれ》の胃の底にも、大きな石が投げ込まれたように重く響く。


僕は、殺し屋だからね。


振り向いたカワセミの口がパクパクと開く。

腹話術でも披露《ひろう》しているように、声は遅れて届いた。

「やっぱり右目だな」

「は？」

カワセミがローブの袖《そで》から手を引っ張り出す。その手には懐中電灯があった。電源を入れて、いきなり俺の顔へ向けてくる。過剰《かじょう》な眩《まばゆ》さに襲《おそ》われて、顔を背《そむ》ける。手で陰を作って目を覆《おお》い、光の奥にいるカワセミを訝《いぶか》しむ。そのカワセミの目玉が、深紅《しんく》に染まっていることに気づいた。

なんで？

その疑問は直後に氷解することになった。

氷解どころか雪崩《なだれ》を起こして、俺を呑《の》み込むことになる。

「っあ？　れ？」

停電になった。目の前が真っ暗となり、薄暗さまで完全に塗り潰《つぶ》される。だがおかしい、このビルは電気など通っていない。では一体、なにがおかしいと言うんだろう。

なにかにつまずいたわけでもないのに、前のめりに倒れてしまう。身体《からだ》の下に左腕を敷くようにして受け身を取る。傷が床と身体に挟《はさ》まる形となって余計に痛かった。しかも顔面を床に叩《たた》きつけてしまい、べこだった。……べこ？

べこ。べこべこ、べこっべこ。

床と触れる度《たび》に血の気が引いて脳が凍りつく。

右目が、ない。

瞼《まぶた》の奥にあるものが失われて、べこべこと空虚な感触だけが張りつく。

そんなあ。

そんな、バカなこと。

違う、きっと触っている位置とか、勘違《かんちが》いとか、なにか間違っているだけだ！

冷静になれ。

冷静になって、右目を探すんだ！

「うぅぅあ、あーあー、あぁあうああー！」

しっちゃかめっちゃかに手足をばたつかせて右目を求める。どこだ、どこに落とした！　あれは特別製なんだ、あれだけは失っちゃダメだ。拾わないと、それではめて戻せる、わけないじゃないか。どうするんだよ、右目が、なくなって。べこべこと瞼が空気を吐く。

なんで、そんなに失わないといけないんだ。

「悪いね、これじゃあ仲良くできないよな」

カワセミの言葉が遠くからボールのように届き、真っ暗な胃の底で跳《は》ねた。


海島《うみしま》が一縷《いちる》の望みを託して、携帯していたナイフを取り出すと女の表情に変化があった。

女は海島が武器を手にしてもそれに対抗するなにかを用いる様子はない。やはり武器は拳銃《けんじゅう》以外に持ち合わせていなかったようだ。だから後退してくれと、海島が刃をちらつかせる。海島は人を躊躇《ためら》わず殴《なぐ》る度胸があっても、刺す覚悟はなかった。女へ詰め寄る足も重い。女は鼻の下の血を拭《ぬぐ》いながら、海島の腹の内を探るように目を細めている。息を整えることが海島より遥《はる》かに早く、肩の上下も落ち着いてしまっていた。絶対もう喧嘩《けんか》したくねぇ、と海島が内心で悲鳴を上げる。その悲鳴が届いたように、女は自分から一歩、海島へ歩み寄る。

向き合う海島は相手の鼓動《こどう》が聞き取れるほどの静寂と耳鳴りの中、ナイフを必要以上に動かしていた手を止める。女が立ち去る気配はなく、脅迫《きょうはく》は不可能と判断したためだ。

女が鷲掴《わしづか》みするように血を拭いながら、海島へ接近してくる。走り寄るのではなく、一歩ずつ。海島も女に合わせて一歩踏み込み、ナイフの切っ先が届く間合いまで距離が狭《せば》まる。

そして、女の背中が野生動物のようにしなって飛び込んでくる瞬間《しゅんかん》、海島は強制的に右を向かされる。女が視界から消滅し、廊下の壁《かべ》しか目に映らなくなる。だけどそんなことは海島も予想していた。左足で床を蹴《け》り、見えている壁の方へ横っ跳《と》びする。頭から壁にぶつかる直前、後背部に人間が通りすぎる際の風を感じた。受け身も取れず、無理に進路を変えたことで足首も挫《くじ》きながら頭部を壁に叩《たた》きつけて身体《からだ》を停止させる。額からの流血に吠《ほ》えながら海島が振り返り、前へつんのめっている女へナイフを突き出す。その際、目は瞑《つぶ》ってしまっていた。

女は避《よ》けることができないと察してか、振り向きざま、左手を開いた状態で突き出して、手のひらでナイフを受け止めた。

ずぶりと中指の付け根の下に沈み込み、骨を削《けず》るナイフの感触に、女の顔が引きつる。

突き刺さったまま腕を引いてナイフを奪《うば》い取り、その上で右手を思い切り振る。女の右手には先程拭《ぬぐ》っていた大量の血液が溜《た》め込んであり、それを海島《うみしま》の顔面へと投げ散らす。人を刺した感触に動揺し、瞑《つぶ》っていた目を開いた瞬間《しゅんかん》に飛んできた血で目潰《めつぶ》しを図られた海島は、咄《とっ》嗟《さ》に両腕を組んで顔や喉《のど》を隠す。ナイフを手から引き抜いた女は冷静に、海島の脇《わき》を刺した。

どぶりと、熱いものが海島の体内に侵入した。どぶどぶと肉が溶けるようにそれは埋まり、そして捻《ひね》られる。ぐりぐりぐりと体内で刃が回転し、海島の内臓を掻《か》き回す。

ぷつんと、脳がちぎれたように海島の思考が停止する。なにも考えることなく、感じることもなく身体《からだ》が自由を失う。だらりとくずおれて、女の肩に寄りかかる形になる。女は鼻を鳴らし、血の塊《かたまり》を噴き出しながら唇《くちびる》を歪《ゆが》める。バカが、と女が呟《つぶや》いて海島の胴に膝《ひざ》蹴《げ》りを入れる。

ついでに海島の脇からナイフを引き抜こうと柄《え》を握りしめる。その激痛に、海島が絶叫を上げる。それと同時に脳が機能を取り戻す。怒りが走馬灯の如《ごと》く脳に溢《あふ》れた瞬間、海島に床を踏みしめるだけの力が宿る。そして腰を捻り、脇を両腕で上下から押さえつけた。肉に挟《はさ》まれる形で抜けなくなったナイフに女が気を取られた瞬間、海島が頭突きを食らわせる。女が前方へ踏み込んで頭を振った瞬間に合わせてカウンターで激突し、女の目がぐるんと裏返る。海島は無我夢中で自分の身体からナイフを引き抜いて、女の脇を突き刺した。脳の一部が飛んでしまった所為《せい》か、今度は目を瞑ることもなく、また躊躇《ためら》いも伴わなかった。ぐちゅりと、女の体内にナイフが侵入し、掻き回してやろうと力を込めたがそれが仇《あだ》となった。海島の脇から血と内臓がはみ出て、全身が脱力した。

今度こそ力尽きたらしく、海島が前のめりに倒れる。女の方は横向きに倒れ伏し、脇から溢れる血に濡《ぬ》れて床に躍る。転げ回り、悶《もだ》えて、四つん這《ば》いの姿勢になって泣き喚《わめ》く。愉快だった。海島は女の苦痛に歪む顔を眺《なが》め、その醜態《しゅうたい》に力なく笑う。

ナイフが脇に突き刺さったまま、女はよろめきつつも立ち上がる。そのタフさは海島が感心してしまうほどだった。そしてその海島の顔面を腹いせのように蹴り飛ばした後、脇腹を押さえてその場を離れようとする。海島は指一本動かせないが、目玉だけはギョロギョロと動いた。その目の動きは縦横無尽《じゅうおうむじん》というより、異常事態に怯《おび》えて暴れているだけだった。

「こんなガキに、冗談じゃ、ね……」

瀕死《ひんし》の女が虚《うつ》ろな目のまま毒づく。前へ進もうとするがその足取りは弱々しく、羽をむしられた虫が必死に飛ぼうと藻掻《もが》いている様に似ていた。

海島はその背中をぼんやりと眺めている内、目玉の暴走が伝搬《でんぱん》したように唇が動いた。

かっこ、わりいなぁ。

か細い声だったが、ビルには他《ほか》の音がない。女の耳にも届いたらしく、振り向く。海島は満身創痍《そうい》ながらも一つの思惑《おもわく》に基づき、血に濡れた唇を蠢《うごめ》かせる。

あんたって、なんでそんなかっこわりぃの？

女の視線を感じながら問う。女は眉《まゆ》を引きつらせ、同時に脇腹《わきばら》からの出血量が明確に増す。それを強く手のひらで押さえながら、足を引きずって海島《うみしま》に近寄ってくる。

だって、ガキに負けてる大人《おとな》なんて格好悪くてしょうがねぇよ。

女が海島の顔面を蹴《け》る。しかし先程までの精彩はなく、その上、蹴った反動で尻餅《しりもち》をついて暫《しばら》く起き上がれなくなる。背を丸めて横に転がる女を眺《なが》めて、海島が嘲笑《ちょうしょう》の声を上げる。

あーあー、大人にはなりたくねぇなぁ。

「なれないの、間違いだ、バカ」

女が床に手をつき、中腰まで立ち上がる。血の混じった唾《つば》を海島に吐く。その唾棄《だき》が格好悪いんだよ、と海島が瞼《まぶた》に降りかかった感触に声なく笑った。女は唇《くちびる》を引きつらせて、

「おら、かっこういいの、見せ、て、や……カワセミ、に……ほら、ついて、こ……」

独り言を続けながら、巣鴨《すがも》が走っていった方向と正反対に女が行くのを見届けて、海島は顔を伏せる。なんとか進路を変えることはできたようだ。その満足感に胃が膨《ふく》れた。

鼻血が急に止まって違和感を抱《いだ》いたが、血が不足しているだけかも知れない。指先一つ動かなくなり、全身が微弱に震《ふる》える。

とうとう人を刺しちまったなぁ。

まばたきも必要なくなるほど『末期《まつご》』の海島は、後悔《こうかい》に似た思いに薄ぼんやりと考えを巡ら

せる。俺《おれ》もとうとう人殺しか。なって終わるか、なる前に終わるか。多分、後者だ。

そりゃあ、助かるな。

俺が死ぬまで生きていてくれよ。

で、その後はすぐ死ね。死んじまえ、クソ女。

祝福と呪詛《じゅそ》を数珠《じゅず》繋《つな》ぎのように吐き出してから、海島が動かなくなる。

口は半開きで舌を出したまま、まばたきも失われた顔は時が止まったようだった。そのまま数秒、数十秒と時が重なり、呼吸も停止となる寸前に、世界に動きがあった。

おーい。

鼓膜《こまく》と身体《からだ》が揺らされる。聞き覚えのあるその声に、海島の顎《あご》が自然と上がる。

靄《もや》のかかっていた視界が一瞬《いっしゅん》だけ、鮮明になった。

巣鴨が海島の肩を揺すっていた。

背景では窓から入り込んだ月光が、その背中に後光を形作っている。

天使来ちゃった。海島が独特の甲高い鳴き声を上げる。

巣鴨はしゃがみ込んで小首を傾《かし》げていた。無事だったことへの安堵感《あんどかん》と、こんな状況でも崩れない穏《おだ》やかな顔つきに海島の頬《ほお》も緩《ゆる》まる。だが顔は腫《は》れあがっていて変化に乏しく、それが巣鴨に伝わることはなかった。巣鴨の後ろに誰《だれ》かがいる気もしたが、忠告も確認も、海島には既《すで》に不可能だった。頭に残されていた血液までどろどろ、外へ流れ出る。

死んじゃうの？

巣鴨《すがも》の口がそう動いたことを見て取り、海島《うみしま》は最後に、なんとか苦笑を向ける。

口を動かすと同時に脇《わき》のちぎれる音がした。

なぁ。そのしゃがみ方、パンツ見えてるぞ。


「残念だな。やっぱりきみの能力は目の色を変える、『だけ』か」

真っ暗闇《くらやみ》の中、右と左どころか上下まで分からなくなった俺《おれ》にカワセミの憐憫《れんびん》混じりの声が響く。どこだ、どこだ。手を伸ばしても、伸ばしているはずだけど、なにも摑《つか》めない。

「これできみへの用事は全部終わった、お疲れ様。殺しはしないから這《は》い蹲《つくば》って帰ってくれ」

「あ、ま、待て、待って、待てたす、助けて、助けて！」

カワセミの立ち去る気配を感じて、床に頭を擦《こす》りつける。肉や皮が摺《す》り下ろされそうに感じるほど激しく擦って、左目を覆《おお》う包帯を引っ剝《ぱ》がす。顔面が摩擦《まさつ》でひりつき、傷口も再度、えぐられたように血が滲《にじ》んだが知ったことじゃない。左目の覆いを解《ほど》き、傷の所為《せい》で開けづらい目を必死に見開いてカワセミの背中を捉《とら》える。そして、助けを求める。

右目まで失ってこんなとこに放り出されたままだったら、折れる。心が折れる。バカになっていないどころか致命傷に等しい出血と合わせて、死んでしまう。死ぬ。それだけは嫌《いや》だ。

何度も訴えていると、カワセミが振り返って冷めた目を向けてくる。

その手には体液に包まれた新鮮な目玉が、大事そうに載っていた。

じゃあつまり、カワセミが俺の目を。でも、だけど。

「待って、返し、助け、助けて、よ」

「いやいや、相手が誰《だれ》か考えて言ってる？　僕はきみの目を奪《うば》った悪党、つーか敵だよ」

「あ、それ、そう、でも助けて、て」

「なにから？　どういう風に？　僕からきみを守れなんて言うなよ、あいでんてーが崩壊する」

カワセミが肩をすくめて去ってしまう。それを追いかけようと、足が床を刈《か》り取るように泳ぐ。左腕も陸地を平泳ぎするように足掻《あが》くけど、カワセミとの差は絶望的だった。あっという間にカワセミは廊下へ消えて、俺はその廊下へ出るまで数分かかる有様《ありさま》だった。

目玉を奪われた。傷以上にその事実に動転して、思考が暗転する。

立ち上がることができない。背筋が俺の言うことを聞いてくれない。ずるずるとナメクジのように床を這いずって出た廊下には、人影の一つもなかった。

廊下を進む。なんで？　どこに行くの？　そんな問いかけさえ生まれないほど機能の故障した頭にとって距離は意味をなさない。廊下は無限で俺はいつまで経《た》っても、どこにいるのかさえ分からなくなってしまう。三半規管《さんはんきかん》にも支障が発生しているのか、廊下が勝手に回転する。

左回転が多いけれど時々、油断をつくように急に右へ歪《ゆが》む。その度《たび》に目が回り、そして終《しま》いには頭から落下する。上下の区別まで幻想《げんそう》するようになったのかと思ったけど、単なる階段だった。肩から落ちて骨をしたたかに打つ。そのまま一回転して背骨を削《けず》るように打ちつけながら流れ落ち、最後は踊り場に投げ出された。踊り場を横向きに転がり、そこで折れる。

踊り場で打って擦《こす》ったこめかみに浮かぶ血と、溢《あふ》れかえる涙がすべての答えだった。

「もういやだ。いやだ、いやだよぉ」

弱音に支配されて身体《からだ》を丸める。どこもかしこも痛い。とても痛いのが一つより、たくさん痛い方が心を蝕《むしば》む。もう、死にたくないだけでいい。死なければどうでもいい、目玉だって知ったことじゃない。終わればいい。この痛みも、顔も、腕も。なくなるなら、なんでもいい。

そのために、俺《おれ》にできることは。

「かえる。かえれば、いいんだ。あいつが言うみたいに」

四つん這《ば》いになって前へ進む。すぐに床がなくなり、手が宙を滑《すべ》った。また階段だった。今度は前転を繰り返して落下していく。首の裏に太ももの裏、オマケに腰が何度も回転の勢いで激しく叩《たた》きつけられる。最後の段で背中を打ったときに息が止まり泡を蟹《かに》のように噴き出した。

「う、ぎぎぃいいいぃぎううぃう、う、うーうーう、ううう」

壁《かべ》に頭を叩きつける。そうすると嫌《いや》なことも本当に一瞬《いっしゅん》だけどうでもよくなる。爪《つめ》で自分の肉という肉を引き裂《さ》きたいけれどそれが叶《かな》わなくて益々《ますます》欲求不満が募る。仕方なく次善の策として壁で頭を打ち続ける。赤い花、火花が咲く度に俺は苦痛から解放されて、また囚《とら》われてを埋葬される死体のように繰り返す。あとは腕の肉を嚙《か》みしめるのも、すごく、落ち着く。

別に肉なんか好きじゃない。なのに歯が食い込み、下顎《したあご》と上の歯に居場所があるだけで俺はとっても安心するんだ。ふぅふぅと鼻息がうるさくて滲《にじ》み出る血の味やこそげられた肉が歯の裏にくっつくのがいやで仕方ないけど、落ち着かないとダメなんだ。落ち着くだけでいいんだ。

その最中《さなか》、腕を無作為に伸ばすとなにかに引っかかった。釣《つ》られて見上げると、階段の側《そば》にある資材室のドアノブに手首がかかっていた。離そうとすると手首から先がちぎれるみたいに思えてきて、胃が締まる。怯《おび》えに押されて思いっきり腕を引っ張ると、外れるついでにドアノブが回った。

扉が内側から押されるように開く。その際、扉になにかがぶつかるようにごんごんごんと鈍い音が続く。内側に立てかけてあったなにかが崩れていく音だ。そんなのはいらない、もうなにも出てこないでほしい。

だけど俺の願いは、いつだって裏切られるためにある。

ちょうつがいが悲鳴を上げ、中の置物の転がるような音が外へ頭を覗《のぞ》かせて、

「あ、う、ぃいぶ、ぶ、ぶ」

戦慄《せんりつ》が、世界を塗り替える。

吐き尽くしてなにもない胃が痙攣《けいれん》し、喉《のど》まで振動させる。足の力は抜けきり、失禁もしてい

るのかしていないのか曖昧《あいまい》になる。後退したくともできず、それがこちらへ倒れ込んでくるのを、ゆっくりと、時が緩慢《かんまん》になったように見届けるしかない。

「う、うび、びじま」

そいつの名前を口にしようとしても、恐怖の水位が上がりすぎて満足に唇《くちびる》を開くこともできない。胃が痛くて、痛くて涙が拭《ぬぐ》いきれないほどこぼれた。

決して、そいつの死を悲しんだわけじゃない。

扉の向こうから転がり出てきたのは、死体となった海島達彦《うみしまたつひこ》だった。

まるで、溺愛《できあい》する子犬をめいっぱい撫《な》でるような光景だった。

ナメクジは、ビルの二階で出会《でくわ》した。廊下を歩いてすぐの、他《ほか》の部屋より手狭な空間にその少女はいた。背景を確かめると、そこは休憩室のようだった。

カワセミとはまた別の人間を確認し、ナメクジは警戒しながら部屋を覗《のぞ》き込んだ。そして、長机に腰かけている少女は長い脚を持て余すように組み、手元にある筒の中に浮かぶものを筒越しに撫でていた。筒の中は液体で満たされ、そこにぷかぷかと、葡萄《ぶどう》のような球状のものが浮いている。

少女の手つきは一見、微笑《ほほえ》ましいものがあった。が、そこまではいい。なぜこんな夜更《よふ》けに中学生らしき少女がいるのかと疑問ではあるが、説明はつけられないこともない。だが、ナメクジにとって理解の範疇《はんちゅう》を超えている件が一つあった。

少女が愛《め》でているのは、眼球だったのだ。

それも。にやぁ、とこの世の何物にも勝《まさ》るほどの愉悦《ゆえつ》を秘めた笑顔で。

人の顔から外れた目玉を愛でて、液体に浮かぶそれを微笑ましそうに扱っている。本物だろうか。ナメクジはまずそこを疑う。本物だとして、少女は何者なのか。

最後に、この少女は自分の仕事とまったく関係ないのではと悟る。自分の仕事は名目上としてはアメンボ殺害であり、眼球愛好家の少女にかかずらっている暇《ひま》はない。つい目を引かれてしまったが早々に退散しようと身を引きかけた直後、少女が唇を蠢《うごめ》かせた。

「そこにいる人、なにかご用ですか？」

ナメクジが思わず身を屈《かが》めて一気に引っ込む。少女は部屋の入り口を一瞥《いちべつ》もせず、続ける。

「用がないのに覗くのはいい趣味じゃないと思いますけど」

こちらに気づいていた。部屋の入り口を窺《うかが》う様子もないのに、気配を察したとでもいうのか。ナメクジは判断に数秒を要したが、ナイフを用意した。拳銃《けんじゅう》は音が鳴って居場所を知らせるので得策ではないと咄嗟《とっさ》に判断した。そのまま問答無用に少女を刺殺するつもりで部屋に飛び込む。少女が目玉からナメクジへ目を向けて、あ、と口を大きく開いた。

「あなたひょっとして、ナメクジさん？」

なぜか少女の声が弾《はず》む。嬉《うれ》しがっている理由は説明できない。だが、素性を知られているなら余計に対処は決まっていた。ナメクジは無言で床を蹴《け》り、一足飛びでナイフの届く距離まで詰める。

少女は目を丸くするが動こうとしない。ナメクジは構わず、その胴体を刺し貫《つらぬ》いた。腰構えで身体《からだ》ごとぶつかり、その音は鈍い。骨同士の衝突《しょうとつ》するような重苦しい衝撃がナメクジの手首を痺《しび》れさせる。刺し方を誤ると手首を捻挫《ねんざ》することもままあるが、今回もそれに近いほど痛めてしまったらしい。それを痩《や》せ我慢して、少女の顔を睨《にら》む。そこで、目を疑う。

「いたたた」

少女の反応はそれだけだった。片目を苦しそうに瞑《つぶ》ってはいるが、蜂《はち》に刺されたのと同じ程度の扱いでしかない。ナメクジもまた違和感を抱《いだ》き、汗を滲《にじ》ませる。

刺して内臓を掻《か》き分ける感触が手元に伝わってきていなかった。

その違和感の正体を悟り、慌《あわ》てて手を引く。握りしめていたナイフは柄《え》だけを残し、刃がなくなっていた。正確には根もとから吹っ飛び、床に転がっている。ハッと、顔を上げた。

この曲芸じみた現象への心当たりから解答を導き、振り向いたときには遅かった。音を消して背後に迫っていた少年は原始的に、卓上スタンドを振りかぶってナメクジの頭部に叩《たた》きつけた。ナメクジが足をぴぃんと伸ばして倒れるのを手助けするように、床に蹴り潰《つぶ》す。

襲撃《しゅうげき》した少年はカワセミだった。ナメクジの腕を手加減なく捻《ひね》り上げて、その背中に乗りかかる。ナメクジは朦朧《もうろう》となる意識の中でカワセミの姿を認め、思わず目を閉じそうになる。

「いっそ手首を飛ばしてくれたら痛くなかったのに。骨にヒビ入ったかも」

「無茶言わないで欲しいな、結構ギリギリでしたよ」

少女の不満に対してカワセミが反論する。ナメクジを見逃したカワセミだったが、今回はそのつもりもないようだった。ナメクジの腕を捻るついでに人差し指をへし折った。

ナメクジが暴れる。それを見越したようにカワセミはもう一度、後頭部を殴《なぐ》りつける。今度は拳骨《げんこつ》だった。しかもナメクジが思い切り仰《の》け反ろうとした瞬間《しゅんかん》に合わせてのカウンターで、小規模な爆発音めいたものが生まれた。ナメクジは床に顎《あご》を叩きつけて、軽くバウンドする。

ナメクジの後頭部は二度も手加減抜きの打撃を受けて、かち割れそうだった。

カワセミはそのまま、何事もなかったように少女との会話を続行する。

「気配を察知するなんていうのも、巣鴨《すがも》家の教育の一環で？」

「ううん、一分おきに同じこと言ってただけ。そんなの分かるわけないよ」

巣鴨と呼ばれた少女が呆気《あっけ》なく種を明かす。そして、ナメクジを見下ろす。

「引っかかってくれてありがとう。お陰で自分が凄《すご》い人かもって思えちゃった」

そんなことがなくとも自分を優秀としか考えていない態度が節々に現れていて、ナメクジの鼻につく。だがナメクジからすれば巣鴨よりも、背中に乗っているカワセミの方が問題だった。

ボードゲームならばいかなるゲームにおいても、詰んでいる状態だ。

「なんで来ちゃうかなぁ」

ナメクジの腕を背中側で捻《ひね》って拘束《こうそく》しながら、カワセミが呆《あき》れる。そこに愛嬌《あいきょう》の類《たぐい》は一切ない。溜息《ためいき》の入り交じった色濃い失望が窺《うかが》えて、ナメクジは戦慄《せんりつ》する。

「僕はそんなに信用ないか、そうかぁ。ショックだよ、こんな服も着てるのに」

「その顔ではねぇ」

「……否定はしませんけどね」

ナメクジの頭上で和《なご》やかにも取れるようなテンポの会話が繰り広げられる。ナメクジからすればなんの慰《なぐさ》めにもならない。殺される、と背筋に虫が入り込んだように暴れ回る。だが、カワセミの口からはあくまで、批判しか出てこない。死ねも殺すもそこにはなく、あるのはナメクジへの落胆《らくたん》だけだった。

「もう、全部終わってしまっているのに」

プロローグ4
『うらかたさんのめっせーじ』

「あーあ、死んじゃってるね」

海島《うみしま》の死体を俯《うつぶ》せから仰向《あおむ》けに直した後、巣鴨《すがも》が舌打ちをこぼす。膝《ひざ》を伸ばしてから両手を払った。その後ろ姿を、白髪《しらが》頭の少年ことカワセミは目を細めて眺《なが》めていた。

三階の廊下に巣鴨たちが下りてきたとき、海島は虫の息だった。その海島の死に様を眺めて出た巣鴨の一言はそれで、以降はなにもない。無関係であるカワセミの方がまだ、海島の死体に対して思うところはあるようだった。

「追悼《ついとう》の意はないんですか？」

「自分が悲しいのか、なんとも思っていないのか。それを考えるのも面倒なの」

巣鴨の答えに、カワセミは顔つきで微《かす》かな嫌悪《けんお》感《かん》を示す。左の頬《ほお》が歪《ゆが》んでいた。しかしそれも、巣鴨が振り向いたときには消え去り、互いに柔和《にゅうわ》な表情を向け合う。

「海島くんを殺したやつは逃げたのかな？」

「海島……あぁ、そっちの彼か。多分。でも中学生一人をただ殺しただけでは逃げる理由にならないからやり合っていた、恐らくカエルの方も深手を負ったと思いますけどね。……しかし、カエルが僕じゃなくて中学生と先に遭遇《そうぐう》してやり合って、しかも痛み分けとか。すげぇなぁ」

カワセミの口ぶりは海島を賞賛するようだった。それについて言及することなく、巣鴨が考え込む仕草を取る。しかし実際には、目は退屈そうに左右に泳いでいて、なにも考えていないことはカワセミの目からも明らかだった。だから仕方なく、カワセミから話を振る。

「巣鴨のお嬢さんですよね。一度、教団の本部で見かけたことがある」

「うん。だから私を殺さないの？　超能力くん」

知っているのか、とカワセミの口もとが緩《ゆる》む。その顔つきは、年相応の少年のものだ。

「ええまぁ。一応、現在の雇い主はあなたんところの教団の教主様なんで」

殺してしまうと波風が立ちそうだから保護した方がいいだろう。カワセミとしては雇い主が失われることは大きな問題だった。意外と再就職が難しい業界なんだよな、と独り笑う。

特にカワセミほどの有名人だと、会った瞬間《しゅんかん》に殺されないかと心配する雇い主が多い。

「ふぅん。でもよく分かったね、階段でチラ見しただけで」

カワセミが巣鴨たちを見かけたのは、『二階の階段の踊り場』だった。海島と巣鴨が踊り場にいて、カワセミは返り討ちにした男を背負ってその二人を見下ろしていた。最初は始末するつもりだったが、巣鴨の姿を認めて急遽《きゅうきょ》、引き返したのだ。もっとも、その後に巣鴨が追ってくるとはカワセミにも想像がつかなかったが。見た目と裏腹に、エキセントリックな性格らしい。

「ま、あなた美人ですから。記憶に残るものですよ、はい」

「そうだよね、綺麗《きれい》なものって印象に残るもん」

巣鴨《すがも》は欠片《かけら》も謙遜《けんそん》しない。そしてその『綺麗《きれい》なもの』に該当《がいとう》するなにかを思い出しているのか、うっとりと目尻《めじり》が緩《ゆる》んでいる。側《そば》に彼氏の死体があるのにね、とカワセミがぼやく。

「あ、彼氏じゃないの。同級生」

「へぇ。単なる同級生と夜更《よふ》けに外出ですか。風紀が乱れているね、お嬢様」

「そういえば海島《うみしま》くんが警察呼んだんだけど、ちっとも来ないね」

カワセミの意見を丸ごと無視して、巣鴨が窓の方に目をやる。

「警察？　僕ら絡《がら》みの仕事のときは出張らないでしょ、上の人に教団の信者も多いから」

「あ、そうなんだー」

「それよりどうします、その死体。神様に頼んで生き返らせて貰《もら》います？」

カワセミなりの冗談を飛ばす。実際、あの翼《つばさ》の生えた女にそんな芸当ができるはずがない。

いやそれどころか、と思い出し笑いで肩を揺する。

「そんなの無理無理、それに私は別に神様を信じてないし。お父さんたちもそうだと思う」

「じゃあ、なぜ教団に身を寄せているんですかね」

「お金のため」

「なるほど。分かりやすくていい」

「でしょう。分かりやすいって、とっても素敵」

巣鴨が手のひらを叩《たた》き、目を輝かせる。カワセミは苦笑混じりにあたりを見回す。カエルと海島、どちらのものか判別できない血液が廊下の所々に飛び散っていた。肝心《かんじん》のカエルは逃げ出してしまったようだけど、血の跡が点々と軌跡のように残されている。こんなことを見落とすほど致命傷なのか、それとも。罠《わな》の一つもありそうだからしばらく放っておこうと考えた。

「で、わざわざ僕を追いかけてきた理由はまだ聞いてませんでしたね。後、こいつを殺すなという命令の詳細についても」

打ち捨てられたように、壁《かべ》に寄りかかって気絶している血みどろの男に目配《めくば》せする。巣鴨もその目線を追いながら、カワセミの物言いに訂正を求める。

「命令じゃなくてお願いのつもりなの」

「地位の高い人のお願いを命令と言うんですよ、お嬢様」

「へー、勉強になった。そっちの人の名前は？」

巣鴨の言葉はどれを取っても軽々しい。その返事はどれも、扇《あお》がれたそよ風が届いて顎《あご》の線を撫《な》でるようだった。

「仲間はヘビ、とか呼んでいたかな。カエルの仲間なんで、尋問《じんもん》が終わり次第すぐに殺したいんですけど」

カワセミが率直にお伺《うかが》いを立てる。巣鴨は「どうして？」と大して不思議そうでもない無表情で尋《たず》ねてくる。殺したい理由を面と向かって聞いてくる女は巣鴨が初めてだった。

「仕事ですから」

「この人を殺すのが？」

巣鴨《すがも》が靴《くつ》の先で男の足を蹴《け》る。こらばかやめろ、とカワセミが内心で焦《あせ》る。

「こいつじゃなくてアメンボって男の方ですけど。こいつらもアメンボを狙《ねら》っているみたいだから、早い者勝ちなわけで。その競争相手が生きていると不都合があります……よね？」

殺し屋の理屈を説いて分かるものかな、と不安になって語尾が弱々しい疑問形となる。巣鴨は「そうだよね」と首肯《しゅこう》はするものの、話などまったく聞いていないように目が泳いでいた。

その態度には閉口するものがあったが一方で、カワセミもそれ以上の動機を語ることはできない。なにしろ、アメンボを始末しろと命じた雇い主がその動機を『知らない』と笑うだけだったのだ。最初は事情があってそれをはぐらかしているのだと思っていたが、或《ある》いは嘘偽《うそいつわ》りなどなく、本当に知らないこともあり得る。カワセミとしては、げんなりする想像ではある。

帰ったら無駄《むだ》と分かり切っているが問いつめてみようとカワセミが心に誓う。

「厄介《やっかい》なんですよ。アメンボも窮《きゅう》鼠《そ》猫を噛《か》むとばかりに反撃してくるし、なによりカエルって女は僕の天敵みたいなやつなんだ。能力の相性が悪いんですよね。もしこの中学生と喧嘩《けんか》して致命傷を負っているなら、そのまま死んでいて欲しいなぁ。割とマジで」

「相性なんてあるんだ、面白いね。かめはめ波《は》が天津飯《てんしんはん》に効かないみたいなやつ？」

「そこまで決定的というほどではないですけど、大体合ってる、かなぁ？」

話している最中にカワセミも自信がなくなってきた。首を捻《ひね》り、窓の外に目をやる。

煌々《こうこう》と輝き、そのクレーターを浮き彫りにする月が左端に映っていた。周囲を行く雲は月光に半身を照らされて、溶けていきそうにも見える。その雲の下には駅の心許《こころもと》ない灯《あか》りがあって、そして光はそこにだけ集《つど》っていた。シャッター街となっている銀座《ぎんざ》は、夜の中に沈んでいる。

「で、ヘビさんを殺していいですか？」

「まーだだよー」

巣鴨がおどける。その唐突《とうとつ》さと幼げな物言いに、カワセミも噴き出してしまった。

「その人のことも含めて、あなたに仕事をお願いしたいの」

手を腰の後ろで組んだ巣鴨が上目遣《づか》いでカワセミを見る。

「仕事ですか。……え、殺しの？」

自分宛《あて》ならそれ以外にないとは思いつつも確認を取る。

どうせならもう一度、テレビの仕事がいいなぁ。カワセミはテレビ出演の機会を失って以来その本音を決して表に出さないが、内心ではいつも復帰への渇望《かつぼう》を燻《くすぶ》らせていた。

現在の雇い主である教主、シラサギに縋《すが》ればいくらでもその手の仕事を恵んでくれるだろうが、自力で仕事を得たいという自尊心がカワセミを縛《しば》っていた。

だが鳥は自らの翼《つばさ》で空を飛ぶものだ。あの少女のように。

「ううん、殺さなくていいの。むしろできる限り、殺さないで」

「はぁ、そんな条件で僕に頼むの？」

物言わぬ海島《うみしま》を一瞥《いちべつ》する。こいつの生死には拘《こだわ》らないのに、と巣鴨《すがも》の価値観に苦笑いする。

「もう少し経《た》ったらこのビルにやってくる男の子の、目玉を奪《うば》って欲しいの」

「……はい？」

巣鴨の依頼にカワセミの目が丸くなる。目玉？　男の子？　やってくる？

カワセミは壁《かべ》に手を突き、こめかみに指を添えて混乱と向き合う。追い剝《は》ぎを命じられたことも初めてだったが、対象の所持品どころかもっと深く鎮座《ちんざ》しているものを取れと来た。

「目玉を奪えと仰《おっしゃ》る？」

「うん。その目がね、すっっっっっっっごく、欲しいの」

巣鴨の顔に笑顔の花束が生まれる。カワセミは生まれてこの方、それ以上に喜びを表現できた笑顔を見たことがない。その思い入れの強さに圧倒されて、顔を上げた後も足もとが安定しない。笑顔で人をよろめかせる能力者か。冗談で思いついたが、あり得ないと言い切れないのが怖いところだった。カワセミの周囲では真っ当な超能力者の方が珍しいぐらいだ。

「人の目玉を収集する趣味でもおありで？」

「ううん、その子のだけでいいの。他《ほか》のやつなんかいらない」

僕の目玉でもか、と尋《たず》ねかけたが喉《のど》の奥へ引っ込めた。巣鴨という少女は特殊なので、真っ向から否定されかねないと判断したためだ。「へぇ」と淡泊を装《よそお》い、カワセミが尋ねる。

「その目玉は、両方とも？」

「ううん、かたっぽ。両方取ったらなんにも見えなくなっちゃうし、かわいそうでしょ？」

片方でも十分な災難だと思うが。

「いっそ、殺してから取った方が後腐《あとくさ》れなくていいんじゃや？」

「ダメ。だって、石竜子《とかげ》くん自身でしか色を変えられないから」

「トカゲくん？」

「男の子の名前。その子ね、目の色を好きに変えられるの」

巣鴨《すがも》が自分の瞼《まぶた》を指で押し上げる。歪《いびつ》に寄った瞼の所為《せい》で上等な容姿が台無しになった。

「目の色を、変える。まさかそれが、超能力？」

カワセミが目もとに指を添える。自身の目もまた、能力の発現の際にその色を変貌《へんぼう》させる。

「そうだと思う。だって触れてもいないのに次々に変えたんだよ」

巣鴨のまばたきを繰り返す姿と話しぶりからすると、手品の類《たぐい》にも思えてくる。

「そうして変えていった目の色の中に、本当に綺麗《きれい》なやつがあったの。それが私の人生を変えちゃうぐらい衝撃《しょうげき》的で、心奪《うば》われて、追いかけて、追い回させるの」

くるくる、頭の上でなにかが回っているように巣鴨の目が掻《か》き回される。釣《つ》られてカワセミも目が回りそうになった。巣鴨という少女には、人を油断させる無防備さが上手《うま》く備わっている。

「そのトカゲくんって、他《ほか》になにか能力は？」

「んー、それだけっぽい。それ以上のことはなんにも披露《ひろう》してくれなかったから」

「そりゃまた、微妙な能力だことで。能力がない殺し屋の連中も、それは羨《うらや》みそうにない」

話しつつ、カワセミが連想するのは雇い主の少女だった。

「うん。だから、観賞用の能力としか思えないの。私のための」

わたしわたしと、巣鴨が喜色を込めて自分の顔を指差す。図々《ずうずう》しい、と内心で毒づく。

「そいつの目を、本人を殺さずに奪えか。……僕の能力を見込んでくれたのかな？」

「そうだよ。だってきみの力なら、誰《だれ》よりも傷つけずに目玉を取れるよね」

カワセミの能力を物体切断と勘違《かんちが》いする輩《やから》が多い中で、巣鴨は現象を正確に理解しているらしい。その言い回しにカワセミは感心し、口笛を吹きそうになる。自分を拾い上げたテレビ局の男は、カワセミの能力を認めこそしたものの、それを把握《はあく》しきれていなかった。

「でも、それにこっちのヘビがどう必要なわけでしょうか」

カワセミの能力で指が数本失われて、身体《からだ》の各部位の肉が奪われて血に染まった男、ヘビは依然《いぜん》意識を失ったままだ。尋問《じんもん》以外に使い道はないとカワセミは考えるが、巣鴨は違う。

「死体があったら絶対に逃げるけど、死にかけの人だったら石竜子くんも無視しきれないから」

「……つまり、トカゲくんをビル内から逃がさないようにヘビを使うってこと？」

「協力すれば助けてあげるって持ちかければ、ヘビさんも私たちの仲間になってくれるよね」

巣鴨の会心の微笑《ほほえ》みに対し、カワセミは愛想《あいそ》笑いで応《こた》えるしかない。絶対に助ける気のない言い回しで、その上始末は自分に任せる気がしてならない。カワセミの予感は、大体当たる。

「ヘビさんの配置と炙《あぶ》り出しは私に任せて。石竜子《とかげ》くんを逃がさないから」

「回りくどいことしないで、一階で奪《うば》っちゃえばいいんじゃ?」

「一階だとダメ、すぐ逃げる。でも三階とかなら逃げられない。石竜子くんは血みどろの人を発見して、その後に一人で出口まで行くことはできない。絶対に留《とど》まろうとするの」

自信に満ち溢《あふ》れた人物評を述べる巣鴨《すがも》に、カワセミが開きづらそうに口を動かす。

「いやそうじゃなくて、僕が出合い頭に奪えばという話」

それが一番手っ取り早く、そして確実であるとカワセミは判断した。

しかしチチチ、と巣鴨が指を左右に振る。否定と嘲《あざけ》りの混じった仕草に、眉根《まゆね》を寄せる。

「それじゃあ、石竜子くんが取られるばっかでかわいそう」

そんな殊勝《しゅしょう》な気持ちを本心から持つ女には思えないが。口の中だけで毒づくカワセミを無視するように、巣鴨が話を続ける。両手を胸の前で組み、祈るような面持ちで。

「目玉を貰《もら》う対価として、体験させてあげたいの。石竜子くんの夢見る世界を」

夢見る世界。そう聞いて、カワセミの中に浮かぶ想像はスポットライトに満たされていた。

「夢?」

「現代ファンタジー。能力者がいて、夜な夜なしのぎを削《けず》る裏の世界」

「あぁ……」

近年、特に人気のある世界観だ。そしてそれを現実としているのがカワセミたちでもある。しかしあれは創作物での体験だからこそ興奮を得られるわけで。

「……なんと言いましょうかね」

この女、鬼か？

眼球の色を変えることしかできない中学生を殺し合いの世界に放り込んだら、夢を叶《かな》えるどころか地獄を体験する羽目になることは火を見るよりも明らかなのに。僕が殺す、殺さない云々《うんぬん》以前に勝手に死ぬだろうどう考えても、とカワセミが目で訴えると、巣鴨が微笑《ほほえ》みを返す。

「石竜子くんのこと、死なないように守ってあげてね」

ふざけんな。この女は僕の仕事を誤解していないか、何でも屋でもすぐやる課でもないのだ。

「私は強くなったけど、石竜子くんはきっと変わってない。うん、守ってあげないと」

しかもこちらの意向などまったく無視して、一人で頷《うなず》いている。カワセミは呆《あき》れてしまう。

「巣鴨お嬢様はどうなさるおつもりで？　まさかトカゲくんの前に姿は出せないでしょう」

お嬢様の部分は皮肉だったが、通じないだろうとは思っていた。

「鮮度が大事だからビルの中で待機してる。で、取ったらすぐに持ってきて」

さながら、鶏《にわとり》を絞めてから持ってこいと催促《さいそく》する料理人のようである。

「酷《ひど》い発想だこと。まぁ僕も便乗して、ヘビを利用させて貰うか」

「どうするの？」

「命を助けてやると持ちかければ、仲間を売るぐらいはしてくれるでしょう」

人情に溢《あふ》れた男ならヘビなどというあだ名はつかない、と勝手な解釈も含めての見解だった。

応じなくても足の指も二、三本飛ばせば首を縦に振るだろう。

「呼び出しに応じてカエルの方が誘われてくるといいけど、どうかな。むしろ野垂れ死んでいて、そのまま来てくれないのが理想だけど。そこまで世の中、甘くはないかなぁ」

「他《ほか》にもいるの？」

「ナメクジとか呼ばれている女が一人。顔は知らないんですけど」

「ふぅん、面白いね。カエルにヘビにナメクジ、三すくみ。ねぇ、どっちが来るか賭《か》けない？」

「は？」

指を三本立てた巣鴨《すがも》がニコニコ顔で提案する。

「ヘビさんが呼んで、カエルさんとナメクジさんのどっちがここにやってくるか、の賭け」

さんづけだと童話の登場人物みたいだな。なんの関係もないことをふと、カワセミが思う。

「両方来る、来ないも含めてね」

このお嬢様にとっては僕の仕事も遊びの対象か。無邪気《むじゃき》を装《よそお》った態度に、カワセミが微《かす》かな嫌悪感《けんおかん》を抱《いだ》く。しかしそれと同時に興味も抱いて、賭けに乗ってみようと思った。

見極める良い機会かも知れない。巣鴨がただの気の狂《ふ》れた女なのか、それとも。

「だったら僕は、両方来るに賭けましょうか」

なにしろそれが仕事なのだから。

「じゃあ私はナメクジさんだけ来るって信じる」

立てた指を一本ずつ折り畳《たた》みながら、巣鴨がこの場に不釣《ふつ》り合いな意見を述べる。

信じる、ねぇ。この女の場合はその信じ方に問題がある。

「話を戻しますけどこのビル、今夜はこっちの都合もあって忙しくなりそうなんですよ。アメンボ退治が本業の方でありまして。そのごたごたにトカゲくんが巻き込まれて、こっちも危なくなってやむを得なかったら殺してから奪《うば》うと、あらかじめ言っておきます」

「んー、それは把握《はあく》しているけど。後日に引き延ばすのは？」

「これでも忙しいんで」

「殺し屋さんが忙しいなんて世も末ってやつ。でも私も先延ばしは嫌《いや》だなぁ、めんどいし」

本音では、巣鴨に会うのを控えたかった。カワセミの中では既《すで》に、巣鴨という少女への苦手意識が芽生えだしていた。話している間ずっと、カワセミに違和感を抱かせてくる。

差異の正体は不明だが、それを見抜くことはカワセミの眼力をもってしても不可能だった。

「じゃあ、どうしても殺すときは目を傷つけないようにお願い」

「はいはい」

肉の美味の部分を損なうなと調理方法に注文をつける、そんな口ぶりには呆《あき》れてしまう。

巣鴨にとって、その少年の価値は命より目玉にあるようだ。どれだけ素敵な眼球なのだろう、とカワセミの方も興味をそそられてしまう。

　自分の目玉より価値のある目なんて、あるのだろうか。

「でも目玉がその色じゃないなら、取っても無駄《むだ》なんじゃ？」

「んー、そうなんだけどね。でもその色にしてくれって言えないの。だって説明できないもの」

「できない？」

「複雑な色で、絵の具や塗料ではなにをどう調合してもあの色にならなかったの。何色、とも名前が分からないから伝えられないし、石竜子《とかげ》くんは一体、あの色をどこで知ったんだろう」

　巣鴨《すがも》にしては珍しく、本当に悩む素振りを見せる。が、それもすぐに前向きに切り替わる。

「でもその目玉自体がないと意味ないから、この機会に貰《もら》っちゃおうかなって」

「はぁ……それと、本当に来ます？　中学生が夜中に、こんなビルに一人で」

　聞いてから、巣鴨自身も中学生で夜分、こんなビルにいることに気づいた。

「来るよ。石竜子くんがここに頻繁《ひんぱん》に出入りするのを知ったから、」

　そこで言葉を思わせぶりに切って、海島《うみしま》の顔を見下ろす。口が半開きだった。

「そっちの同級生くんを連れて、ここに来ていた？」

　言葉を推測し、引き継いだカワセミに対して巣鴨が気前よく頷《うなず》く。おいおい、とカワセミが肩をすくめる。この中学生、体良《ていよ》く利用されたあげくに殺し屋に襲《おそ》われて生涯《しょうがい》を閉じたわけだ。下心もあったろうに。カワセミは多少なりとも同情して、目を瞑《つぶ》った。

数秒だが海島に送る黙禱《もくとう》のつもりだった。

「殺し屋さんなのに優《やさ》しくて格好良いとか、石竜子くんが好きそうだよね」

カワセミの態度を見て取った巣鴨が言及してくる。そこまで察する洞察力があるのなら、元彼氏の気持ちを汲《く》んでやればいいのに。目を開けてから、カワセミは緩《ゆる》く首を振った。

「こいつの死体はどうします？」

「外に運ぶ時間もないし、取り敢《あ》えずどこかに隠しておこうかな」

もうなにも言うまい。カワセミは死体を視界の外に追いやり、話を戻す。

「でも海島くんは便利だったね、連れてきた甲斐《かい》があった。だって、私の代わりに危険を引き受けて死んでくれたんだもの。んー、さすがにここまでがんばってくれるとは思わなかった」

その心底、海島個人への興味を匂《にお》わせない物言いに対し、カワセミはむしろまだ見ぬトカゲくんとやらの方に同情の念を向ける。こんな女の、年相応の部分に見初《みそ》められるなんて。不幸としか言いようがない。そして海島がこの少女に選ばれた理由も、推測できた。

「聞きますけど、なんでこの海島くんをそんな役に選んだのかな？」

「髪が真っ黄色でめだつから。暗闇《くらやみ》の中でも私よりずぅっと目を引くよね、その頭」

「……だから自分より狙《ねら》われやすい、と。見た目からして厄介《やっかい》そうだしね、彼の方が」

あまりに予想通りの答えだったので、カワセミとしても得意になる以前に呆《あき》れてしまう。

「今夜、トカゲくんってのが来るかどうかも調査済みってところですか？」

「勿論《もちろん》。夏休みだから護衛さんに尾行させてるの。だから石竜子《とかげ》くんの動向は丸分かり」

「……トカゲくんラブッスね」

「えー、照れちゃうんですけど。これでも女子中学生だよ、私。んー、そうだね。石竜子くんの目の次に、石竜子くん自身も好きだよ」

これでもと言うあたり、中学生らしさの欠如《けつじょ》に対する自覚はあるようだ。

そしてその宣言は、続く言葉も含めてカワセミに、巣鴨《すがも》という少女に宿る真摯《しんし》さをもっとも感じさせた。

「だから石竜子くんの方も、他《ほか》の誰《だれ》にもあげない」

ニコニコが一瞬《いっしゅん》引っ込み、端整な容姿に似つかわしくない独占欲をちらつかせる。

「……あ、そ。というか護衛さん、きみの護衛してないみたいだけどいいの？」

「人手が足りないから仕方ないの」

「人手？　きみんとこなら手駒《てごま》になる人間が掃いて捨てるほどいると思うけど」

「お金持ちだからね」

待ち構えていたような鋭い返事だった。その返しにカワセミもたじろぐ。

「でも他の人は、別のことに動いて貰《もら》ってたから」

「別のこと？　……ふぅん」

「お金持ちは人の使い道が色々あるから」

「……教主様と同じ意見とはね」

ぼやきつつ、カワセミは目を細める。

まったく、金持ちはなにを考えているのやら。

いや金持ち云々《うんぬん》ではなく、この女がそもそも異常なだけかも知れなかった。

「ま、細かいことはいいか。目玉の色を変えるやつなら、僕も会ってみたいし」

ひょっとすると、自分と同じタイプの超能力を隠し持っているかも知れない。

或《ある》いは、資質の差こそあれども詐欺師《さぎし》に属する者なのか。

「じゃあお願いね。さすが世界最高の殺し屋さん、どんな仕事も断らない」

「お褒《ほ》めにあずかりなんとやら。でも上手《うま》くいくとは期待しないでくださいよ」

暗殺とは勝手の違いすぎる依頼なためか、カワセミが予防線を張る。それを受けて巣鴨は、ふふんと鼻を高くする。得意げで、悪戯《いたずら》めいて。この世を斜めから見下ろす人間の顔で。

カワセミが散々見続けてきた、自分に仕事を命じる人間の顔つきだった。

向き合っている赤眼をまったく恐れない少女、巣鴨涼《りょう》が不敵に言い放つ。

「大丈夫。全部、私の思ったとおりになるから。それがお金持ちの生き方だもん」

「アメンボって人があのタイミングで出てきたこと以外は思った通りになったね」

ナメクジを無視するように、巣鴨《すがも》がカワセミに言う。語る姿は誇らしげで、胸を張っていた。

その場違いで華やかな面持ちと雰囲気に、ナメクジは歯軋《はぎし》りをこぼす。

背中には変わらずカワセミがのしかかり、腕を捻《ひね》って拘束《こうそく》されている。

床に這《は》い蹲《つくば》る姿はまさしくナメクジの如《ごと》しだった。

「その出てきたことが大いに問題だったんですけどね」

「そうそう。お陰で手間が増えて、石竜子《とかげ》くんの前に出る必要までできちゃって。余計なこと疑われないといいんだけど、どうかなぁ。石竜子くんって案外、頭が良い方だから」

巣鴨が目を瞑《つぶ》って頬《ほお》に手を添え、悩む仕草を取る。その声にヘドが出そうだった。

「それに計算外はもう一個あるでしょ、ほら目の前に」

「あ、そうだったね。あはは、格好良かったよねぇ」

ナメクジにとっては要領を得ない会話の中、巣鴨が口もとを隠して淑女《しゅくじょ》のように微笑《ほほえ》む。どの仕草を取っても同性の癇《かん》に障《さわ》る女だ。べ、と長い舌を外へ出して露骨《ろこつ》な嫌悪感《けんおかん》を示す。それを見下ろす巣鴨は敢《あ》えてとばかりに、更《さら》に穏《おだ》やかな表情を作る。ナメクジを嘲《あざけ》ることを隠さず。

「あのさ、まさかということを前提にするけど」

カワセミが遠慮をするような言い回しで巣鴨に問う。

「なに?」

「今夜、ここに色んな人が勢揃《せいぞろ》いしているのって、全部きみが仕組んだの?」

ナメクジが顔を上げる。色んな人という部分に自分、そしてヘビとカエルも含まれて、そして仕組んだとは一体どういうことだ。ヘビが死んでいるという事実も受け止めきれないまま、次々に混乱が押し寄せたことで、ナメクジの頭には理解の滞《とどこお》りが生じていた。

巣鴨は手のひらに載る目玉を水平に持ち上げて、無言のままだった。

「僕やカエルたちといった追う側が、アメンボの足跡を辿《たど》って鉢合わせるのは分からないでもない。でもそのアメンボ自身が逃亡を取り止《や》めて反撃に出てきて、このビルへやってきたのはできすぎだ。誰《だれ》かが仕組んでない限りはね。さっき手駒《てごま》は全部別件で動いていると言ったけど、あれはアメンボや僕たちを囲い込んで、行動範囲を限定するためなんじゃないのかな、ってね」

カワセミがそう見解を述べると、巣鴨はそこで口を開く。

「それも私だ、って言ってほしい?」

「いや全然」

カワセミが手を横に振るのが頭の上に見える。

「そういう言い回しは、僕の雇い主だけで十分だよ。あれは別格すぎるけどさ」

「シラサギさんだっけ。あの人は凄《すご》いよね、割と本気で」

巣鴨《すがも》が目を横にやって、口だけで笑う。ナメクジもその名前については既知《きち》だが、しかし今はそれどころではない。もし、カワセミの推測が正しいとしたら、私は、ヘビは、カエルは。

一体、私たちは今日なにをやってきたんだ？

「などとごまかして、答える気はない？　いやね、雇い主がアメンボを殺す理由を『知らない』とか言っている時点で疑うべきだった。あの人、明らかに面白がっていたし」

「もし私が黒幕だったら？」

「トカゲくんにファンレターでも送って、頑張ってくださいと応援するよ」

カワセミがナメクジの腕を更《さら》に捻《ひね》り上げる。まるで八つ当たりのようだった。ナメクジは苦《く》悶《もん》を強く顔に浮かべて、顎《あご》を床に打つ。骨まで響いた痛みに顎の付け根が痺《しび》れる。

「あ、そうだ。賭《か》けも私の勝ちだね」

巣鴨がカワセミに目配《めくば》せする。艶《つや》やかな髪が夜風も遠い部屋の中で、微《かす》かに揺れる。

「もうさすがに来ないよね？」

「そりゃあそうだ、どっちもくたばっているんだから」

くたばっている？　どっちも、という言い方に不吉なものを覚えて、ナメクジが無理に顔を上げる。その動きで察したのか、カワセミが淡々と事実を報告する。

「ヘビだけじゃなくて、カエルもついさっき死んだよ。一階のホールの陰に死体が転がっているんだけど、気づかなかった？　気づかなかっただろうね、一応隠しておいたから。簡単に見つかるようなら隠し甲斐《がい》がないよ」

「……っぁ」

今まで黙り通していたナメクジも、さすがに声を上げる。しかし長く口を噤《つぐ》んでいた影響で、真っ当に発音することができない。喉《のど》に痰《たん》でも絡《から》んでいるように、濁《にご》った声が漏《も》れた。

カエルが、死んだ。

「でもきみはカエルの仲間だったことを誇るべきだよ。あいつはやっぱり僕の天敵だった、ここで死んでくれてホッとしている。海島《うみしま》くんに心から感謝するよ」

今夜の目標は達成できてしまって、けれど。

「そういうわけで、賭けは私の勝ち。さーなにしてもらおう」

暗く沈むナメクジと対照的に、しかも意図的に明るい調子を装《よそお》って巣鴨が浮かれた声を出す。

「え、賞品あり？」

「あり。欲しいものはもう手に入っちゃったし、そうだ」

巣鴨の手が合わさり、ぽんと音を立てる。そしてカワセミに向けて言う。

「マジックショーをお願いしちゃおう」

「んん？」

「あなたの超能力を披露《ひろう》して。昔、テレビで観《み》たときのワクワクを生で感じたい」

ぱちぱちと控えめな拍手を交えて巣鴨《すがも》が要求する。カワセミの身体《からだ》が揺れて、その振動がナメクジの背中にも伝わってくる。ナメクジの額は汗まみれで、流れたそれが鼻先をくすぐった。

「構いませんけど。えー、なにを使ってお披露目《ひろめ》しようかな」

「ナメクジさんの腕」

即答する巣鴨に、ナメクジが耳を疑う。その発言の意味が浸透した後は目を剝《む》く。巣鴨はわざとらしく左右に首を振って色々と物色するような視線を向けたが、すぐに正面に顔を戻す。

「腕が一番インパクトあるよね。首も考えたけど、ちょっと太すぎるかなと」

「ふっ、ざっ！」

吠《ほ》えようとするナメクジを躾《しつ》けるように、カワセミが髪を摑《つか》んで床に叩《たた》きつける。舌を思い切り嚙《か》み、生臭《なまぐさ》いほどの血の味が溢《あふ》れかえる。下顎《したあご》が鈍くなり、半開きになった口からは唾液《だえき》と血の混じった泡がだらだらと流れる。堪《こら》えていた涙が目の端に滲《にじ》んだ。

カワセミがナメクジの腕を取る。二の腕に手を回し、サイズを測るようだった。

「腕かぁ。ここまで太いやつは無理……あ、失礼。女性の腕を太いとか」

失言だった、とカワセミがナメクジの顔を覗《のぞ》き込み、手で口を覆《おお》う。だが血の気が引きつつあるナメクジにとっては、そのおどけた素振りが苛立《いらだ》たしく、そして側頭部を凍りつかせる。

「自分の壁《かべ》を決めつけないで、がんばってみようって担任の先生が言ってたよ」

テメェは黙ってろ。ナメクジが呪《のろ》い殺すことを試みるような目つきで巣鴨を見上げる。巣鴨の方はナメクジなど眼中にもないようで、カワセミにしか視線を注いでいない。

ややあって、カワセミが肩を回しながら言う。

「じゃあ、リクエストに応《こた》えて挑戦してみようかな」

「ちょ、」

ナメクジの喉《のど》が詰まる。カワセミが姿勢を変えて、ナメクジの腕を摑み直す。鳶色《とびいろ》の目が深紅《しんく》に染まり、その視線に晒《さら》されるだけで肌は焦《こ》げるような熱さを感じた。ナメクジの右手の指先が危機から逃れる虫のように暴れる。だが逃げ場はなく、空気をこねるだけだった。

「やめ、やめ、ろ」

「うーぬぬぬぬ」

「やめろ！　やめろって、やめて！　ねぇ、やめろよ！　おい、おい！」

カワセミをはね除《の》けようと全身で必死に跳《は》ねる。だが汗が飛び散り、目に入ることで焦燥《しょうそう》感《かん》が加速するだけだった。ぺたり、ぺたりと熱いシールを一枚ずつ貼《は》っていくように、ナメクジの二の腕が不穏《ふおん》な熱を帯びていく。唇《くちびる》が乾いて、目が飛び出るように痛い。

「ナメクジさん、コイキングみたい。知ってる？　コイキング」

ナメクジの顔を覗き込む巣鴨が無邪気《むじゃき》にその姿を評する。死ね、とナメクジが睨《にら》みあげる。

「私ね、考えることが大嫌いなの。でもそれを通り越して、『考えるしかない』ことも大好きなの。この目玉の魅《み》せた最高の色が一番だけど、その次に興味があるのはやっぱり超能力だよね」

自己紹介でもするように巣鴨《すがも》がナメクジに語りかける。その間にも、事態は動き続ける。

「ぐぬぬぬぬぬ、ぬ、ぬ、ぬ」

カワセミの唸《うな》り声が次第に真剣味を増していく。極度の恐怖からナメクジは胃から迫《せ》り上がるものを抑えきれず、その場にすべて吐き出す。吐き出したものの上を這《は》いずってでも逃れようと手足を暴れさせる。そんなナメクジの耳に巣鴨の暢気《のんき》な手拍子が届き、脳が焼けつく。

そして。

「かぁっー!」

インチキ霊媒師《れいばいし》の如《ごと》きかけ声と共に、カワセミの能力が解放されて。

音もなく。

「あ、あ、あ」

痛みもなく、感触もなく。ただふわりと、するりと。

ナメクジから、右腕の感覚が消え失《う》せる。正確には、二の腕より先が感じられなくなる。

「おぉおー、マジすっげー。マジカルすっげーの略でもいいぐらいすっごい」

「あぁぁぁあぁあぁぁあ」

対立する二つの感情が交錯《こうさく》する。巣鴨が目を見張って拍手する中、ナメクジは這い蹲《つくば》りながら、身に降りかかった現実に泣き噎《む》せる。自分の腕を見ることは叶《かな》わず、けれど。

空気に触れたことで猛烈《もうれつ》な痛みを発する右腕が、すべてを泣きながら物語る。

「っは、ぁ、できた、いや、でも、拍手ありがとう。そのために、生きてるんだよねぇ」

カワセミの息が弾《はず》み、肩の上下も激しい。そしてそのカワセミの拘束《こうそく》は、腕が離れたことで意味を失っていた。その一瞬《いっしゅん》の隙《すき》を感じ取った身体《からだ》が勝手に転げ回り、カワセミから逃れる。べちゃちゃとペンキの飛び散るような音がした。そして片腕で床を押して立ち上がり、中腰で一目散《いちもくさん》に部屋の入り口へ駆け出す。そのナメクジの背中になにかが激しくぶつかった。

転倒寸前まで前のめりとなって、左手の爪《つめ》を壁《かべ》に引っかけてそれを回避する。代償として中指の爪が捲《めく》れ上がり、ピンク色の肉を露出《ろしゅつ》させた。血がぶわりと滲《にじ》み、肉に染《し》みる。

振り返ると転がっていたのはナメクジの右腕だった。巣鴨が拾って投げつけたらしく不格好な投擲《とうてき》ポーズのまま固まっている。背骨が折れたような激痛と同時に、自分の右腕を道具以下として扱う少女への怒りが脳を焼く。思わず引き返しそうになる足はしかし、少女の隣に立つ少年の赤い目に気圧《けお》され、後退を選ぶ。ナメクジは右腕をその場に残して、全力で逃げ去る。

「あ、逃げられちゃうね」

「いやまさかできるとは思わなくて、つい驚《おどろ》いて……」

カワセミたちはその場で話し込んでいるようで慌《あわ》てて追ってくる気配がない。ナメクジは階段を駆け下り、踊り場の付近まで来て泣き喚《わめ》く。走りながら口もとを押さえることはできなかった。身体のバランスが取れなくなり、その途中で転ぶ。側頭部を激しく壁にぶつけて、右腕がないから受け身も取れなかった。断面から溢《あふ》れた血がべっとりと、壁に極太の線を描《えが》く。

「あの、あいつ、つ、つ、こ、ろし」

感情の滾《たぎ》りが言語化できる容量を超える。腕よりも脳が痛む。腕の方はもぎ取られたわけではないためか、断面が空気に触れたことによる痛みしかなかった。だがそれだけでも目を剝《む》き、息を荒げるには十分すぎる激痛だった。そこに偏《へん》頭痛より酷《ひど》く脳の奥が疼《うず》き、ナメクジを苛《さいな》む。逃げることも忘れて、ナメクジがぼそぼそと唇《くちびる》を動かす。涎《よだれ》は垂れ流しだった。

カワセミの方は忘れるはずがない。だがもう一人、あの女。

「巣鴨《すがも》、だな。巣鴨、巣鴨、すがも。絶対、忘れない。わ、すれない」

復讐《ふくしゅう》の対象の名前を脳に刻み込む。舌に焼きつける。目の奥に刻印する。

憎悪《ぞうお》に呼応するように右腕の断面から血液が噴き出し、ナメクジの理性を出し尽くす。階段の途中で転がり落ちて、ビルの裏口から飛び出した後もナメクジの口はその名前を繰り返す。

『すがも』と。

赤いナメクジの行路のように血が尾を引き、それもやがて夜に紛《まぎ》れて不確かとなる。

女には生きる目的がなかった。漠然《ばくぜん》と流されて、人を殺してきた。

だがその夜、女には人生の目標が刻まれる。

その決意が脳を歪《ゆが》ませ、ナメクジに生きるための活力を過剰《かじょう》にもたらす。視界は野生動物のように鮮明となり、暗闇《くらやみ》に溶けるようだった景色は立体感を取り戻す。聴覚は自身の悲鳴と呪《じゅ》言《げん》だけを取りこぼしなく拾い続けて、嗅覚《きゅうかく》は血の臭《にお》いで埋め尽くされて尚《なお》、街の排気ガスが充満した臭いを感じ取る。鋭敏となった五感はあり得ないほどの光に包まれて、ナメクジを蝕《むしば》む。

「すがも、すがも、すがも」

そうこれからの人生、すべては、復讐のために。

右目を失ったことによりもたらされた不自然な暗黒は夜をも凌駕《りょうが》し心を浸《ひた》す。そして開くことも辛《つら》い左目は海島《うみしま》の死に顔で埋め尽くされている。海島。だらっだらでぼこっぼこ。顔が梅干しより皺《しわ》だらけで。

死んでいる。

「うみしまぁぁぁあ、なんで死んでるんだよぉぉぉぉぉ」

縋《すが》りついて肩を揺する。できねぇ。右腕動かねえし左手もびくんびくんするだけだった。肩も押せない。左腕を持ち上げて叩《たた》きつける。死んじゃってる海島はがくんがくん揺れて頼りない。なのに目玉が二つある。ちゃんと二つある。羨《うらや》ましくてでも死んでいる。どっちなんだ。

涙がぼたぼたと流れる。血より温かくて肌に痛い。塩気が乾いた肌に染《し》みるから。なんで泣いているのか分からない。右目からもだらだらとこぼれる。右目がないのに泣いている。

俺《おれ》は嫌《いや》だ。海島《うみしま》みたいになりたくない。だから泣いている。海島は嫌だ。海島だけは嫌だ。でも死にたいぐらいなにもない。腕も動かないし目玉もない。立ち上がることもできない。死にたくない。家に帰してくれ。なんで俺を放り出す。助けろ送り届けろ。もうなんにもなかったことにしてくれ。足りない、足りない、足りない。目が足りない。取り返しがつかない。俺は戻れない。海島みたいに死んでいないのに海島と変わらない。俺は生きていない。

「だれに殺されたんだよ、なぁおいぃぃ」

海島に聞く。カワセミか？　巣鴨《すがも》か？　誰《だれ》だよ殺しちゃうのは。海島だぞ。同級生なんだぞ。どうして殺すんだよ。人が死んでいいことあるわけない。海島は不良で他人でこいつのことなんかなにも知らないけど死んだら泣く。泣ける。俺が怖いから。死ぬのが怖いから。

海島の側《そば》にはガラスが散らばっている。割れた鏡のようなガラス片の上に顔が映る。こんなの俺の顔じゃない。右目がなくて縦横に深すぎる傷があって俺じゃない。俺はもっと俺だった。すべてが整ってこその俺であって一つでも欠けてしまったならそこに俺はなくなるはずなんだ。

だから俺はもう俺じゃない。

じゃあこの俺はなんだ？　誰だ？　映っている俺は傷が邪魔《じやま》して目が細い。顔は血に濡《ぬ》れていない箇所《かしよ》がなくて夜なのに一人明るかった。内に流れるはずの血が俺を浸食《しんしよく》する。

目玉の色まで真《ま》っ赤《か》のままだった。偽《いつわ》りの赤。カワセミの赤は本物。世界をすり替える力。すべてを自分のために移動させる力。対するに俺の目。なにもできない赤。紫《むらさき》も青も黄色もどんな色であってもただそれだけ。世界は変わらない。自分の内側しか変わらない。

虹《にじ》のようだ。虹は綺麗《きれい》ででも遠くてなにも変わらない。変えられない。

「なぁお前みたいになりたくないんだよ。どうしたらいい、なぁ」

お前はどちらを選んでそうなった？　戦ったのか、逃げたのか。

戦ったのか？　巣鴨を守ったのか？　お前は格好良く死んだのか？

どっちを選んだらお前みたいにならないんだ。

「……戦うって、誰と？」

カワセミか？　なんで？　なんでって、あいつの所為《せい》でこうなった。あいつが俺を奪《うば》い俺をすり替え、俺は俺じゃなくなった。あの、白髪《しらが》頭の所為で。戦う理由しかないじゃないか。

「だろ？　なぁ海島、だろう？　だから、だから、だから」

だったら、あいつを塗り替えればいい。やり返せばいい、簡単な話だ。あいつだけは許せないならあいつを倒せばいい。できる。俺ならできる。だって俺には本当の力が眠っているはずなんだから。今見つけてやる。俺の目がそれを見抜き、引き出し、塗りたくってやる。

膝《ひざ》を突く。立ち上がる度《たび》、血が流れ落ちる。その流血がかえって、俺を冷静にさせていく。

「あー、あーあー、おほん」

痛みが嘘《うそ》のように引いていく。否《いな》、感じられなくなっていく。給紙の滞《とどこお》ったコピー機が空回りするように、腕が一切動かない代わりに痛みまで切り離されたようだ。幸い、頭も外側は無痛となっているけど、中はまだ動いているようだ。さぁ考えよう、今の俺《おれ》に必要なものを。

「俺には、音楽が足りない、なーいー……じゃぁ、なくて」

自信だな。間違いない、そいつが不足している。サックスも、悪くはないけど。

俺は今までずっと、自分を疑っていた。

口でなんと言っても、大したことのない能力は一生、そのままで終わるのだと思っていた。

だけど今からは違う。たとえそれが事実でも、もうそんなもの信じない。

カワセミ。やつの能力は本物で、俺の力は単なるインチキ。

まったくもってその通り。

だったらそのインチキこそ、俺の力としよう。

どこまでもなにもかも騙《だま》し抜いて、本当にしてしまえ。

手始めに騙す人間は目の前にいる。

そう、俺自身を騙すんだ。

信じ込ませて、そして思い込ませて、騙してみせる。

恐怖に塗りたくられた俺を、もう一度、やつに立ち向かわせる。

覗《のぞ》き込むガラス片の中で俺は震《ふる》えていた。

だけどこの目がある限り、俺は何度だって自分を、変えてしまえる。

信じろ、思い込め。

自分に残された左の目玉を覗き込む。深淵《しんえん》まで、色を伴わぬその最奥《さいおう》まで。
見える見える、俺が、見える。
怯《おび》えるな、怯えるな、怯えるな。
だって、俺は。
「おれはさいきょうだ、おれはさいきょうだ、おれはさいきょうだ………きょうだ、さいきょうだ、さいきょうだ。さいきょうださいきょうだ、
さいきょうさいきょうさいきょうさいきょうさいきょうさいきょうさいきょう
さいきょうださいきょうだ、ほらさいきょうださいきょうだ、

おれは、さいきょうだ」

ほぅら、
ほらほら、見てみ？
な、この目の色。艶《つや》。どう見てもさぁ、これ、
最強になったじゃねぇか。
なぁ、海島《うみしま》。

最強なので立ち上がることができた。膝《ひざ》が震《ふる》えて何度も座り込んでその都度泣き喚《わめ》いてしまうけれど、最強だからやっぱり立ち上がった。腕が痛くて指が痛くてどうしようもないけれど最強だとそれも乗り越えられる。泣き笑いを浮かべて歯が鳴っているけど、それは最強だから。世界に立つ。すべてが暗闇《くらやみ》に落ち込み、濃霧《のうむ》に包まれたように前後が不確かな廊下で、俺《おれ》は笑う。泣いていたはずなのに、いつの間にか俺は笑えるようになってしまった。見たこともない複雑な色合いに染まった眼球が俺を変える。こんなところで死ぬはずがないと、勇気づけてくれる。自分を信じろと教えて、立ち上がらせる。最高だった。最高に、強くなっていた。

終わらない。物語も、俺も終わらない。

否《いな》、ここからやっと、始まりへ走り出す。

空っぽの胃が引き締まり、背筋が引きつる。獣《けもの》の前脚《まえあし》のように鋭く折れ曲がった左腕が武者震いのように小刻みに震えて、残る力を絞り出す。垂れ下がり、爪《つめ》の色まで青白かった右手は血液に塗りたくられて紫《むらさき》となる。紫紺《しこん》の指がなにかを摑《つか》むように、曲がり、開き、そして。

咆哮《ほうこう》は世界の産声《うぶごえ》のようだった。

俺が新たに塗り替える新世界が、血の破水にまみれて天を突く。

絶叫にビルが揺れて、世界が傾く。聞こえただろうか、やつに、カワセミに。

聞き届けたのなら、やつの足も少しの間は止まるはず。だったら、今の内に追いつく。

走り出す。振れるのは左腕だけだ。身体《からだ》が上下に揺れる度《たび》、血飛沫《ちしぶき》が舞い散る。

途中の部屋に寄って何枚もカーテンを引き剝《は》がし、それを重ねるように肩に被《かぶ》せてから階段を下りていく。やつの能力は既《すで》にその『底』を見せている。条件は俺と変わらない。

駆け下りた先、一階のホールにあいつはいた。特徴的な白髪《しらが》頭が揺れる。立ち去ろうとしていたあいつが訝《いぶか》しむように眉間《みけん》に皺《しわ》を寄せ、首を傾《かし》げる。

その顔に精一杯、見栄《みえ》を張って叫んでやった。

「おおおぉおおぉおまままぁおえええぇえだあぁあぁおあぁ！」

余裕をすぐに引っ込めて、やつが身構える。

『なんで来ちゃうかなぁ』と言いたそうな呆《あき》れた顔つきで。

その顔が数十秒後、無惨《むざん》な様になるとも知らないで。

俺を認めて、懐中電灯の光をこちらへ向けてくる。それがこちらへ向ききる直前、数枚重ねたカーテンを頭から被った。更《さら》にマフラーの端を握って、顔面を左腕で隠す。そのまま全力で頭から突っ込み、突貫《とっかん》をはかる。

これまで見てきて分かった、やつの超能力の特徴を纏《まと》める。

一つ、やつの能力は切断の現象を引き起こす。

二つ、その対象はやつが見えているものでなければならない。

三つ、やつは物体をまとめて真っ二つにすることはできない。

常に懐中電灯を持ち歩いて相手に向けているのは二つめの証拠であり、殺し屋たちの巻いていたマフラーは三つめを証明する。首とマフラーを同時に切ることはできないし、その順番を入れ替えることも不可能だ。マフラーをやって、次に首。こいつを覆《くつがえ》すことはできない。

切断については言わずもがな、俺《おれ》の右目を奪《うば》い取っている。大事なのは本質で、細事については煮詰《につ》める必要がない。

だからこうして頭を覆《おお》い隠せば直接、急所を狙《ねら》うことはできなくなる。

まるで弾丸が掠《かす》めるようにカーテンが次々に破れ、その表面積を失っていく。カワセミに辿《たど》り着く遥《はる》か手前でカーテンの一枚目は原形を留《とど》めなくなり、放り捨てる。二枚目も真ん中から引き裂《さ》かれたように飛び、俺は次々に盾《たて》を失う。最後の一枚がなくなる瞬間《しゅんかん》を見越して腕で顔を覆い、マフラーで首を守り、やつの首根っこへ手が伸びるところまで駆け抜ける。

最後のカーテンを吹っ飛ばした直後、カワセミの赤眼が俺の腕を射抜く。その度《たび》、肉はこそげ取られるように吹っ飛び、俺の喉《のど》が悲鳴を上げる。だけどそれはロケットの切り離しのようなものでなんにも問題がなくて、身軽になるだけだ。急げるようになるだけだ、お前のもとへ。さぁさっさと行ってやるから、震《ふる》えろ。手首の側《そば》の肉が吹っ飛んだ。やはりあいつの能力は移動させられる量か範囲に限りがある。

そんな程度の能力で最強を名乗るなんて、井の中の蛙《かわず》もいいところだ。

「おぅぅうぅれがいまぁがらぁぁぁあおじえてやるぅぅうくぐぅぅ！」

喉が粘《ねば》つき格好良いことが言いづらい。でも言い切って、カワセミへ、カワセミへ！

手を伸ばす、足を前へ出す。勇気などなくて、ただ貪欲《どんよく》に、生きることを願って。

肉片が吹っ飛び、顔面にぶち当たる。左目の側に被弾し、目の前が赤色に染まる。思わず腕が顔から離れてそれを拭《ぬぐ》おうとして壁《かべ》が取り払われてしまう。しまった、と思った瞬間、目前のカワセミと目が合った。溜息《ためいき》混じりのような余裕溢《あふ》れる態度で、あいつの目が、俺を、捉《とら》える直前に右を向いた。

……はぁ？

カワセミは、首ごと右に大きく顔を向けて、目を見開いていた。

信じられないほど隙《すき》だらけに、堂々と、顔を逸《そ》らしている。

思わず釣《つ》られて、俺もそちらを向いてしまう。

その先には見たこともない女がいて、ホールの陰から顔を覗《のぞ》かせていた。鼻血で放射状に汚れた顔面はひしゃげて、こちらを息絶え絶えに眺《なが》めている。押さえた脇腹《わきばら》が派手に血に染まっていた。カワセミに対して引きつった笑みを浮かべていたがすぐに崩れ落ちて動かなくなった。

なんだあのだっさい倒れ方。

カワセミの顔が驚愕《きょうがく》に彩《いろど》られて、やっとそこで初めて、超然とした雰囲気に陰りが生じる。

あんな女はどうでもいい！　知らん！　大事なのは隙だらけのカワセミをぉぉぉ、殴《なぐ》ること！　遠心力に頼りきった左腕をぶん回して喉を殴り飛ばす！　カワセミが派手に頭を後退させてぶっ倒れる！　顎《あご》を踏み潰《つぶ》した後、カワセミの腹に馬乗りになって、また殴る！

目さえ！　潰《つぶ》せば！　目さえ、潰せば！

殴《なぐ》る。俺《おれ》の拳《こぶし》は鉄だ、黄金だ、塊《かたまり》だ。信じろ、思い込め、さすれば与えられん。もうこの目でカワセミは騙《だま》せない。だけど俺は騙せる、信じられる。騙せ、騙せ騙せ騙せ騙せ騙せ！　思い込むことが力になる、目の色を変えろ、自分自身を上書きしろ！

塗り替える。意識を塗り替える。信じた俺になる。振り返れ、裏返れ！

俺の目よ、俺を見ろ！　深淵《しんえん》を覗《のぞ》き、塗り潰せ！　俺を塗り替えてしまえ！

カワセミの頭部を殴る度《たび》、指が吹っ飛ぶ。一本、二本とあいつの目が俺から指を切り離す。殴る指がなくなっても殴る手は残っている。指の断面でえぐる。カワセミをえぐる。断面パンチだ。絵の具を塗りたくるように赤くなる。そして血の目潰しがどんどんと積み重なる。

拭《ぬぐ》いきれなくなったおびただしい血がカワセミの超能力を遮《さえぎ》る壁《かべ》となる。

さすが俺！　あったまいい！　どいつもこいつもバカばかりで嫌《いや》になる！　バーカ！

やつの能力が止まった！　指が吹っ飛ばない！　指がもうない！　頭突き！　頭突き、頭突き！　悲鳴が上がる。俺の悲鳴だった。カワセミが俺の耳を吹っ飛ばした。なんで？　お前見えないだろ！　俺のこと見えてないだろ、おかしいじゃないか！　ズルイ！　インチキだ、お前はやっぱりインチキ！　テレビで散々言われていたじゃないか、ただのインチキ少年だって！

だがなぁ、騙し合いで俺に勝てると思うなよ！　耳がどうした、痛くねぇ！　痛くないって俺が言ってるんだ、俺が信じてあげなくてどうするんだよ！　お前は騙されなくても、俺は信じることができる！　頭を叩《たた》きつける！　つける、つける！　なにが飛んでも、叩く！

　俺とカワセミの目が合う。頭突きで血飛沫《ちしぶき》が飛んで共有し、お互いの剥《む》き出した目が相手を穿《うが》つ。どちらの目も赤眼に染め上がり、持ち得る力を眼球に注ぎ込む。頭突きも中断し、ただ、目線を交わす。噛《か》みしめすぎて折れた奥歯が舌の上をコロコロと転がり、腐《くさ》った味がした。

　カワセミの赤い目。暴虐《ぼうぎゃく》の能力。だけどそれさえも、塗り替えよう。

　俺の本当の目で。流血の中で垣間《かいま》見た記憶に残る、本当の目の色で。

　俺とお前は違う。お前の赤は、俺が根こそぎ塗り替える。

　だからこそ、トドメの、
　頭突き！

　互いの脳を擦《こす》り合わせる。衝撃《しょうげき》で、思想で、そして視線に滾《たぎ》るもので。

　頭を下げるわけだし、俺の中にもっとも注がれているものは当然、懇願《こんがん》。

　頼むから、負けてくれ。

「……あ」

　カワセミの目がぐるんと裏返って、白目を剥く。

　白旗を、目が揚《あ》げた。

　世界を勝手気ままに踏みにじる、赤い目がひっくり返る。

　カワセミの動きが完全に止まり、気持ち悪いくらい息が乱れているのは、俺だけだ。

犬みたいに呼吸が止まらないけど俺《おれ》。俺、うるさい。うるさい俺が、いて。

カワセミは、うるさくない。

……勝った。

勝ったんだろ、これって。

「ぼぁがびろ！」

ほら見ろ！　最強だかなんだか知らねぇが！　勝てるんだよ、こうすりゃぁ！

お前が今まで勝ってきたやつは、死なないことを前提にしていたから負けたんだよ。自分が死なないようになぁ、保身ばっかだから殺されるんだよ。ぬるいぬるい。俺みたいに後先考えなかったらなぁ、お前ぐらい簡単に、ぶちのめせるわけ。分かる？　捨て身作戦だよ、なぁ。

まぁ俺、死ぬ気なんかぜんっぜん、ねーけど。

「勝った、ぞ。勝ったぞ、ふぃ、ひぉひ、ひひ、っひひひっ、ひ、ひゃ」

勝者は黙って格好良く去るんだ。それが最高に決まってる。決まってる。

帰ろう。シャワー浴びたい。

歩く。床は長く、輪郭《りんかく》がぐんにゃりして、腐《くさ》った食パンの中を進んでいるみたいだ。じゃあ俺は虫か？　パン食い虫？　違う、俺はトカゲだぞ。トカゲの王様だ。

だからこんなところで死ぬはずないんだよ。ほら、俺はこうやって生きてるだろ？

柱に爪《つめ》をかけて前へ進もうとしたけど指がないから、ぶじゃぁと断面が染《し》みるだけだった。

絵を描《か》く筆か、ソースを塗る刷毛《はけ》みたいに血に染まる。骨もコリコリした。痛みを感じる機能が壊れているみたいで、なんにも痛くない。さっきまで痛かった顔や腕も、ぜんぜん。

「あれ、

今の俺、最強

じゃね？」

ぐらぐらする。奥歯と声がぐらぐらで三段重ね。いっぱい俺がいるみたいだ。

無限の海を掻《か》き分けるように、世界を掻く。前へ進む。だけどどこまで進んでも、終わりがなくて。自分が動いているかも曖昧《あいまい》になって、赤色の涙は頬《ほお》を濡《ぬ》らし続ける。

死ぬほど寒い。

死ぬほど眠い。

死ぬほど、痛い。

血が足りなくてどこもかしこも痺《しび》れている。

どうなってんだよ。

俺は勝ったんだ、

勝ったんだぞ、

勝ったんだよ！

振り返ってみろよ、ほら！　あいつが倒れてる！　俺が倒したんだよ！

もう敵なんかどこにもいない！　俺《おれ》が、俺だけが勝ったんだ！
だから！　だからだから、だから！
海島《うみしま》が死んでも！　知らない女が死んでも！
俺だけは、絶対に！

死にたくねぇ！

「じにだぐねぇよぉ！」

ひょうし

『とかげのおうさま』

『神様ならきっと、この子の目を治してくれる』

母親がそう言い出したとき、俺《おれ》はまだランドセルを背負っていた。

目の色を変えるだけの些細《ささい》な能力を人に自慢しなくなってから、二年が経《た》っていた。最初は母親の方だけが、どんな経路か知らないけど救済に『感染』した。父親の方は懐疑的で、口を開く度《たび》に神様と教団の話を持ち出そうとする母親を疎《うと》ましがってさえいた。

俺は、そんな母親が怖かった。喋《しゃべ》り方が変わったことが、一番印象に残っている。父親や他《ほか》の人に対して一方的に喋り続けるようになって、その熱の入り方が異様になっていた。その癖《くせ》、俺に対しては口数が減ってしまい、家の中では神様に祈る時間の方が長くなっていた。

半年後には、その母親の隣に父親が加わるようになった。お布施《ふせ》だって欠かさなくなったし、地位もメキメキ上り詰めていった。働いている会社の方では出世の見込みもないのに。

僅《わず》か一年の間に、五十川《いかがわ》の家は塗り替えられた。

人の感じる世界というのは、すべて自分以外で構成されている。

俺の意志など無関係に、世界は、塗り替えられていった。

年が明けて、一度だけ無理矢理、教団の集会に連れていかれたことがある。神様が説教（単なる新年の挨拶《あいさつ》する際に、我が子を立ち会わせたいと強く願ったらしい。神様はその日、奇跡を起こすと前もって公表していたらしく、両親の熱意は普段の三割増しで異常だった。

そうして痛いほど手を引かれて、肌が削《そ》げるように痛い寒気の中を連れられて。

そこで俺は知ることになる。

この世界の大人《おとな》は、みんな、奇跡に飢《う》えているのだと。

大げさな装飾の目立つ集会所。その壇上《だんじょう》に立って幾千、幾万もの大人にかしずかれているそいつは、まだ中学生ぐらいの少女だった。

俺からすれば年上だけど、それも二つか、三つぐらいだ。そいつは独特の、大人びていると も異なる別世界の微笑《ほほえ》みを浮かべて、両腕を羽のように広げている。そしてその背中からは実際に、神々《こうごう》しい輝きを放つ翼《つばさ》が生えていた。小柄な体躯《たいく》の少女を包み込むような大きい翼は、むしろ少女自身よりも崇拝の視線を注がれている。俺の目も、そちらに惹《ひ》かれていた。

少女はなにごとかを宣言し、大仰《おおぎょう》に手を振り、その言葉通りの奇跡を壇上で起こした。

翼を羽ばたかせての空中浮遊は当たり前、放たれた弾丸を止めるわ、瞬間《しゅんかん》移動を披露《ひろう》するわとやりたい放題だった。少女はそれの締めに必ず、光の翼を広げて粒子を舞い散らせる。

大げさな超常現象を実演する度、大人たちは沸《わ》き、狂喜する。

俺も確かに、デパートで時折開かれるような手品ショーよりは興奮した。

その『特別な世界』に目を奪《うば》われそうになった。

だけど。

そんな奇跡の数々に踊らされる大人《おとな》たちと、両親の姿に抱《いだ》いた嫌悪《けんお》感《かん》は、それを凌駕《りょうが》した。

だって少女が見せた奇跡は、人を救済することとなんにも関係ないじゃないか。

やつは詐欺師《さぎし》だ。奇跡で人を酔わせて、ごまかしている。

それに気づいているのは、この講堂に集《つど》った連中の中で、俺《おれ》だけだった。

神様に怒りを訴えて、見上げ続けるのはたった一人。

握っていた親の手もとうに離れて、遠く、孤独。

眼前の奇跡に震《ふる》える拳《こぶし》を握りしめ。

怒りに染まろうとする眼球を押さえつけて。

俺はこの女を許さないと、何度も、何度も誓った。


「死ななくてよかったね」

目を覚ました途端《とたん》、そんな声をかけられた。途中まで開いた瞼《まぶた》はすぐに閉ざされ、意識は再び深い場所へと沈んでいく。顔が熱かった。なんでだろうと、不思議なまま眠った。

「死ななくてよかったね」

　更《さら》に数日後、ようやくはっきりと意識が戻って、その声の主と対面する。

　そいつはベッドの脇《わき》に腰かけて、俺の顔を覗《のぞ》き込んでいた。

「巣鴨《すがも》」

「カモカモ」

　意味が分からない相づちだった。かもかも、と言いたいのかあだ名なのか。しかも無表情。

　こいつ、飾らない素《す》の顔つきが柔和《にゅうわ》で人当たりの良い印象を与えるだけで、実際は表情の変化が乏しいからな。担任はこんな優《やさ》しそうな子がどうして不良にと首を傾《かし》げていたが、腹に一物ありそうな女であるこいつが不良扱いなのは、俺にとって至極《しごく》当然だった。

　しかしそんな謎《なぞ》を含んだ見舞客も吹っ飛ぶ衝撃《しょうげき》が、何気なく見下ろした先にあった。

「……お？　おおお？　おおおお！　指、あるじゃん！」

　あの白髪《しらが》頭に吹っ飛ばされた中指その他がすべて繋《つな》がっていた。カイジみたいに指の付け根に縫合《ほうごう》の痕《あと》があるものの、すべての指が揃《そろ》っていた。ほとんど動かせないが、力を込めるとぴくり、ぴくりと反応する。堪《たま》らない。でも力を入れすぎると傷痕がほどけて取れてしまいそうで怖い。

それと耳も縫合《ほうごう》されていた。吹っ飛んだ腕の肉等は治るのを待つしかなく、包帯ぐるぐる巻きだが。

「急いで回収してくっつけて貰《もら》ったの」

巣鴨《すがも》の口ぶりだと、折れたプラモのパーツを接着剤でくっつけた程度の扱いに聞こえる。ひょっとするとこういった医療関係者にも超能力者がいて、そいつのお陰で元通りとなっているのかも知れない。

そしてどんな事情や奇跡が介入しているにせよ、くっつけることができたのなら文句などあるはずがない。巣鴨が女神に見えてくる。後で治療費さえ請求されなければ。

そういえば気絶する寸前、白衣を着た集団に荷物の如《ごと》く扱われて運ばれた記憶があるな。

だからきっと、ここは。

「ここは……あー、病院だな」

質問しかけたが、部屋の中を見渡すとすぐに理解できてしまった。誰《だれ》が置いたか知らないが花瓶《かびん》には花が活《い》けてあるし、周囲のやつらは不健康そうだし、静かで辛気《しんき》くさい。

壁《かべ》の薄いレモンクリーム色は、公共施設のトイレの壁みたいで眺《なが》めていると良い気分にはなれない。右を向くと八インチ程度のテレビがあって、消音で笑っていいともが流れていた。

それと巣鴨が側《そば》にいる。それと、もう一人。それとが続いてしまったけど、そんなことより。

「……そちらのおねえさまはどちら様でしょうか」

巣鴨の隣に立っているのは、桜色の着物を着た女の子だった。歳《とし》は俺《おれ》たちより二つ、三つ上だろうか。着物に似つかわしくない赤いヘッドホンを装着して、音楽に執心なのか目を瞑《つぶ》っている。その手には巨大なラジカセがあって、ヘッドホンの線もそこに繋《つな》がっている。なにこの人。クールだ。なぜかは分からないが、クール以外の賛辞を連想することもできない。漫画の登場人物にいても不思議じゃない、奇天烈《きてれつ》な出《い》で立ちだ。なんというか、格好良い！悔《くや》しいぐらい中学生の琴線《きんせん》に触れてくる自己主張だった。

おかっぱより少し伸びている髪がまたそれに似合い、同時に年上の雰囲気を感じさせる。

……はて、ずっと昔に見た覚えがあるような。

そしてそのときと、ほとんど見た目が変わっていない気もするのはどういうわけだろう。

「お前、お姉さんとかいた？」

「ううん、私の護衛さん。外は物騒だから」

巣鴨が紹介しても、護衛さんは置物のように微動だにしない。目も開かない。同室の患者が俺たちに対して引いて、同時に関心を寄せる理由はこの人が大半を占めている。目を惹《ひ》くのは格好だけにあらず、容姿もまた常人とは一線を画している。なんだこの羨《うらや》ましい護衛は。くれ。

冗談抜きに、外を一人で歩くにも危険が伴う立場になってしまったし。

「これでも結構、色んな人の恨《うら》みを買っているみたい」

「へぇ、さすが不良娘だな。でも護衛って……」

このおねえさん、そんな逞《たくま》しそうに見えないが。袖《そで》から覗《のぞ》く手首は細く、飴《あめ》細工みだいだ。寡黙《かもく》さも演出を手伝って一般人じゃないですよオーラは凄《すさ》まじいものの、俺《おれ》でも体調が万全なら取っ組み合いでねじ伏せることができそうだ。

……秘めたる超能力の一つや二つがなければ、ね。こんな身近にまた一人も、あり得なくない。だとするならその正体に言及することはできない。絶対に、関《かか》わりたくない。あんな痛いのはもう嫌《いや》だ。思い返そうとするだけで身体《からだ》が震《ふる》えだした。

「つーか、護衛って……なんだ、凄《すご》いな」

他《ほか》に適切な言い回しが思いつかないけど、震えをごまかすために会話を続けた。

「お金持ちだから」

「あ、そ……」

口癖《くちぐせ》が飛び出した。確か、小学生のときから言っていたな。あのときは嫌みなやつ、とか内心で感じている部分もあったけど、今だとなんでか少し、微笑《ほほえ》ましい。

「名前は白《シロ》ヤギさん」

護衛のおねえさんがそこでようやく、小さく会釈《えしゃく》してきた。目は瞑《つぶ》ったままだけど。

白ヤギ？　郵便配達の方が向いて……ないか。手紙を食べちゃうのは黒と白、どっちのヤギだったかな。それと動物の名前には嫌な予感が伴ってしまう。カワセミとかアメンボを思い出してしまうのだ。ますます疑いは強まるけど、お知り合いですか？　と尋《たず》ねる勇気はない。

若干《じゃっかん》無理して少しだけ身体を起こし、頭を大きく下げる。それでやっと、挨拶《あいさつ》が終わった。

後は、白ヤギさんの方は極力視界に収めないようにしよう。そうすれば、残るのは巣鴨《すがも》だ。

話がすべて正しければ命の恩人であり見舞客でもあるから、無下《むげ》に扱うことはできなくて。

なんでこいつらが病室にいるんだろうと不審に思う点は多々ありながら。

それよりも、ずっと優先するものがあった。

全身が、待ちかねたように歓喜に震える。さっきの震えとはまるで別物だった。

「生きてる」

「だね」

「生きて、るんだぁ」

「感動した？」

「いや、話すとそれが薄れるから……ちょっとの間だけ、浸《ひた》らせて」

言うと巣鴨は素直に口を閉じてテレビに目をやる。俺は礼を短く口にして、震え続ける。

割れない窓ガラス、不健康に、暢気《のんき》に日々を生きる人たち。賑《にぎ》やかなテレビ画面と、鼻のひりつく鋭い日差し。あの夜の濃密な空気は霧散《むさん》し、あるのは少し固いベッドの感触だけ。

鼻を何度吸っても血の臭《にお》いは噎《む》せ返らない。平和の中に俺が溶け込んでいた。

生きている。気を抜くと鼻水が垂れて、頬《ほお》が緩《ゆる》み、涙が溢《あふ》れそうになる。

しかし、自分の状態を確かめると鼻水の方は引っ込んだ。貫《つらぬ》かれた右腕は仰々《ぎょうぎょう》しいほどに包帯を巻かれて固定されて、左手も中心に空《あ》いた穴は痛々しく縫《ぬ》われている。鏡に映る傷ついた顔面もフランケンシュタインばりに縫い痕《あと》が多く、傷ついていない部分は右目と頭部を覆《おお》うように包帯が巻かれている所為《せい》でB級映画のごった煮《に》みたいだ。

それでも、生きているという事実だけで俺《おれ》は後ろ向きな思考をなにもかも、捨てられる。

『なんで俺が』と、あの夜にずっとつきまとっていた呪縛《じゅばく》が、解かれていく。

「……よしっ、もういいぞ」

声が上擦《うわず》ってしまう。巣鴨《すがも》が振り向いて、淡々と指摘してくる。

「泣きそうなの？」

「そんなわけ、あるか」

「死にたくないって泣き喚《わめ》いていたから助けたんだけど。迷惑だった？」

あれを聞かれていたのか。バツが悪くなって後頭部を掻《か》きながら、無愛想に尋《たず》ね返す。

「……だと思うか？」

「さぁ」

考えるということに対し、まったく興味を持たない女が緩《ゆる》やかに首を振る。

巣鴨らしいと言うべきか。あれだけの大事件に巻き込まれて平然としている点も含めて。

……ん？　先にビルから出て行ったはずの巣鴨が、どうしてその叫び声を聞いたんだ？　俺は確かに泣き喚いていたが、実際のところ、そんなに声は出せていなかったはずだ。あれだけ満身創痍《そうい》の人間から、そんな大声が出るはずもない。となれば巣鴨はあのときまだ、ビルにいたということになる。先に行くと嘘《うそ》をついて、ビルでなにをしていたんだ？

怪しすぎるよなぁこいつ。パッと思いつくだけで他《ほか》に三、四点は疑わしい部分がある。あのときは激痛に耐えることと生き長らえることが優先されていて、頭は働かなかったけど。

「石竜子《とかげ》くん、どしたの？」

口を噤《つぐ》んでいる俺に、巣鴨が首を傾《かし》げる。その疑問を避けるために、適当に尋ねた。

「あー、今日って何日？　蟬《せみ》がうるせぇなぁと思って」

「八月四日」

「……そんなに寝てたのか」

二週間弱は経《た》っている。足もめっきりと細くなっていることだろう。布団《ふとん》を除《の》けてみると、くたっとした長ネギのような弱々しい両足が伸びていた。動かそうとしても、思い通りにいかない。以前の俺を取り戻すのにどこもかしこも、相応の時間が必要になりそうだった。

「何回か目覚めたけど、すぐに寝ちゃったよ」

「ふぅん……って、それを知ってるってことはお前、毎日来てたのか？」

「うん」

巣鴨が横の髪を掻き上げる。毎日、見舞いに来てくれていた。いや巣鴨ってそこまでいいやつだったか？　確かに俺《おれ》のことが好きとか言っていたけど、あれは、なんだったのだろう。

あの後、照れ臭《くさ》くて巣鴨《すがも》を避けていたらうやむやになって終わってしまった。

……でも、こうして巣鴨が見舞いにやってきて、俺の前にいるとふと思う。

あれはまだ、終わっていない物語なんじゃないかって。


「なにか用でもあった？」


話しながら、ふと海島《うみしま》の死に様を思い出して、涙と吐き気を催《もよお》した。

でも、その程度でもあった。海島が死んだから、俺のなにかが変わるわけでもない。

あのときは怒りと恐怖の混濁《こんだく》で、信じられないほど感傷的になっていたけど、一過性のものに過ぎない。嵐《あらし》が過ぎ去れば、なにもかも根こそぎ、奪《うば》われてしまう。

そして残るのは、その死に対する疑問。なぜ海島は、あのビルの中で死んでいた？

外傷はあったから、殺されたのだと思う。殺し屋に？　それとも、巣鴨に？

こいつが海島の死と無関係であるとは思えない。

「んーん。暇《ひま》だったから。出かける相手もいないし」

「……相変わらず、友達いないのか」

「いるからここに来たの」

巣鴨の指先が、俺の鼻の上に触れてくる。冷たくて、思わず腰を浮かしかけた。

「顔の傷はどっちも残るって」

「マジか。せっかくの男前が」

動揺を悟られないよう、とぼけた態度を装《よそお》う。

「傷のある方が男前っぽいよ。ベルセルクのガッツみたいで」

「マジか」

例えの所為《せい》か悪い気はしなかった。顔に触れてみると、包帯の巻かれていない箇所《かしょ》の方がすくない。……あれ、包帯でぐるぐる巻きなのに格好いいなんて分かるものかな。それにガッツはそこまで顔が傷だらけだったかな？　護衛さんも微《かす》かに口もとを緩《ゆる》めているし、なんだか自信がなくなってきた。でもいいや、ガッツで。格好良いし。

傷に触れてでこぼこしていることに苦笑し、その後、包帯の奥にあるべきものがないことに気づく。右目がない。ぺっこぺこしている。空気の抜け始めた風船のようだった。

「おい、目がねぇぞ」

巣鴨に苦情をぶつけると、淡々と言い返される。

「初めからなかったよ」

「……くそっ。やっぱり、盗《と》られたままか」

勝負に勝ったのに返さないとか、なんて卑怯《ひきょう》なんだ。あの白髪《しらが》頭め。

いやそんな約束事は何一つなかったけど。でも返すだろう、話の流れとして。やつが気絶した後に奪い返しておけばよかったと考えたけど、あのときの俺は指がないからそれも無理だったのだ。想像するだけでゾッとする。また指を確認する。ある、ちゃんとある。

しかし、あいつはなんで俺《おれ》の右目を奪《うば》ったんだ？　やつ自身、言及していたじゃないか。俺の目玉は色を変えることしかできないと。それだけの力しかない目に、価値を感じるやつなどいるのだろうか。目玉愛好家というやつは漫画の中で見たことがあるけど、現実にいるのかな。

それと冷や汗ものの可能性だけど、あれだけ激しく取っ組み合いしていたらその間に、目玉が潰《つぶ》れてしまっていたかも知れない。下敷きになってぎゅちゅっと。うぇ。

……待てよ、そういえばあの白髪《しらが》頭がお礼参りに来たらどうしよう。

今まで病室には来ていないようだし、大丈夫かな。喧嘩《けんか》両成敗と祈りたいところだ。もし来たのなら聞いてみたいことはあるが、マトモに会話できるか疑わしい。逃げ惑いそう。

「鬼太郎《きたろう》みたいで格好良いよ」

「ほう、ガッツ鬼太郎となったのか」

「がっつき太郎？」

「アクセントの位置が違う」

日本昔話みたいになってしまっている。まぁ、そんなことはいいとして。

確かカワセミ、だったな。……羨《うらや》ましいなぁ、あいつの能力。

俺とは雲泥《うんでい》の差だ。それとやり合って撃退できたのに、自信が今一つ湧《わ》いてこない。

それはきっと、自分が『特別』じゃないと知ってしまったから。

常識から一歩はみ出た人間は、俺だけじゃなかった。

この世界には、超能力者がいる。

ＰＳＩだ、テレパシーだ、ＰＫライオンだ。

日常の裏面に隠れたその事実を知りさえすれば、あのシラサギという女が集会で見せた奇跡の種にも見当が付く。

あれは俺や、カワセミという白髪頭のように超能力を駆使していたに過ぎない。

なにも特別なことではないのだ、俺たちからすれば。

「面白くねぇよなぁ、憧《あこが》れていたのに」

超常現象が飛び交う、異能力者の世界。

そこでは胸を熱くするようなドラマが待ち受けていると思ったのに、現実では顔面にあしゅら男爵《だんしやく》みたいに縦線が入るだけだった。演出を狙《ねら》っているかのように多弁なカワセミを除いて、殺し屋はどいつもこいつも寡黙《かもく》に殺そうと試みて、待ったもない。黙々と手だけを動かす真面目《まじめ》な姿勢。彼らは真摯《しんし》に、仕事に取り組んでいるだけなのだ。そう、あの夜もきっと、単なる仕事だった。

人殺しの世界にお話はなかった。殺すやつと殺されるやつが、目の色を変えて目的を果たそうと、どっちも鬼気迫る生き様を披露《ひろう》するだけだ。仕事のしの字も知らない中学生はそこに幻滅《げんめつ》し、圧倒されて、無様な姿を存分に晒《さら》しながら現実を知ってしまった。自分が普段、学生といういかに恵まれた環境にいることを。幻想《げんそう》の在処《ありか》こそ現実であると。

……だけど。

それでも、俺《おれ》は願う。

この慎《つつ》ましい世界を、塗り替えたいと。

そしてその資格が俺に『は』あるのでなく、俺に『も』あるのだと、信じる。

できるか不安だったが、身体《からだ》を起こす。苦戦していると巣鴨《すがも》が手を貸してくれた。背中に手を回して支えてくれる。ぐむ、と喉《のど》が鳴る。巣鴨から顔を背《そむ》けて、拒否した。

「止《や》めてくれ、好きになるから」

「惚《ほ》れっぽいの？」

「男子中学生はみんな、こんなものだ」

それにお前が相手だから、とは言えなかった。キスの記憶は、唇《くちびる》のように掠《かす》れはしない。

巣鴨がすぐに手を離してくれたので、ホッとする。やはりこいつは苦手だ。

それにこれから、至極真面目《しごくまじめ》な話を持ちかけるのだから浮《うわ》ついた空気は不要である。

「女子中学生も似たようなものだよ。私、石竜子《とかげ》くんのこと好きだし」

「……ぐむ」

喉が詰まる。でも素直に喜べない。だって巣鴨の好意はなんか、胡散臭《うさんくさ》いのだ。

「そういえば、顔がのっぺりした子が何回かお見舞いに来てたよ」

「のっぺり……成実《なるみ》が？」

「名前知らない」

巣鴨が首を横に振る。俺の知り合いで平坦《へいたん》な顔の女はあいつしかいない。

あいつが見舞いに来るとは。なんだあいつ俺に首ったけ（死語）だったのかー。

「巣鴨さんはオッカネモツィーなんだよね、って一階の食堂まで無理矢理引っ張っていかれて毎回食事をたかってきた」

「ごめんね、アホがホントごめんね」

やつの友人を代表して謝っておいた。だけど巣鴨はまた緩《ゆる》く、首を横に振る。

「ううん、楽しかったからいいよ。石竜子くんの話も色々聞けたし」

「俺の？」

成実が話せるようなことなどあっただろうか。能力について？　いや、それはないだろう。俺の能力は他人には口外しないと約束してある。守るか確証はないけど、信じてもいい。

しかしそうなるとやはり、なんの話をしたか気にはなる。でも聞くのもどこか怖い。些細《ささい》であろうと物事に首を突っ込むとろくでもないことが待ち受けているんじゃないかと、怯《おび》える自分がいる。好奇心は切れた腱《けん》のように張りを失い、世界から光を奪《うば》う。

周囲は薄暗く、俺の見渡せる場所は明らかに減っていた。そう、それも意図的に。怯えて縮こまって、俯《うつむ》いてしまっている。

「巣鴨涼《すがもりよう》」

「あ、名前覚えてくれてたんだ」

巣鴨が無垢《むく》に頬《ほお》をほころばせる。その無邪気《むじゃき》さに演技はなく、またかわいらしく見えたことに照れて頬を掻《か》いてしまう自分を認めて尚《なお》、俺《おれ》は巣鴨を信用しきれない。

巣鴨には疑わしい点が散見される。どうしてあの晩、あのビルにいたのか。海島《うみしま》と一緒に来たのなら、昼間にも見かけたし納得はできる。けれど、巣鴨は一人だと言った。

巣鴨が嘘《うそ》をついているのなら、海島が殺されたことに関与しているはずだ。嘘をついていないなら最初の疑問である、なぜ、ビルにいたという問題が解決しない。それについて、巣鴨はあの晩もそして今も、一言として語ることはない。言及せず、否定もせず。詐欺師《さぎし》のように。

なにも答えてくれないのなら疑って、推測するしかない。階段の踊り場で見かけた二人組は、巣鴨と、そしてカワセミだったんじゃないだろうか。俺はあれが海島と考えていたが、それはあり得ない。海島の刺し傷からの流血は止まっていた。あんな短時間では血は止まらない。

巣鴨と海島。この二人にはなにか繋《つな》がりがある。俺はそれを確信して、そして海島が死んでいるからこそ巣鴨を疑うしかない。そもそも拳銃《けんじゅう》を携帯していてぶっ放したことだって怪しいし、俺の目玉を奪《うば》うようなやつであるカワセミとどういう知り合いなのかと思う。

だけど。

それだけ追及したいことが山ほどあるのに、俺の口は微塵《みじん》も動かすことができない。

だって、恐ろしいから。

巣鴨がカワセミを呼んだら？　他《ほか》にもあんな知り合いが山ほどいたら？　俺が真実に踏み込もうとした瞬間《しゅんかん》、巣鴨は容赦《ようしゃ》しないことだってあり得る。そう今も見舞いに来ているだけなのに、後ろに護衛役を控えさせている。

白《シロ》ヤギさんは、俺に対する『護衛』なのだ。それだけで俺が黙るしかないと、計算しているのだ。多分。考えすぎ？　疑心暗鬼？　命の恩人に？　どれが嘘で、どれが正しいんだろう。

マインスイーパーのようだった。どこに爆弾が潜んでいるか、見極めないといけない、のに。

そのゲームに手をつけることすら、今の俺は躊躇《ちゅうちょ》してしまう。

「巣鴨はなに？」

催促《さいそく》するように尋《たず》ねてくる巣鴨に、目を逸《そ》らしながら言う
「……お前の目って、爬虫類《はちゅうるい》系なのな」

瞳孔《どうこう》が縦に長いやつ。あの夜、見飽《みあ》きるほど向き合い、怯《おび》え続けた目玉の仲間。

その中でも一際《ひときわ》、その前の瞳《ひとみ》はトカゲに迫っていた。

きろきろと、獲物《えもの》を見つけるように目玉がせわしなく動く。

「そう。鴨なのにね」

「まったくだ」

まばたきを忘れていたのか、涙の一つも自然と流れてしまう。

その涙の色に巣鴨《すがも》が目を丸くして身を引いたのを見計らい、俺《おれ》は身体《からだ》を倒した。目を瞑《つぶ》る。

乾いた目玉に涙が染《し》み込んで、一層、涙腺《るいせん》が緩《ゆる》んだ。

巣鴨が帰った後、布団《ふとん》を頭まで被《かぶ》って身体を胎児《たいじ》のように丸める。シーツを噛《か》み、声を殺しながら泣いた。

涙がどろどろと、目玉を溶かすように流れた。

生きてて、良かった。

などと人生讃歌に酔いしれていたのは三日後までだった。あの日から巣鴨は見舞いに訪れなくて、代わりにその日、やって来たのは黒髪の少年だった。病院着に身を包んでいて、顔面はガーゼと青痣《あおあざ》だらけ。額には大げさなほど包帯が巻かれて、左側の目は覆《おお》い隠されていた。最初、それが誰《だれ》か分からなかった。だけど掠《かす》れた鼻歌交じりにパイプ椅子《いす》を用意して、座り込んだことで目線が水平になった瞬間《しゅんかん》、その相手が誰か悟った。

卒倒した。

「おいおい、人の顔を見ただけで気絶するなよ。傷つくんですけど」

二時間後、そんなにも意識が遠退《とおの》いていたことを知って、恥と恐怖に苛《さいな》まれていた。

少年の正体はカワセミだった。白髪のカツラを外していると印象が変わりすぎて、その上にガーゼと包帯で顔の大部分が包まれているから目を見るまで分からなかった。だけどその目は、たとえ鳶色《とびいろ》の状態であっても忘れようがない。忘れられるはずがない。恐怖は永遠だ。

布団を頭から被っているため、カワセミの顔を窺《うかが》うことはできない。あいつの目に直接、肌を晒《さら》すことはできない。だけどこんな布団、あいつの能力にかかれば一瞬で引き裂《さ》かれてしまうだろう。逃げ場はない。騒ぐだけの気力も底をつき、舌は根っこまで震《ふる》えて機能しない。

「な、なに、なぬ、の用、だよですか」

「そこまで怖がる必要ないだろ。喧嘩《けんか》して勝ったのはきみだぜ」

カワセミの方も顔面が腫《は》れている所為《せい》で喋《しゃべ》りづらいのか、声がくぐもっていた。そしてその言い分に、僅《わず》かな間だけまばたきと震えが止まる。カワセミの滑舌《かつぜつ》の悪い喋りが続く。

「怪我《けが》は慣れっこだけど、負けたのはこれが初めてだ」

負けた。逆にすれば、勝った。俺が、カワセミに？　もそ、と布団と後頭部が擦《こす》れる。

「ま、そもそも負けた時点で死んでいるような仕事だからね。こういうのは本当に珍しい」

「あの、あんまり大声で言うのは……」

別にカワセミが気味悪がられるのは結構だけど、俺《おれ》まで同室の連中に距離を取られると辛《つら》いものがある。カワセミは俺の言い分など無視して、布団《ふとん》の上から肩に手をかけてきた。寒気と目眩《めまい》が同時に起こり、身体《からだ》を捻《ひね》って逃れようとすると、カワセミのついばむような笑い声が頭の上に響いた。

「安心しなよ、力は使えないから。使わない、じゃない」

思わせぶりに言ってから、カワセミが苦笑いをこぼすのが布団の向こうから伝わってきた。

「ちょっと無茶をした影響なのか、一日に四回ぐらいしか力を使えなくなった」

「は？」

「無理をすれば五、六回はいけるんだろうけど四回の方が霊丸《レイガン》みたいで格好いいからね。だから使用回数の制限は四回と決めた。あ、霊丸知ってる？　僕ら世代だと少し古いからさ」

いや、知ってるけど。けど、なんだって？　四回？

「今日はその四回分をここに来る前に使っておいたから。……はぁ、おだてられてあんなことするんじゃなかった。お陰でずっと脳が痛い。なにかが頭の中に居座っている感覚が消えないんだ。びっちりと虫にでも埋め尽くされているみたいで、気味が悪いよ」

俺からすれば虫の大群よりずっと薄気味の悪い殺し屋が、饒舌《じょうぜつ》に事情を暴露《ばくろ》する。

だけど、これは嘘《うそ》だ。そんなことを正直に白状する利点が、カワセミの方にないのだから。

「その無反応から察するに、僕の言葉を疑っている？　嘘をついてるとでも？」

「あ、当たり前、だ」

なんとか返事をすると、カワセミがまた笑う。今度はくっくくっくと、鳥の鳴き声のように。

「なるほどねぇ。きみもやっぱり、そうなるわけだ」

「…………………………」

思わせぶりなことを言うのが好きなやつだ。しかもちゃんと、こちらの気を引く効果がある。

「人を騙《だま》すことで活路を開こうとするやつは、疑うことが一番正しいと信じるようになる」

格言かなにかのようにカワセミが呟《つぶや》く。それを補足するように言葉を続けた。

「マヌケな泥棒と一緒、裏口や目につかないところばかり探すようになって、人の家に入り口から入れることを忘れてしまうんだ。上手《じょうず》な泥棒は、ちゃんと家の玄関も確認するさ」

「……あの、なにが言いたいのか、こう」

さっさと言えこの野郎。ガチガチと鳴り続けている奥歯が、そんなことを言わせるはずない。

「僕はきみたちと違って嘘はつかないよ。つく理由がないんだ」

力があるからね。

カワセミは挑発するようにそう言い放つ。そんな安い台詞《せりふ》では、奮い立つことはできない。

だけどさっきから、きみたちと複数形な点が気になっていた。

それは俺と、他《ほか》に誰《だれ》のことを指している？

決してカワセミを信用したわけではないけど、そこに引かれて、布団《ふとん》を剝《は》ぐ。

どっちにしても、こんな布団にくるまっていても無駄《むだ》だ、だったら。

勇気を、出すしかないじゃないか。

で、その勇気の結果、カワセミが人の冷めきった昼飯に手をつけていた。オイ。

ぱくもぐと元から膨《ふく》れている頰《ほお》を動かしながら、煮魚《にざかな》をついばんでいる。俺《おれ》の視線に気づいたように箸《はし》を捨てて、カワセミが口もとを拭《ぬぐ》う。姿勢を正してから、微笑《ほほえ》みかけてきた。

「毒味だよ」

「病院の食事、なんだけど」

「きみはそれぐらい警戒した方がいいと思う」

「えっと、どういう?」

意味だ? と続けようとする前にカワセミが話題を変えてしまう。

「それにしても、お互いに酷《ひど》い顔だね」

「……ちょっと、待った」

棚《たな》の上に置いた手鏡を取る。鏡の中心に映した左目を覗《のぞ》き込み、色を、深い紫《むらさき》に染める。

怯《おび》えるな、怯えるな、怯えるな。

効果があった、と思い込め。そうすれば引きずり出せる。もう一人の、自分を。

「……………………ん、に、ぁ」

胸を押さえる。目が痛い。涙と共に、なにかが染《し》み出てくる。それが頬を濡《ぬ》らして顔の縁《へり》で水滴となった頃《ころ》、ようやく俺は『切り替わった』。そうして、俺はカワセミに目を向ける。

「あんたもここに入院していたのか」

黙って眺《なが》めていたカワセミは俺の変化を感じ取って、顎《あご》に手をやる。

「ふぅん、声が震《ふる》えなくなっている。今のは自己暗示なのか」

「暗示というか、交代しただけ」

「意味が分からん」

「だろうな。俺も、よー分からん」

だけど漠然《ばくぜん》と、奇妙な感覚としてそれはある。

アメンボに顔を引き裂《さ》かれたとき、俺自身も真っ二つにされたようだった。

一人は中学生でいる自分。そしてもう一人は、痛みから逃れるために他人事を装《よそお》う自分。二人の俺が頭の中にいて、他人事として距離を置いている俺は頑《かたく》なに怯え続けている。つまり、引き籠《こ》もりなのだ。最近はずっとこいつが矢面《やおもて》に立っていて、正直、なにと接しても恐ろしい。

だけど中学生としての俺はちょっと違う。まず、格好つけだ。とにかく体面を気にする。ゲロ吐いて土下座して命乞《ご》いした過去なんか二秒で忘れてしまうほどだ。もっと都合のいい過去にしようと記憶の改ざんすら試みる。引き裂かれる前の俺はいつもこいつが前面に出ていた。

だけどその中学生の俺は今、随分《ずいぶん》と遠いところにわけ隔《へだ》てられてしまった。

無力でなんにもできなかった他人事の俺《おれ》を認めないから、近寄ってこない。

でもこいつが表に出ると、格好つけようと必死になってくれる。恐怖を、なかったことにしようと躍起になる。いわば石竜子《とかげ》の俺と、ストーンドラゴンチルドレン（笑）の俺だ。

SDCとしての俺を引きずり出すには、さっきの手続きが必要だ。俺は今から恥をかく、死ぬより酷《ひど》いことになるぞと訴えると、それに耐えられない中学生の俺が表へやってくる。俺にこれ以上の恥を上塗りさせないために、浮上してくるのだ。そんな理由で恐怖と闘《たたか》える自分を他人事の俺は心底、呆《あき》れ果てると同時に尊敬している。その中途半端《はんぱ》な賞賛に対して、中学生の俺は言うのだ。

単純かも知れないけど中学三年生なんて、こんなもんだと。

漫画が大好きで。

つい格好いい台詞《せりふ》を唐突《とうとつ》に真似《まね》しちゃって。

ライトノベルに痺《しび》れるほど憧《あこが》れて、そんな世界を切望する年頃《としごろ》で。

それを表に出すのが格好悪くて堪《こら》えて、冷めた振りしている年頃だから。

「こんな自意識過剰《かじょう》な性格が奥の手なんて、情けない」

嘆《なげ》いてしまう。だけどこいつに頼らなければ、カワセミの目と向き合うことはできない。

「で、なんの用だ？　言っておくが、顔面のことなら謝らないぞ」

「一転して強気に出てきたね。自分にころりと騙《だま》されるなんて、単純なやつだなぁ」

うるせぇ、悪かったな。そう言い返そうとして、けれどそれより先に出るものがあった。

「いや、やっぱりちょっと謝る。すまん、殴《なぐ》りすぎた」

上の歯が三本折れて、鼻までへし折れて潰《つぶ》れているカワセミの顔を見て、微《かす》かに罪悪感が芽生えた。俺がやったのだ、と今頃になって自覚すると、胃が痛くなって萎縮《いしゅく》してしまう。

喧嘩《けんか》なんかこれが初めてだった。勝ったと認められたことへの嬉《うれ》しさなんか、微塵《みじん》もない。

カワセミが「ああいやいや」と手を横に振る。その後、自嘲《じちょう》をこぼした。

「テレビに出ていた時期だったら大問題だけど、今は顔で食っているわけでもないし」

当時も別に、容姿の方がもて囃《はや》されていたわけじゃないと思うのだが。いや、そういえば超能力少年Aくんは美少年で、主婦層の人気をかっさらっていた覚えがある。現在のカワセミも、潰れてはいるものの基本は整っているらしく、ガーゼの隙間《すきま》から覗《のぞ》ける顔立ちは綺麗《きれい》なものだ。

「いやぁ、それにしても今回は災難だったね」

被害者同士に笑いかけてくるような口ぶりだった。まるで、自分も巻き込まれただけなんだと訴えるように。艶《つや》やかな黒髪が肩を揺する度《たび》、さらさらと流れる、カツラを被《かぶ》っているよりも、地髪の方がずっと目を惹《ひ》く。指摘してやろうかと考えたけど、なんで俺がと思い直した。

「その一端はお前が担《にな》っているんだけどな」

ここ、ここ。右目を包帯越しに強調すると、カワセミが「ははっ」と笑った。いや笑うなよ。

「それはきみにも責任があるねぇ。軽率なことは控えた方がいいよ」

「思い当たるフシがない忠告をどうも。なーんか偉そうだけど、歳《とし》いくつ？」

「僕？　今年で十七になるけど」

俺《おれ》と二つ違いだったのか。同級生と話している錯覚《さっかく》に陥《おちい》っていた。年上なら説教臭《くさ》くても不思議じゃないな。俺だって成実《なるみ》に対してはつい苦言を……って、あいつは同い年なんだが。

「で、まさかこの間のことで世間話するために、ここに来たわけじゃないよな」

こっちから言い出さないと、いつまでも本題に入っていかない気がした。カワセミは、また脱線する話題を口にしようとしていた唇《くちびる》を噤《つぐ》み、目を泳がせる。おい、なんだそれ。

「他《ほか》の理由かぁ、ちょっと待ってね」

「ないのかよ」

「いや、仕事の現場で関《かか》わった人が生き残るのは珍しくてさ、話をしてみたくて」

凄惨《せいさん》なことをさらりと言ってのける。俺の他にも巣鴨《すがも》とかがいるじゃないか。

「…………」

「…………」

話をしたいと言ってきた割にカワセミの無言が続く。しかも、

「なんか話題を振ってくれよ」

気まずい空気の中で無茶振りする女みたいに、カワセミが催促《さいそく》してくる。こいつとこんなに打ち解けていいのかと思う反面、殺されないならもうなんでもいいやと諦《あきら》める気持ちもあった。

「あーじゃあ、さっき言ってたきみたちの、たちって誰《だれ》のことだ？」

それを聞いてくれたか、とばかりにカワセミが目を輝かせる。うわ、こいつの目が躍動的になると自然に身構えた。どこかぷっつりと切れていないか確認してしまう。

カワセミは俺の挙動不審に構わず、質問に答えた。

「僕の雇い主のことさ。シラサギ、って世間には名乗っているね」

「マジで」

入院して以来、何度連呼したか忘れたその反応を繰り返す。その名前をカワセミの口から聞くことになるとは、まぁ少しぐらいは予想していたものの衝撃《しょうげき》を走らせるのに十分だった。

こちらの反応を嬉《うれ》しがるように、カワセミが目もとを緩《ゆる》ませる。

「きみのことを知り合いに調べて貰《もら》ったから、教団が嫌いなことは知っているよ」

その言い方にムッとする箇所《かしょ》があり、訂正を求める。

「嫌いなんてものじゃない、憎くて仕方ないね」

「そいつの仲間だから僕も憎い、と」

「……そんな感じだ」

答えたものの、疑問は募る。憎しみは末端まで行き届き、伝染していくものなのだろうか？

あの女は嫌いだが、関係者の娘である巣鴨まで嫌いというわけではないのだ。誰を敵にして、誰を認めるか。その境界をはっきりさせておく必要があるのかも知れない。

みーんな恨《うら》んでいたら、それだけで疲れてなにもできなくなる。

「おっと、そうだ。質問したいことが他《ほか》にたくさんあるだろうけど、全部には答えないぜ」

ただし、とカワセミが前置きする。腫《は》れあがった顔面に手を添えて、微笑《ほほえ》んだ。

「きみは僕に勝ったからね。だから一つだけ、どんな質問にも答えよう」

カワセミの立てた人差し指に、視線が集《つど》う。

まるで奇術を目の前で見せつけられたように、それに抗《あらが》えなかった。

「……なんでも?」

「うん」

カワセミが子供のように頷《うなず》く。ついでに人のお茶に手をつけた。ずずーとか啜《すす》ってしまう。

「そのために今日は来てみたんだ。勿論《もちろん》、入院して暇《ひま》だったということもある」

カワセミが窓の外へ目をやる。ここ三日、雨の降っていない庭は強すぎる日差しによって草までくたびれたようにへたり込み、精彩はなかった。蟬《せみ》もうるさいし、散歩には不向きだろう。

だからここへ来たと、その目が語っていた。

暇潰《つぶ》しに俺《おれ》を選ぶ理由は分からないが、とにかくなんでも答えてくれると言った。

しかし、一つだけ。そう制限されると途端《とたん》に悩ましい。

聞きたいこと。巣鴨《すがも》との関係。目玉を奪《うば》った理由と依頼したやつの名前。超能力の正体。テレビ出演したときに有名人と会ったか。なんかどうでもいいことも混じっている気がする。

「三つに増やしてもいいけど、比較的どうでもいい質問にしか答えなくなるよ」

「ドラゴンボールみたいだな」

「そりゃそうだろ、パクってんだから」

悪びれないカワセミを眺《なが》めながら考えあぐねて、俺の出した答えはこれだった。

「じゃあ三つのどうでもいいことに答えてくれ」

カワセミが固まる。それから、同部屋の患者の顔をぐるりと見回す。目立った反応を見せている人はいない。むしろ四人中、二人はカーテンで仕切りを作って黙々と食事を取っていた。

それを確認した後、カワセミが相好を崩す。

「ほんとに？」

「いいよ。どうせ一つなんて選べないからな、時間の無駄《むだ》だ」

「優柔不断なんだか、ハッキリしているんだか」

悩んだ末に選択に失敗することなんて日常茶飯事だ。服を選ぶときも、テストの解答も。だったら回数に余裕を持った方がまだ、マシなことを聞けると思う。

それに会話を続けてこいつに多少なりとも気に入られることにも、価値はあるはずだ。

「でも意外だな、右目のことについて聞くと思ったのに」

「それも知りたいけどな。けど分かったところでどうしようもない」

その目玉を移植して、右目に戻すなんて無理なのだから。それに仮に怪しさ満点である巣鴨が大当たりだとして、問いつめたところで素直に返してはくれないだろう。あいつと喧嘩《けんか》しても嫌《いや》な思いになるばかりだろうし、もういっそのこと、右目は諦《あきら》めてしまった方が良い。

「随分《ずいぶん》と思い切りがいいんだね。まぁ、捨て身で殴《なぐ》りかかってくるやつだから当然か」

「あんなことは二度としたくないけどな。ついでにあんたとも喧嘩したくはない」

「それは同感」

くっくっくとカワセミが喉《のど》の奥で笑う。唇《くちびる》を尖《とが》らせたその笑顔は、カワセミというよりキツツキを連想させた。こいつはなんで、『カワセミ』なんだろう。まさか本名じゃあるまい。

「一つめは、当たり障《さわ》りのない範囲でシラサギって女のことを教えてくれ」

「あの女は詐欺《さぎし》師だよ」

「それは知ってる」

間髪入れずに言うとカワセミが苦笑を浮かべた。

「焼肉が大好きだよ。特に内臓系の肉を好む傾向があるね」

「ううん、想像しづらい」

「しかも人に焼かせる」

「そっちは分かりやすい」

「あの女は一事が万事、その調子。本人にはなーんの力もない。いや舌と頭はこずるいけど、他《ほか》はからっきし。磯野《いその》カツオの女版ってところだね」

「…………………………」

なんか、俺《おれ》でも勝てる気がしてきた。しかしそんな易《やさ》しくはないだろう、相手はカツオだ。

「無難なところなら、こんなとこかな」

「焼肉の食い方しか聞いてないんだけど」

まぁいいか。ヒントはあった、そう、なーんの力もないという点が。

「次にあんたの超能力の正体を教えてくれ」

「残念だけど飯の種を教えることはできない。はい、残り一つ」

「おい、拒否したときまで回数に数えるのかよ」

「当たり前だろ。テストだって答えを確認した後に直すことはできないじゃないか」

ぐむ、と喉を鳴らして黙る。反論したいが、したところで無駄《むだ》だろうと思った。だとするなら、残りは一回。やっぱり質問を一つのままにした方がよかったかな、と後悔《こうかい》し始めたが、その後悔を踏み潰《つぶ》すために、敢《あ》えて間を置かずに別の質問を重ねた。咄嗟《とっさ》に出たのは、これだ。

「俺の能力って、どう？」

カワセミがわざとらしく何度もまばたきする。

「どうって？」

「すごいねー、とか。しょぼいねー、とか。感想だよ」

そんなもの聞いてどうするんだ、と我ながら疑問しか湧かない。褒《ほ》められたいのか？

世界最強とか呼ばれちゃっている殺し屋に、認められたいのか？

その通りなんだけどさ。

「しょっぱいね」

端的で、的確で、淡々としていた。だけど直後に、「けど」と付け足される。

カワセミが反らしていた背中を戻して、椅子《いす》に座り直す。前屈《まえかが》みとなって頬杖《ほおづえ》を突きながら、ガーゼと共に頬をにやつかせる。チェシャ猫のような胡散臭《うさんくさ》さと、好奇の入り交じった笑顔で。

やつは、言った。

「それはね、ひょっとしたら最強の能力の一つかも知れない」

「冗談はよせよ」

即、否定した。あの夜に散々、殺し屋連中に打ちのめされたのに。フォローのつもりか？

「いや、割とマジで。僕らの世界で最強とかなんとか評価される条件は、制約の緩《ゆる》さだし」

「制約？」

「例えば、ある程度の条件はあったとしても、どんな物体も切り離せる、とかね。このどんな、という部分が評価されるんだ。融通《ゆうずう》が利《き》く、つまり適応力のあるやつがいいってこと」

人間と一緒だね。カワセミはそう言った後、俺《おれ》の目を指差す。

「きみの目は誰《だれ》にも制限を受けない。好きな色に、自分の意志で好きなだけ変えられる。だろ？詳しくは知らんけど。それだけ自由な能力もなかなかないよ、なにしろ自分を弄《いじ》るんだから」

「…………………………………………」


放心したように、ぽぅっと、口は開きっぱなしだった。

ここまで手放しに能力を褒《ほ》められたのが、初めてだったから。

いや、というか……人に褒められること自体、ほとんどなかった。その役に相応《ふさわ》しいはずの親は、教団に没入して以来、一度も俺に目を向けたことなんかないから。

だからつい、ぼぅっと滲《にじ》むような世界の中で、カワセミを見つめてしまう。

なにかが刷《す》り込まれるように。

「ただ効果がしょっぱいのは間違いないから、まぁ、使う側の問題だろうね」

カワセミはそこで何事かを思い出すように、くっくくっくと癖《くせ》のある笑い声を漏《も》らす。ここで俺と関連づけていた相手はシラサギ、教主様。あいつのことを思い出して笑うということは。

つまり、あいつの能力も相当にしょっぱいのだ。

俺と比較して、ドングリの背比べとなるほどに。

……だったら。

「さて、これで三つの質問に答えたね」

カワセミが立ち上がる。二つしか答えて貰《もら》った気がしない。けれど、最後が大きかった。

ぐるぐると、俺の恐怖、悔恨《かいこん》、未練を一緒くたに渦巻かせて、新しいものを作り上げるほどに。それは生鮮で、俺にとっての斬新《ざんしん》で、ある種救いのようなものとして染《し》み込んできた。

「退院した後、きみは学校に戻るのかい？　それとも、『こっち側』に踏み込む？」

「……あ」

目覚めてからの三日間の悩みを見透かされたような問いかけに、言葉が詰まる。

カワセミは答えを待たない。まるで俺《おれ》の表面だけをついばんでから、飛び立つように。

「どっちでもいいけどね。願いは叶《かな》えた、さらばだ」

締めの台詞《せりふ》までパクリだった。カワセミは椅子《いす》を片づけてから、あっさりと退場する。

本当に暇潰《ひまつぶ》しに来ただけとしか思えなかった。

殺し屋って言っても、人間だからな。仕事もするし、遊びもする。神様が焼肉大好きであるのと同様に、俺は思い込みの強さ故《ゆえ》に世界を狭《せば》めているのかも知れない。

「……くだらない質疑応答にしては随分《ずいぶん》、勇気をくれたな」

胸を腕で叩《たた》いて、喉《のど》に引っかかっていたなにかを呑《の》み込む。ずるりと、胃に沈んだ。

退院した後、俺はなにをすればいいんだろうって考えていた。それを今、聞かれた。

即答はできなかったけれど、答えは既《すで》に選んでいた。

俺の持ち得る力。

リペイント、そして巣鴨《すがも》。

巣鴨の協力さえ取りつければ、教団に接触することも難しくはないだろう。

時間さえかければ神様と面会することだって、不可能じゃない。

「ここで逃げれば物語から抹消《まっしょう》。進めば、主人公続行」

ただし、そのお話では主人公がとにかくやたらめったら、傷つくかも知れない。

主人公になんかならなくてもいい、傷つきたくない。あのビルでの俺の願いは本心からのものだった。五十川石竜子《いかがわとかげ》は今も逃げ腰で、どれだけ褒《ほ》められてもカワセミのことなんか信用できずに、また布団《ふとん》を被《かぶ》ろうとしている。だけどＳＤＣはそれを突っぱねる。

世界を閉ざすなと、訴えてくる。

その声に応《こた》えて、俺は布団を静かに除《の》ける。

俺には他《ほか》の人間にない力がある。

だったら神様に、喧嘩《けんか》を売ろう。

このインチキの力で、今度はみんなの目の色を変えてやる。

だって俺には、世界を塗り替える資格があるのだから。


そして二ヶ月後。

傷が一向に治らないのに約束の日が訪れてしまったので無理矢理に退院したはいいが、未《いま》だ包帯で右目を覆《おお》われていて手足もミイラの如《ごと》くぐるぐる巻きだった。腕もほとんど動かない。

まぁ、右目の包帯は巻いている方が訳ありっぽく思えて格好いいからそのままにしてあるだけなんだけど。義眼を入れるまではそれなりのハッタリになるだろう。

そんな俺《おれ》は海島《うみしま》の後を継ぐ気もないのに立派な不良となった。

学校にも行かないで、ナントカ教の総本山《そうほんざん》にいるのだから。

「何十階建てだよ、ここ」

どれだけ献金を吸い取っているんだ、あの女。頂上を見上げるのが辛《つら》い。ビルの表面に太陽光が反射して眩《まばゆ》い。隣はかに道楽《どうらく》で、電動のカニが足をウィンウィン動かしている。シュールだ。

俺の家の近所など、条例で三階建てが禁止とされているから一番高い建物が小学校なのに。

「石竜子《とかげ》が来てくれるようになって、やっと私たちのこれまでが報《むく》われるわ」

平日の昼間に制服も着ないでやって来た息子に感動している母親から、曖昧《あいまい》に目を背《そむ》ける。

「んー、まぁね……」

オモヒデ教、じゃなくてこの教団の幹部である両親を通せば、神様とのお目通りも叶《かな》うらしい。入院中の二ヶ月も前から頼んでようやく、俺に面会の順番が回ってきたそうだ。しかもそれは、巣鴨《すがも》の方から働きかけて数年後の予定を繰り上げて貰《もら》った成果らしい。

ふざけやがって。でもコネコネ社会万歳。だって一般人が神様に会えるんだぜ。

ちなみに巣鴨に協力してくれとダメもとで頼んでみたら、あっさり快諾《かいだく》してくれたので拍子抜けした。あいつの父親は教団のお偉いさんらしいが、『それはそれ、これはこれ』とのことだ。

巣鴨涼《りょう》は胡散臭《うさんくさ》い。けど、こいつの協力がなければ俺に後ろ盾《だて》はない。

それになにより、俺は巣鴨のことを女の子として意識しているから、嫌いになれないのだ。

小学四年生のあの日から、キスされた瞬間《しゅんかん》から、特別な場所に居座ってしまっている。思えばあのときから巣鴨は、何年も先のことを見越して俺に好きだと言ったのかも知れない。

引き裂《さ》かれた中学生と他人事の自分が、巣鴨についての論議をずっと繰り返している。

「その目もきっとすぐに良くなるわ。お前がそれを望むのなら、きっとすぐに」

母親のニコニコ笑いが俺に影を作る。母からの遺伝である栗色《くりいろ》の髪を揺らし、俯《うつむ》く。

その治療されるべき目玉が俺のもとから失われたというのに。

両親は俺の見舞いに一度しか来なかった。そして怪我《けが》に対する言及は『神様を信じれば怪我などしなくても済むのに』という類《たぐい》のものだった。顔面を引き裂かれて、今も右腕が動かなくて、入院中も体験した恐怖とストレスで胃が荒れた上に、脱毛も酷《ひど》くなるほどだったのに。思うところは、それだけらしい。

今日は俺が決心してくれたことが嬉《うれ》しくて、仕方ないらしい。

いやぁ奇遇だな、俺も嬉しくてたまらないんだ。

やっと、俺の物語が始まるのだから。

嬉々《きき》とした母親に連れられて、エレベーターで最上階を目指す。定説通り、偉い人と煙とアレは高いところがお好きらしい。教主様だからそれなりに格を演出しないといけない事情もあるのだろう。ガラス張りで外の景色が見えるエレベーターがぐんぐん、上へ迫《せ》り上がっていく。

「……うぅ」

あの夜の一件で、高所恐怖症となってしまった人間には辛《つら》いシチュエーションだ。額から血の気が引く。足もとがぐらつき、ガラスで背中を打った。この衝撃《しょうげき》でガラスが割れたら地上へ真っ逆さま、と想像しただけで目が回る。エレベーターの扉に寄りかかり、目を瞑《つぶ》って耐えた。

そうして何階か、表示も消えるほどの高さの最上階に到着する。エレベーターが開くと目の前には無駄《むだ》に広い柱の間がある。その奥に、金色をふんだんに使って悪趣味な装飾を施《ほどこ》された二枚の扉が見える。その扉の側《そば》で秘書らしきオッサンに待機を命じられた。

待っている間に、粗相《そそう》のないようにと母親に念を押される。血走った目で肩を揺すられる。だから粗相をするために準備した。幸い、金持ちの住まいには鏡の代わりになるものがいくらでもある。自分の傷痕《きずあと》だらけの顔を映し、左目を覗《のぞ》き込む。目の色を大きく変えて、見つめ合う。

怯《おび》えるな、怯えるな、怯えるな。

三回続けて唱えて、恐怖を飼い慣らす。恐怖を制御できる能力だ、と思い込んでしまえ。

俺《おれ》にはそれができる。自分を騙《だま》し、偽《いつわ》りで塗り替える。

それが俺の能力、リペイントの本当の在《あ》り方だ。

秘書的なオッサンが仰々《ぎようぎよう》しい扉を開いて、部屋の中へ招き入れる。
全面から光を取り込み、過剰《かじよう》に明るい室内がまずは出迎えた。
その光の集《つど》う中央に、何よりも煌々《こうこう》と照り続ける翼《つばさ》を従えた少女が笑う。
神か妖精《ようせい》か、頂《いただき》に立つ詐欺師《さぎし》か。
そう、それこそ俺の敵。
翼に気圧《けお》されることなく強気に絨毯《じゆうたん》を蹴《け》る。
怯えるな、怯えるな、怯えるな。
椅子《いす》に腰かけてから長方形のテーブルに足を載せて、ふんぞり返る。
さぁ、神様にお祈りしようじゃないか。

「こんにちは神様。一勝負しませんか、この野郎」

to be continued.
“Rizard King II” coming soon...

あとがき

はい、というわけで新作でした。1とか書いてありますけど、2の構想があったりするわけではありません。でも近々出版される予定なので、よろしければお願いします。

『せっかくカリスマ編集者がついているわけだし、そろそろ俺《おれ》も能力バトル小説で一発当てよう、ぐへへ』みたいな考えがあったりなかったりな本作のテーマは中学生です。各所に『あぁ、中学生だなぁ』というものを感じていただけたなら、本書を書いた甲斐《かい》があったなぁと嬉《うれ》しくなります。まあ、テーマなんて今考えたんだけど。この作品も基本的に今まで同様、ラブコメです。

今作はカリスマ編集者の意見がかなり入っていて、『ヒロインはもっと清純っぽく』だの色々なアドバイスをいただきました、ありがとうございます。まぁ多分、それが正しいのです。

それと最近は時間があるとモンスターファームで遊んでいます。これ、ゲームアーカイブスにこないかなぁとよく思うけど絶対無理なのが少し悲しいです。後、トルネコ2とかすごく欲しい。

GBA版を買いたいけどどこにも売ってないからなぁ。

後、今更《いまさら》ながらドラゴンクエストⅨも始めました。すれちがい通信とか、アイタタタ。

　前作、電波女《でんぱおんな》に引き続いてイラストを担当していただけるブリキさんに、この場を借りてお礼申し上げます。あと、『絶望と刹那《せつな》を感じる』とか、このオヤジをそのまま書いた方が話になるんじゃやねえのみたいな発言盛りだくさんの父や、『水を一個入れて』などと哲学的なことを言い出す母親にも例によって大変感謝しています。

　最後になりましたがお買い上げいただき、本当にありがとうございました。

　今年も既《すで》に半分以上終わっていますが、後半もがんばりますのでよろしくお願いします。

入間人間《いるまひとま》

◉入間人間著作リスト

「嘘つきみーくんと壊れたまーちゃん　幸せの背景は不幸」（電撃文庫）
「嘘つきみーくんと壊れたまーちゃん2　善意の指針は悪意」（同）
「嘘つきみーくんと壊れたまーちゃん3　死の礎は生」（同）
「嘘つきみーくんと壊れたまーちゃん4　絆の支柱は欲望」（同）
「嘘つきみーくんと壊れたまーちゃん5　欲望の主柱は絆」（同）
「嘘つきみーくんと壊れたまーちゃん6　嘘の価値は真実」（同）
「嘘つきみーくんと壊れたまーちゃん7　死後の影響は生前」（同）
「嘘つきみーくんと壊れたまーちゃん8　日常の価値は非凡」（同）
「嘘つきみーくんと壊れたまーちゃん9　始まりの未来は終わり」（同）
「嘘つきみーくんと壊れたまーちゃん10　終わりの終わりは始まり」（同）

「嘘つきみーくんと壊れたまーちゃん・i　記憶の形成は作為」（同）
「電波女と青春男」（同）
「電波女と青春男②」（同）
「電波女と青春男③」（同）
「電波女と青春男④」（同）
「電波女と青春男⑤」（同）
「電波女と青春男⑥」（同）
「電波女と青春男⑦」（同）
「電波女と青春男⑧」（同）
「電波女と青春男ＳＦ（すこしふしぎ）版」（同）
「多摩湖さんと黄鶏くん」（同）
「探偵・花咲太郎は閃かない」（メディアワークス文庫）
「探偵・花咲太郎は覆さない」（同）
「六百六十円の事情」（同）
「バカが全裸でやってくる」（同）
「19 －ナインティーン－」（同）
「僕の小規模な奇跡」（同）
「僕の小規模な奇跡」（単行本　アスキー・メディアワークス）
「ぼっちーズ」（同）

本書に対するご意見、ご感想をお寄せください。

■

あて先

〒102-8584 東京都千代田区富士見1-8-19
アスキー・メディアワークス電撃文庫編集部
「入間人間先生」係
「ブリキ先生」係

■

電撃文庫

トカゲの王《おう》Ⅰ
—SDC《エスディーシー》、覚醒《かくせい》—
入間《いるま》人間《ひとま》

発行 二〇一一年七月十日 初版発行
二〇一一年十二月十四日 三版発行

発行者 髙野 潔
発行所 株式会社アスキー・メディアワークス
〒一〇二-八五八四 東京都千代田区富士見一-八-十九
電話〇三-五二一六-八三九九(編集)
http://asciimw.jp/
発売元 株式会社角川グループパブリッシング
〒一〇二-八一七七 東京都千代田区富士見二-十三-三
電話〇三-三二三八-八六〇五(営業)
装丁者 荻窪裕司(META+MANIERA)
印刷 株式会社暁印刷
製本 株式会社ビルディング・ブックセンター

ISBN978-4-04-870686-5 C0193

電撃文庫創刊に際して

文庫は、我が国にとどまらず、世界の書籍の流れのなかで〝小さな巨人〟としての地位を築いてきた。古今東西の名著を、廉価で手に入りやすい形で提供してきたからこそ、人は文庫を自分の師として、また青春の想い出として、語りついできたのである。

その源を、文化的にはドイツのレクラム文庫に求めるにせよ、規模の上でイギリスのペンギンブックスに求めるにせよ、いま文庫は知識人の層の多様化に従って、ますますその意義を大きくしていると言ってよい。

文庫出版の意味するものは、激動の現代のみならず将来にわたって、大きくなることはあっても、小さくなることはないだろう。

「電撃文庫」は、そのように多様化した対象に応え、歴史に耐えうる作品を収録するのはもちろん、新しい世紀を迎えるにあたって、既成の枠をこえる新鮮で強烈なアイ・オープナーたりたい。

その特異さ故に、この存在は、かつて文庫がはじめて出版世界に登場したときと、同じ戸惑いを読書人に与えるかもしれない。

しかし、〈Changing Times,Changing Publishing〉時代は変わって、出版も変わる。時を重ねるなかで、精神の糧として、心の一隅を占めるものとして、次なる文化の担い手の若者たちに確かな評価を得られると信じて、ここに「電撃文庫」を出版する。

1993年6月10日
角川歴彦

電撃文庫

トカゲの王I —SDC、覚醒—

入間人間
イラスト／ブリキ

ISBN978-4-04-870686-5

俺はこんな所で終わる人間じゃない。『普通』の人生から逸脱した、選ばれし者なんだ。『リペイント』と名付けたこの能力で、俺は眼前に立ちはだかる不気味な殺し屋たちから、必ず逃げ延びてやる。

い-9-22　2156

嘘つきみーくんと壊れたまーちゃん 幸せの背景は不幸

入間人間
イラスト／左

ISBN978-4-8402-3879-3

僕は隣に座る御園マユを見た。彼女はクラスメイトで聡明で美人で——誘拐犯だった。今度訊いてみよう。まーちゃん、何であの子達を誘拐したんですか。って。

い-9-1　1439

嘘つきみーくんと壊れたまーちゃん2 善意の指針は悪意

入間人間
イラスト／左

ISBN978-4-8402-3972-1

入院した。僕は殺人未遂という被害で。マユは自分の頭を花瓶で殴るという自傷で。入院先では、患者が一人、行方不明になっていた。また、はじまるのかな。ねえ、まーちゃん。

い-9-2　1480

嘘つきみーくんと壊れたまーちゃん3 死の礎は生

入間人間
イラスト／左

ISBN978-4-8402-4125-0

街では、複数の動物殺害事件が発生していた。マユがダイエットと称して体を刃物で削ぐ行為を阻止したその日。僕は夜道で少女と出会う。うーむ。生きていたとはねえ。にもうと。

い-9-3　1530

嘘つきみーくんと壊れたまーちゃん4 絆の支柱は欲望

入間人間
イラスト／左

ISBN978-4-04-867012-8

閉じこめられた。狂気蔓延る屋敷の中に。早くまーちゃんのところへ戻りたいけど、クローズド・サークルは全滅が華だからなぁ……伏見、なんでついてきたんだよ。

い-9-4　1575

電撃文庫

嘘つきみーくんと壊れたまーちゃん5 欲望の主柱は絆

入間人間
イラスト／左

ISBN978-4-04-867059-3

閉じこめられた（継続中）。まだ僕は、まーちゃんを取り戻していない。そして、ついに伏見の姿まで失った。いよいよ、華の全滅に向かって一直線……なのかなぁ。

い-9-5 1589

嘘つきみーくんと壊れたまーちゃん6 嘘の価値は真実

入間人間
イラスト／左

ISBN978-4-04-867212-2

雨。学校に侵入者がやってきた。殺傷能力を有した、長黒いモノを携えて。辺りは赤い花が咲きはじめ……最後に一言。さよなら、まーちゃん。……嘘だといいなぁ。

い-9-6 1646

嘘つきみーくんと壊れたまーちゃん7 死後の影響は生前

入間人間
イラスト／左

ISBN978-4-04-867759-2

突然ごめんあさーせ。嘘つきさんに代わって、我が町で起こる殺人事件の『物騙り』を任命されたものですの。本名はとっくに捨てた麗しの淑女ですわ。すわすわ。

い-9-8 1745

嘘つきみーくんと壊れたまーちゃん8 日常の価値は非凡

入間人間
イラスト／左

ISBN978-4-04-868008-0

バカンスにきた僕とまーちゃん。今回かぎりは、悪意を呼び寄せることもなく、平穏無事に旅行を楽しんだ。……む、おかしいな。本当に何もなかった。いいのだろうか。

い-9-11 1818

嘘つきみーくんと壊れたまーちゃん9 始まりの未来は終わり

入間人間
イラスト／左

ISBN978-4-04-868272-5

長瀬透が殺された。でも僕と僕の毎日は、彼女が死んでも何も変化しなかった。小さく小さく、想いを吐き出す。長瀬。お前が死ななくても、僕は生きていけたのに。

い-9-13 1877

電撃文庫

嘘つきみーくんと壊れたまーちゃん10 終わりの終わりは始まり

入間人間
イラスト／左

ISBN978-4-04-870230-0

まーちゃんが、殺人犯に攫われた。この事件だけはぼくが終わらせないといけない。敵は二つ。殺人犯と、ぼく自身。ちょいとハッピーエンドまで、行ってきます。

い-9-19 2060

嘘つきみーくんと壊れたまーちゃん『i』記憶の形成は作為

入間人間
イラスト／左

ISBN978-4-04-867844-5

これは、ぼくがまだ僕になる前の話だ。そして、マユちゃんの純粋むくな姿がめじろおしな内容でもある。うそだけど……今度、じしょでうそって字を調べとこう。

い-9-10 1776

電波女と青春男

入間人間
イラスト／ブリキ

ISBN978-4-04-867468-3

「地球は狙われている」らしい。同居する布団ぐるぐる電波女・藤和エリオからの引用だ。俺の青春は、そんな感じ。『嘘つきみーくん』の入間人間が贈る待望の新作！

い-9-7 1711

電波女と青春男②

入間人間
イラスト／ブリキ

ISBN978-4-04-867810-0

布団ぐるぐる電波女の藤和エリオが、ついに社会復帰する……のはいいんだが。なぜエリオは俺の傍を離れないんだ？ 手伝えって事？ てな感じの第2巻です。よろしく。

い-9-9 1759

電波女と青春男③

入間人間
イラスト／ブリキ

ISBN978-4-04-868138-4

えーと今度はなんなんだろう。電波女エリオの次は、宇宙服を着込んだ謎の少女（たぶん。声色で判断）登場。エリオと過ごす今年の夏は、退屈なんて感じなさそうだな。

い-9-12 1848

電撃文庫

電波女と青春男④

入間人間
イラスト／ブリキ

ISBN978-4-04-868395-1

電波女になる前のエリオ、リュウシさんと前川さんの淡い初恋、エロ本購入大作戦を決行する俺!? うー、俺たちの恥ずかしい過去を綴った短編集登場、らしい。

い-9-14　1910

電波女と青春男⑤

入間人間
イラスト／ブリキ

ISBN978-4-04-868596-2

エリオと一緒に海に来てしまった……。それだけじゃない。リュウシさんだって、前川さんだって一緒（女々さんもね一応）!! これは、青春ポイント大ブレイクの予感。

い-9-15　1956

電波女と青春男⑥

入間人間
イラスト／ブリキ

ISBN978-4-04-868880-2

宇宙人が見守る街で、『引力』をテーマにした文化祭が開かれる。青春ポイントのボーナスステージとも言えるこの会場で、ついにエリオは「せーしゅん女」になる。

い-9-17　2010

電波女と青春男⑦

入間人間
イラスト／ブリキ

ISBN978-4-04-870125-9

突然だけど、今回は青春ポイントならぬ、『妄想ポイント』が主軸となるお話らしい。もし自分が、今と違う環境に置かれていたら……宇宙の秘密を探っていたかもな。

い-9-18　2047

電波女と青春男⑧

入間人間
イラスト／ブリキ

ISBN978-4-04-870430-4

俺は、今回のお話で宇宙人たちに終わりをコールする。でも、相変わらず青い空を眺めて、遥か宇宙を目指す。だって俺たちは、地球人だから。以上。丹羽真でした。

い-9-20　2108

電波女と青春男SF(すこしふしぎ)版

入間人間
イラスト/ブリキ

ISBN978-4-04-870470-0

「地球は狙われている」らしい。布団ぐるぐる電波女・藤和エリオはそう言った。俺の青春って、一体どーなんの？　……あれ？　これなんか前にも一回説明した気がするな……？

い-9-21　2120

多摩湖さんと黄鶏くん

入間人間
イラスト/左

ISBN978-4-04-868649-5

年上のおねえさんは好きですか？　俺は大好きです。二ヶ月前から付き合いはじめた大人の女性な多摩湖さんと、エロいゲームを密室プレイする。そんな魅惑の日々なわけですよ。

い-9-16　1974

あなたが泣くまで踏むのをやめない！

御影瑛路
イラスト/nyanya

ISBN978-4-04-870694-0

現状を報告しよう。俺は四つん這いになり、小学生女子の椅子になっていた。お尻をペンペンされていた。何だこの現実。どうして幼女のお馬さんに？　うん、続報を待て。

み-8-8　2158

ブラック・ブレット　神を目指した者たち

神崎紫電
イラスト/鵜飼沙樹

ISBN978-4-04-870596-7

ウィルス性の寄生生物との戦いに敗北した近未来。人類は狭い国土に追いやられていた。人々が絶望にくれる中、異能をもつ一人の高校生が立ち上がった……。

か-19-1　2161

ふらぐ・ぶれいかぁ～フラグが立ったら折りましょう～

黒宮竜之介
イラスト/はりかも

ISBN978-4-04-870591-2

「リア充、全滅しろ！」VS「非モテ、ひがむな！」。恋愛フラグを立てまくる〝伝説の木〟を巡って火花を散らす2人の美少女とヘタレ男子によるフラグ粉砕型ラブコメ、開幕！

く-8-1　2163

電撃文庫

学園キノ
時雨沢恵一
イラスト／黒星紅白
ISBN4-8402-3482-5
「キノの旅」ファンは絶対に読んではいけない！　時雨沢恵一＆黒星紅白による衝撃の問題作⁉　素晴らしきエンタテイメントパロディー小説‼
し-8-18　1283

学園キノ②
時雨沢恵一
イラスト／黒星紅白
ISBN978-4-8402-3908-0
幸いにも「キノ」ファンからの苦情もなく、衝撃の問題作第2弾の刊行が実現！　木乃＆エルメス、静先輩、陸太郎がまた学園で大暴れ！　さらにあのキャラが⁉
し-8-22　1452

学園キノ③
時雨沢恵一
イラスト／黒星紅白
ISBN978-4-04-867840-7
ファンからのクレームに怯えつつ、でももうココまで来たら、誰も彼（←誰？）を止められない⁉　今回は〝え〜っ⁉　そんな人を出しちゃうの―⁉〟的な第3巻！
し-8-29　1772

学園キノ④
時雨沢恵一
イラスト／黒星紅白
ISBN978-4-04-868644-0
今回はバンドもの！　静先輩ベース。犬山ドラム。木乃がギター＆ボーカル⁉　黒星紅白描き下ろし口絵ポスターはいつにも増して超素敵〜な学園キノ第4巻。
し-8-32　1969

学園キノ⑤
時雨沢恵一
イラスト／黒星紅白
ISBN978-4-04-870690-2
今回は「もし高校野球の女子マネージャーが茶子先生の『すぐやる部』を呼んだら」ってお話と、「かなりピンぼけ」ってお話の2本立て。どうなることやら〜な第5巻。
し-8-35　2151

電撃文庫

偽りのドラグーン
三上 延
イラスト／椎名 優
ISBN978-4-04-867947-3

復讐を胸に秘めた亡国の王子ジャン。彼が謎めいた美少女ティアナと出会ったとき運命は動き出す。ティアナは名門の騎士学院に偽装入学させると言うのだが⁉

み-6-24 1816

偽りのドラグーンⅡ
三上 延
イラスト／椎名 優
ISBN978-4-04-868149-0

アダマスとの試合に勝ち、一躍時の人となったジャン。だが、執念深いアダマスはさらなる画策をする——その毒牙はジャンのよき理解者クリスへと向かい⁉

み-6-25 1859

偽りのドラグーンⅢ
三上 延
イラスト／椎名 優
ISBN978-4-04-868460-6

騎士学院に新たな荒波が⁉ 突然やって来たウルス公国の公女サラ。彼女はジャンの許嫁だと言い放つ。なぜか、その言葉にティアナが過剰反応し⁉

み-6-26 1932

偽りのドラグーンⅣ
三上 延
イラスト／椎名 優
ISBN978-4-04-868778-2

レガリオン帝国がセーロフ王国に侵攻を開始した。帝国軍の網を掻い潜り、逃げ遅れた避難民を脱出させようとするジャン。だが、数々の困難が待ち受けていて⁉

み-6-27 1998

偽りのドラグーンⅤ
三上 延
イラスト／椎名 優
ISBN978-4-04-870688-9

偽りの王子であることを暴かれたジャン。だがジャンはヴィクトルこそ偽物であると主張するのだった——彼を討つことでそれを証明すると。ついに最終局面へ！

み-6-28 2162